Un prince aux urgences

*

Le secret du Seattle Hospital

ALISON ROBERTS

Un prince aux urgences

Traduction française de
ADELINE MAGNE

BLANCHE

HARLEQUIN

Collection : Blanche

Titre original :
FALLING FOR THE SECRET PRINCE

HARPERCOLLINS FRANCE
83-85, boulevard Vincent-Auriol, 75646 PARIS CEDEX 13
Service Lectrices — Tél. : 01 45 82 47 47 - www.harlequin.fr
ISBN 978-2-2804-6159-7 — ISSN 0223-5056

Composé et édité par HarperCollins France.
Imprimé en octobre 2021 par CPI Black Print (Barcelone)
en utilisant 100% d'électricité renouvelable.
Dépôt légal : novembre 2021.

FSC
www.fsc.org
MIXTE
Papier issu de sources responsables
FSC® C159065

Pour limiter l'empreinte environnementale de ses livres, HarperCollins France s'engage à n'utiliser que du papier fabriqué à partir de bois provenant de forêts gérées durablement et de manière responsable.

1.

Urgence traumatologie. Présence immédiate requise.

Le Dr Emilia Featherstone tapa aussitôt sa réponse sur son portable.

OK, j'arrive tout de suite.

Elle trouva ensuite un sourire d'excuse pour ses coéquipiers du service orthopédique, réunis dans un petit amphithéâtre du Seattle General Hospital pour discuter de dossiers particulièrement difficiles.

— Désolée, je viens d'être appelée pour une urgence.

Déjà, elle poussait la porte de l'amphithéâtre et courait en direction de l'escalier. En toute franchise, Emilia était loin d'être désolée. Au contraire. Elle adorait l'adrénaline, l'effervescence qui précédait l'arrivée d'une ambulance. De même qu'elle appréciait qu'on la considère comme la spécialiste incontournable de tout ce qui touchait aux blessures orthopédiques. Ce genre de situation de crise était précisément ce pour quoi elle était devenue médecin, et quel meilleur endroit pour exercer son art qu'un centre d'excellence comme le Seattle General ? Ici, elle côtoyait les meilleurs des meilleurs, quelle que soit la discipline.

Ce n'était d'ailleurs pas un hasard si Domenico di Rossi, son rival à la fac de médecine, avait choisi, lui aussi, de travailler ici. Elle allait le retrouver dans un instant, puisqu'il devait superviser la prise en charge des blessés. Par sa double fonction de responsable des urgences et de l'équipe de traumatologie, il était sûrement déjà sur le pied de guerre. Elle l'imaginait à l'entrée du service, attendant que tout le monde soit réuni pour le briefing préliminaire. Il devait avoir à la main une check-list attribuant les rôles clés : quel médecin prendrait en charge les voies respiratoires, qui serait infirmier de bloc, qui rédigerait les comptes rendus… Cette même check-list précisait les équipements de protection adaptés à chacun : gants, lunettes, tablier de plomb ou autres. Y étaient notés également les médicaments ou le matériel dont ils risquaient d'avoir besoin : perfuseur rapide, drain thoracique… Emilia savait pourtant que Dom n'avait pas besoin d'une telle liste car, en professionnel aguerri, il connaissait toutes ces formalités par cœur.

Il l'accueillit d'un bref regard avant de terminer son briefing.

— Alors, Emmy, on est à bout de souffle ? lui dit-il à voix basse pour que personne d'autre ne l'entende. Tu n'as plus le temps de faire du sport ?

Dom avait toujours été le seul à l'appeler Emmy et ce, depuis la fac de médecine. À l'époque, il le faisait parce qu'il avait remarqué qu'elle détestait cela. Il avait toujours adoré la taquiner, notamment parce qu'elle prenait la mouche aussitôt. Avec le temps, pourtant, ces plaisanteries étaient devenues presque bienvenues. Sans doute parce qu'elle avait apprécié de trouver un visage familier lorsqu'elle avait commencé à travailler ici. Ou alors parce qu'elle avait pris ses distances avec son passé et qu'elle l'avait laissé loin, très loin derrière elle.

— À l'occasion, viens courir dans le parc avec moi. Tu verras lequel de nous deux traîne la patte.

Lucas Beaufort, un collègue urgentiste, leur adressa un sourire en boutonnant sa blouse.

— Ces deux-là, je vous jure… Vous n'arrêterez donc jamais de vous mesurer l'un à l'autre pour tout et n'importe quoi ?

Dom fit non de la tête en souriant.

— Lucas, tu t'occupes des voies respiratoires, comme d'habitude.

— OK, tout est prêt. On a fait le tour des équipements et des médicaments. On peut y aller.

Dom hocha la tête.

— N'oublie pas ton tablier de plomb. Toi non plus, Emilia, ajouta-t-il avant de se détourner. Où est le technicien ? Quelqu'un a pensé à brancher le scanner ? L'ambulance arrive quand ? OK, tout le monde en réa, s'il vous plaît !

Lucas et Emilia échangèrent un regard tout en enfilant le tablier qui les protégerait au moment de prendre des radios. Sans être vraiment proches, ils étaient les seuls dans cet hôpital à pouvoir se targuer de connaître un tant soit peu Domenico di Rossi : Emilia, à cause de leurs années communes en fac de médecine, et Lucas, parce qu'il était le meilleur ami de Dom. Ce matin, comme souvent en pareil cas, ils seraient tous les deux en première ligne. Le contrôle des voies respiratoires était la priorité absolue de toute prise en charge, et Lucas devrait intervenir en cas d'obstruction, voire procéder à une intubation si nécessaire. En sa qualité d'orthopédiste, Emilia, quant à elle, devrait évaluer toutes les blessures susceptibles de requérir une chirurgie. De plus, elle était adjointe au chef d'équipe et apte à diriger l'intervention au même titre que Dom si l'unité devait se partager entre plusieurs patients.

Tout le monde se rassembla autour de Dom pour un point sur la situation.

— On nous a fait état d'un accident de la route impliquant un véhicule. Suite à un excès de vitesse, la voiture aurait dérapé sur du verglas avant de percuter une glissière de sécurité en béton. Elle contenait trois passagers, peut-être quatre. L'un d'entre eux est en urgence absolue, avec une fracture ouverte du fémur et une hémorragie. La victime a perdu connaissance, sans doute à cause d'un traumatisme crânien.

Il allait sans dire que l'apport d'Emilia serait prioritaire dans l'évaluation et le traitement de ce patient en particulier. Dans n'importe quel cas, une fracture ouverte du fémur constituait une urgence, mais si l'artère fémorale avait été sectionnée, le pronostic vital de la victime était engagé.

Un collègue de neurologie les rejoignit à l'instant où les portes qui gardaient l'accès au parking ambulancier coulissaient de part et d'autre de l'entrée des urgences. Les lumières des ambulances se détachèrent dans la grisaille de ce matin de la fin novembre. Bientôt, les civières furent descendues des véhicules, à commencer par celle du patient dont l'état était le plus grave : un homme d'un certain âge, remarqua Emilia à l'approche des secouristes. Il n'avait pas repris connaissance et il était couvert de sang. Un homme, tout ensanglanté lui aussi, se tenait à côté du brancard. Ce n'était pas un ambulancier, mais il pressait son poing contre le pli de l'aine de la victime pour comprimer l'artère et limiter l'hémorragie.

Dès qu'il fut à portée de voix de l'équipe, prête à prendre le relais, l'ambulancier en chef leur décrivit la situation en termes succincts.

— Il s'appelle Roberto Baresi. Soixante-quinze ans, il débarque tout juste d'un vol en provenance d'Europe. Sa fille dit qu'il parle italien et anglais. Il était assis à l'arrière du véhicule et a subi l'essentiel du choc.

Tandis qu'il parlait, la civière était placée sur un lit à roulettes. Lucas était chargé du transfert, selon la technique du log-roll, qui consistait à retourner le patient d'un bloc sur le flanc le temps de retirer la civière. Un garrot avait été posé, mais il ne semblait pas efficace à cent pour cent à en juger par la mine contrainte de l'homme qui continuait à comprimer l'artère fémorale. Malgré l'urgence, Emilia ne put s'empêcher de se demander qui était cet homme et pourquoi il était chargé d'un rôle aussi critique en lieu et place d'un secouriste.

— Fracture fémorale ouverte et perte de sang estimée à plus de trente pour cent ! poursuivit l'ambulancier. Patient inconscient avec un score de Glasgow à 7 à notre arrivée. Voies aériennes dégagées, respiration apparemment facile. Par contre, sa tension était indétectable à la première prise.

Après perfusion de deux doses de solution saline, elle est à 8 en systole.

C'était encore beaucoup trop bas. Emilia jeta un coup d'œil aux poches de perfusion qu'on accrochait au-dessus du lit. Lucas avait renversé la tête du vieil homme pour s'assurer que ses voies respiratoires étaient dégagées, puis il avait raccordé le tube à oxygène à une prise murale. À présent, il auscultait la victime à l'aide d'un stéthoscope. D'autres coéquipiers se dépêchaient d'installer les moniteurs pour surveiller la fréquence cardiaque du patient, sa tension artérielle et sa saturation en oxygène. L'homme qui avait limité l'hémorragie se tenait à présent à l'écart et un nouveau garrot était posé. Un coup d'œil suffit à Emilia pour juger de la gravité de la blessure. En effet, il s'agissait d'une fracture ouverte : le fémur brisé avait traversé la peau et sectionné au passage des vaisseaux sanguins, provoquant une hémorragie. En l'espace de quelques secondes à peine, elle évalua les dégâts tissulaires et osseux et s'apprêta à demander une radio du fémur, de la hanche et du genou. Il faudrait aussi procéder à un scanner de la hanche pour examiner le col du fémur. Et aussi sans doute une IRM cervicale avant de passer au bloc. En de telles circonstances, le traitement de référence consistait à insérer une tige métallique au centre de l'os, mais il était contre-indiqué en cas de traumatisme crânien parce qu'il fallait à tout prix éviter une chute de la tension ou des taux d'oxygène sanguin. Lucas et un interne en neurologie examinaient les pupilles de la victime, et si une détresse neurologique était avérée, Emilia devrait recourir à une fixation externe provisoire.

Entre-temps, d'autres victimes étaient arrivées. Emilia jeta un coup d'œil par-dessus son épaule et vit sur une civière une femme de son âge à peu près, aux cheveux noirs et bouclés. Contrairement au blessé, elle n'avait pas perdu connaissance et se tenait assise. Un dernier patient était debout, capable de se déplacer tout seul. Autrement dit, ces deux-là ne souffraient pas de blessures nécessitant des soins particuliers et l'équipe n'était donc pas obligée de se répartir entre les différentes victimes.

Pour la première fois depuis l'arrivée de l'ambulance, Emilia se tourna vers Dom. Normalement, il aurait dû donner des ordres, prêt à anticiper les besoins et à intervenir si nécessaire. Au lieu de cela, il regardait tour à tour l'homme sur le lit et la jeune femme sur la civière, comme s'il observait un match de tennis au ralenti. Pour ne rien arranger, il était pâle comme un linge, à tel point qu'Emilia redouta qu'il fasse un malaise. Quelque chose ne tournait pas rond, et Emilia sentit ses cheveux se hérisser sur sa nuque. L'homme qu'elle avait devant elle n'avait plus rien à voir avec le chef d'équipe super compétent et concentré qu'elle connaissait d'habitude. Pour une raison qu'elle ignorait, Dom avait l'air complètement bouleversé, dépassé par la situation. Il n'était pas dans son état normal et elle avait de la peine pour lui ; il détesterait sans doute être surpris dans un moment de vulnérabilité, surtout par des collègues, songea-t-elle en détournant le regard. Dieu merci, dans l'agitation ambiante, personne à part elle ne semblait s'être aperçu de sa défaillance. Sans hésiter, elle se dirigea vers lui et lui toucha le bras pour attirer son attention.

— Je m'en charge, Dom, lui dit-elle. Prends tout le temps qu'il te faut.

Oddio…

Dom venait d'assister au pire cauchemar de tout médecin : voir arriver aux urgences des membres de sa propre famille avec des blessures potentiellement mortelles. Mais dans son cas à lui, cette horrible situation était aggravée. Par bonheur, personne ne pouvait se douter des liens de parenté qui l'attachaient à ces patients. Personne ne savait que ce blessé était son père et que la jeune femme sur la civière était sa sœur, Giada Baresi. Il n'avait parlé qu'à Lucas de sa relation compliquée avec son père, mais Dom ne craignait rien de ce côté. Lucas était le frère qu'il n'avait jamais eu et jamais il ne trahirait sa confiance. Par ailleurs, en cet instant, Lucas avait fort à faire pour stabiliser son patient. Il n'avait pas levé les yeux de sa tâche et n'avait donc pas vu, et encore moins reconnu, Giada. Seule Emilia, toujours aussi perspicace, s'était aperçue que quelque chose n'allait pas. Elle n'avait certainement pas la moindre idée du problème, bien sûr, mais elle se faisait du souci pour lui. Dans l'état de choc où il était plongé, Dom éprouva soudain pour elle une gratitude qui l'aida à faire face à la situation.

Du coin de l'œil, il vit quelqu'un arriver d'une allure calme, mais assez rapide pour dénoter un certain sentiment d'urgence. C'était Ayanna Franklin, la nouvelle responsable des relations publiques de l'hôpital. Manifestement, elle avait déjà appris l'identité des victimes de l'accident et savait qu'il fallait préserver leur anonymat. Les enjeux étaient énormes pour elle. Ce serait une catastrophe s'il se disait que le Seattle General était incapable de protéger la vie privée de patients qui tenaient plus que tout à rester incognito. Certes, l'île d'Isola Verde était quasiment inconnue, mais la simple présence d'un roi et d'une princesse à l'hôpital risquait d'attirer l'attention des médias. En arrivant aux États-Unis, bien des années plus tôt, Dom avait pris le nom de jeune fille de sa mère et jusqu'à présent, il avait réussi à dissimuler sa véritable identité, mais il n'avait jamais oublié à quel point cette attention médiatique pouvait être pesante et, parfois, dévastatrice.

De quoi Ayanna s'entretenait-elle à voix basse avec l'infirmier en chef ? Dom avait besoin de savoir ce qui était en train de se décider. Ayanna devrait également l'aider à faire en sorte que le dossier médical de son père soit disponible pour les équipes sans divulguer leurs liens de parenté. Il irait lui parler à la première occasion, mais pour l'heure, le plus sage était de s'éclipser dans un endroit calme pour faire le point sur la situation. Tant de choses clochaient, en dehors de l'accident proprement dit. Son père aurait dû arriver deux semaines plus tard. Pourquoi avait-il avancé la date de son voyage ? Pourquoi ne lui avait-il rien dit ? Sa maladie s'était-elle aggravée ?

Dom avait besoin de se réfugier dans le sanctuaire de son bureau pour téléphoner au Palais, mais chaque chose en son temps : avant cela, il devait d'abord s'assurer que sa petite sœur allait bien. Sauf qu'elle ne semblait pas faire attention à lui. Il n'arrivait même pas à croiser son regard. Alors qu'il se tenait sur place, hésitant, un agent poussa la civière de Giada en direction d'une salle d'examen. D'ordinaire, les cas de gravité mineure à modérée comme celui de sa sœur étaient plutôt conduits dans des box à rideaux, moins discrets. Si cette entorse aux habitudes était une initiative d'Ayanna, Dom l'approuvait pleinement. Il fit quelques pas vers la civière, mais Giada secoua la tête.

— Je vais bien, murmura-t-elle avec assurance, mais si bas que personne à part lui ne put l'entendre. Occupe-toi de papa et des autres. *Va…*

Pour la deuxième fois en l'espace de quelques minutes, une femme lui disait de partir. D'abord Emilia, parce qu'elle se souciait de lui, et maintenant Giada, parce qu'elle s'inquiétait pour les autres. Elle avait consacré sa vie à jouer les princesses modèles et à servir de garde rapprochée à leur père. Elle devait savoir mieux que personne que ces nouvelles risquaient de rencontrer un écho désastreux à Isola Verde, surtout si aucun membre de la famille royale n'était présent pour apporter des paroles rassurantes.

Dom chercha du regard les deux autres personnes impliquées dans l'accident : Giorgio, le chauffeur attitré du roi, et Logan, son garde du corps, qui attendaient tous deux d'être pris en charge. Avec un peu de chance, on leur permettrait, à eux aussi, d'être soignés dans une salle à part. Dom aurait voulu remercier Logan d'avoir sauvé la vie du roi en limitant l'hémorragie du mieux qu'il l'avait pu, mais l'endroit ne s'y prêtait guère. De toute façon, il n'avait plus rien à faire ici. On n'avait pas besoin de lui et, franchement, il n'était pas au mieux de sa forme. Il avait besoin de s'échapper, ne serait-ce que quelques minutes, d'autant plus que son inaction allait finir par susciter des questions. Trois autres patients étaient arrivés aux urgences entre-temps, donc nul ne s'étonnerait qu'il parte pour s'assurer que leur admission se passait bien. Et puis, il confiait les manettes à Emilia, une coéquipière hautement qualifiée. À cet instant, les personnes présentes autour du brancard de son père s'écartèrent pour céder la place au radiologue. Nul ne faisait attention à lui, à part Ayanna, qui souhaitait manifestement lui parler sans délai. Il la suivit dans une salle et referma la porte derrière eux.

— Tout va bien, assura-t-elle. Personne ne sait que des membres de la famille royale sont ici. Leur séjour doit rester secret, et le personnel de l'hôpital a pour consigne stricte de ne révéler aucune information, ainsi que l'a demandé le roi.

— Mais pourquoi sont-ils arrivés si tôt ? L'opération est prévue dans plus de trois semaines.

— Je ne sais pas, répondit-elle en secouant la tête. Il avait peut-être besoin de prendre ses marques dans la ville avant son opération ? Heureusement, tout est déjà en place. On a également contacté son neurochirurgien, Max Granger.

Dom acquiesça d'un bref hochement de tête. Il avait fait jouer ses relations pour que son père soit pris en charge par Max Granger, l'un des meilleurs spécialistes au monde. C'était bien le moindre des services qu'il pouvait rendre à sa famille, après toutes ces années d'absence et d'éloignement. Ici, au moins, Dom avait la garantie que son père recevrait les meilleurs soins possibles.

— Il participait à une conférence à Vancouver, mais il a tout laissé tomber pour venir, poursuivit Ayanna. Il était très inquiet en apprenant que le roi risquait une commotion cérébrale.

Elle s'interrompit pour jeter un coup d'œil à sa montre.

— Je vais aller le chercher à l'aéroport et l'amener ici.

Dom la remercia et quitta la pièce. À peine tranquillisé, il se dirigeait vers son bureau quand une infirmière des urgences sollicita son attention.

— Oui, Kat ? Il y a un problème ?

— C'est au sujet de l'accident de voiture. Je m'occupe de la passagère, Giada Baresi.

— Oui ? répéta-t-il en s'efforçant de maîtriser le tremblement de sa voix.

— Eh bien, elle a quelques ecchymoses à cause de la ceinture de sécurité et elle s'est peut-être cassé le poignet. Il faudrait une radio pour s'en assurer, et elle ne veut pas en entendre parler. Mais il y a autre chose…

— Ah bon ?

— Oui… C'est bizarre, mais elle insiste pour être vue uniquement par Lucas Beaufort.

Dom haussa un sourcil surpris. Par Lucas ? Allons bon… Comme si la situation n'était pas assez compliquée comme cela ! Il jeta un coup d'œil vers les salles d'examen. Son père avait été déplacé, sans doute pour passer une IRM, à moins qu'il n'ait été conduit directement au bloc. Quoi qu'il en soit, Lucas serait disponible sans tarder. Giada n'aurait pas à l'attendre longtemps. Mais tout de même, pourquoi voulait-elle le voir en priorité, plutôt que lui, son propre frère ? Que savait-elle de Lucas ? Ils avaient passé un week-end ensemble quelques mois plus tôt, voilà tout. Elle était venue pour une courte visite, mais Dom avait dû s'absenter pour prononcer le discours inaugural d'une conférence et Lucas avait accepté d'accueillir sa sœur à sa place. Laissant là ses pensées, il adressa à Kat un hochement de tête.

— Merci. En effet, c'est inhabituel, mais elle doit avoir ses raisons.

À la réflexion, il devait se réjouir qu'elle préfère être avec Lucas. Il avait beaucoup à faire de son côté, à commencer par vérifier l'admission des nouveaux patients, avant d'aller passer plusieurs coups de fil. Le personnel du Palais devait être informé de l'accident. Avaient-ils pensé à un plan au cas où la chirurgie viendrait à échouer ? Sûrement, oui… Mais quels qu'ils soient, ces plans de succession allaient forcément bouleverser sa vie. Était-ce pour cela que son père était arrivé plus tôt ? Pour s'assurer que son seul et unique fils accepterait de remplir ses devoirs vis-à-vis de la Couronne ? Qu'il était prêt à renoncer à une carrière qui le passionnait pour retourner au pays et monter sur le trône ?

Le calme de son bureau offrait un contraste bienvenu avec le chaos contrôlé des urgences, mais il en fallait plus pour apaiser la tension qui s'était abattue sur lui. Au contraire, il sortit son téléphone avec un sentiment de nervosité grandissant. Il allait devoir passer appel après appel, apporter les mauvaises nouvelles, expliquer la situation, prendre des mesures, confirmer des informations. C'était incroyable comme ces corvées prenaient du temps. Si, au moins, son stress s'apaisait ! Mais c'était tout le contraire.

Comment allait son père ? Était-il encore en vie ? Seigneur, il allait devenir fou ! Il aurait voulu lui dire que, malgré l'éloignement et leurs relations qui n'avaient pas toujours été au beau fixe, il continuait à l'aimer. Son père allait peut-être mourir sans qu'il puisse lui parler une dernière fois. Tout cela, c'était sa faute. S'il avait assumé son devoir royal depuis le début au lieu de suivre son rêve de devenir médecin, cet accident ne serait sans doute jamais arrivé. Un accident qui aurait pu coûter la vie de Giada en plus de celle de leur père. Auquel cas, personne au royaume ne lui aurait pardonné ses manquements. Personne, à commencer par lui-même. Catastrophé, Dom se laissa tomber dans son fauteuil avant d'enfouir le visage dans ses mains.

Oh ! mon Dieu…

Elle aurait dû frapper avant d'entrer. Emilia demeura un instant immobile sur le seuil, comme pétrifiée. Jamais elle n'avait vu Dom dans un tel état. C'était au-delà de tout ce qu'elle aurait pu imaginer. Affalé sur son bureau, le visage dans les mains, il avait l'air brisé.

Elle recula tout doucement en tirant la porte, puis elle frappa un coup sec pour s'annoncer. Une voix fatiguée lui dit d'entrer, ce qu'elle fit. Il s'était redressé et regardait qui arrivait avec l'expression d'un homme prêt à faire face au pire.

— On m'a dit que tu voulais être tenu au courant au sujet de Roberto Baresi, dit-elle sur un ton parfaitement professionnel. Je ne savais pas qu'il s'agissait d'un VIP. Je l'ai appris au moment de sortir du bloc. Apparemment, tout ce qui le concerne de près ou de loin doit rester top secret.

— Comment va-t-il ?

Surprise par la brusquerie de sa question autant que par son attitude, Emilia cligna les yeux. Dom semblait figé dans l'attente de sa réponse et l'atmosphère se chargea d'une tension palpable. Que se passait-il ?

— Il est trop tôt pour se prononcer. Il est encore au bloc.

Dom fronça les sourcils d'un air orageux.

— Quoi ? Dans ce cas, qu'est-ce que tu fabriques ici ?

— Ils n'ont plus besoin de moi. Il a fallu l'opérer d'urgence parce qu'il continuait à perdre du sang. On avait des radios mais pas le temps pour lui faire passer un scanner de la tête ou de la jambe. On a réparé l'artère et stabilisé la fracture, et on va s'occuper de l'hémorragie sous-durale due à la commotion. C'est un neurochirurgien venu spécialement pour lui qui…

— Oh ! non…

Dom ferma les yeux d'un air catastrophé et inspira profondément, comme s'il venait de recevoir un coup.

— Dom, qu'est-ce qui se passe ? demanda-t-elle d'une voix douce.

Il ouvrit brusquement les yeux.

— Rien. Pourquoi cette question ?

Emilia fronça les sourcils.

— Tu ne me dis pas tout, allons, je le vois bien. Et si je

déteste une chose, c'est la malhonnêteté. Je te connais assez pour savoir que tu me mens, Dom, et… Et je ne pense pas mériter ça. N'est-ce pas ?

Depuis les bancs de la fac, ils avaient toujours été rivaux plutôt qu'amis, mais cela ne les empêchait pas d'être liés par une certaine complicité. Des liens suffisamment forts, en tout cas, pour qu'Emilia souhaite lui apporter son aide. Sans doute comptait-il plus pour elle qu'elle ne l'aurait cru… Et sans doute éprouvait-il cette connexion, lui aussi, car après avoir répondu non d'un signe de tête, il opina lentement.

— C'est vrai, tu mérites de savoir. J'aurais dû t'en parler depuis très longtemps.

— Me parler de quoi ?

La curiosité d'Emilia se teinta d'une crainte diffuse. Elle n'aimait pas les secrets. Elle les avait toujours assimilés à un mensonge par omission, ni plus, ni moins. Plus qu'un vilain défaut, la malhonnêteté était pour elle une faute rédhibitoire qui brisait la confiance et pouvait même détruire des vies. Elle était bien placée pour le savoir.

— Je ne peux pas te parler maintenant, dit-il en secouant de nouveau la tête. D'autres personnes ont besoin d'avoir des nouvelles de Roberto Baresi et il faut aussi que je parle à son chirurgien lorsqu'il sortira du bloc.

— Tu risques d'attendre longtemps, il vient d'y entrer. D'ailleurs, ce que je « mérite » de savoir, comme tu dis, est peut-être quelque chose que je devrais savoir avant d'avoir à nouveau affaire à ce patient, ajouta-t-elle en soutenant son regard.

Une colère sourde s'empara d'elle. Si cette rétention d'informations avait eu pour conséquence qu'elle n'avait pu dispenser les meilleurs soins à son patient, elle allait passer un sacré savon au Dr di Rossi !

— Ce qui sera le cas dès qu'il sera admis en soins intensifs postopératoires, reprit-elle. Autrement dit, très bientôt.

— C'est bon, c'est bon, lâcha-t-il d'un ton sec.

Il hocha la tête avec brusquerie.

— Mais cette conversation ne peut pas avoir lieu ici. Il nous faut un endroit plus tranquille.

Il se leva et se dirigea à grands pas vers la porte.

— Viens avec moi !

2.

Apparemment trop pressé pour attendre l'ascenseur, Dom s'engagea dans un escalier de service. Ses longues jambes montaient les marches deux par deux, et Emilia devait courir pour ne pas se laisser distancer. Ils arrivèrent ainsi au dernier étage. Légèrement essoufflée et échauffée par l'effort, Emilia se demandait où il l'emmenait. Quand même pas dehors, sur la plate-forme pour hélicoptères, par ce temps glacial ? Et pourtant, si, c'était bien la direction qu'il prenait.

— Mais tu es dingue ! Il gèle et je n'ai que ma blouse sur moi.

— Fais-moi confiance.

Après tout, lui aussi était en blouse, ce qui ne l'empêcha pas de pousser les portes sans la moindre hésitation. Une bourrasque d'air glacé leur fouetta aussitôt le visage, mais si Dom s'accommodait du froid, elle n'allait pas se plaindre. Emilia lui emboîta donc vaillamment le pas. Elle connaissait cette partie du toit, puisqu'elle était déjà montée jusqu'ici pour accueillir des patients héliportés, mais Dom traversa la plate-forme, puis il contourna les structures qui abritaient les mécanismes des ascenseurs, alors qu'elles auraient pu les protéger du vent mordant. Emilia s'enveloppa de ses bras en se demandant jusqu'où ils allaient ainsi. Un panorama spectaculaire surgit soudain devant elle et lui fit tout oublier. Au loin, la masse imposante du mont Rainier se détachait sur le brouillard. En se tournant, elle distingua la forme caractéristique de la Space Needle parmi les tours du centre-ville. La brume qui s'effilochait au-dessus des eaux de la baie Elliott plongeait les îles dans une obscurité mystérieuse. En arrière-plan, de gros nuages gris dissimulaient à demi les sommets enneigés des montagnes Olympiques. C'était splendide. Emilia n'avait jamais imaginé que les toits offraient une vue aussi magnifique. Assister ici à un lever ou un coucher de soleil devait être très romantique, si l'on exceptait ce froid de canard. Mais à sa grande surprise, Emilia se sentit soudain caressée par une bouffée d'air chaud. Quelques pas plus loin, elle aperçut d'énormes conduits d'aération courbés qui servaient d'évacuation au système de chauffage central de l'hôpital. Elle se tourna vers Dom avec étonnement. Ce n'était sûrement pas la première fois qu'il se réfugiait dans cet endroit discret pour pouvoir discuter tranquillement. Mais d'ailleurs, pourquoi était-il déjà venu ? Au fond, que savait-elle vraiment de Domenico di Rossi ?

Avec l'efficacité qui le caractérisait, son cerveau rassembla à la vitesse de l'éclair toutes les informations qu'elle avait collectées sur lui depuis leur rencontre, en fac de médecine, dix bonnes années auparavant. Avec ses airs de grand brun ténébreux, il était le plus beau garçon de la classe et son anglais coloré d'un imperceptible accent italien l'avait toujours rendu irrésistible à la plupart des femmes. Mais pas à elle, Dieu merci. À l'époque, déjà, elle n'était pas du genre à se laisser distraire. Ça avait été un miracle, ni plus ni moins, qu'elle puisse réaliser son rêve de devenir médecin, et ce miracle, elle le devait à la seule et unique personne qui avait jamais cru en elle. Une personne à laquelle elle s'était toujours sentie redevable et pour qui elle avait toujours donné le meilleur d'elle-même, ignorant le beau Domenico, jusqu'au jour où il l'avait battue à un test d'anatomie. Dès lors, une rivalité les avait opposés et elle s'était juré de faire tout son possible pour ne plus jamais lui céder la première place. Sans le savoir, il n'avait cessé d'aiguillonner sa motivation et lui avait permis de surmonter bien des moments difficiles… Des moments de solitude insupportables, où elle s'était sentie inadaptée, sur la touche. Donc, même si elle avait toujours refusé d'entamer avec Dom une relation personnelle, quelle qu'elle soit, elle n'avait jamais pu l'oublier non plus. En fait, elle se souvenait de pratiquement tous les tests où il l'avait battue. Mais à part cela, que savait-elle de lui ?

— As-tu déjà entendu parler d'Isola Verde ? demanda-t-il.

Elle fit non de la tête.

— Cela veut dire « île verte » en italien. C'est un État insulaire et indépendant, avec son propre gouvernement, sa propre famille royale dont les origines remontent au XIIe siècle.

Emilia ne comprenait pas pourquoi Dom lui racontait tout cela, mais il avait l'air on ne peut plus sérieux. Sans l'ombre d'un doute, il l'entretenait d'un sujet grave. Elle se rappela soudain qu'aux dires de l'ambulancier, Roberto Baresi parlait italien et anglais. C'était aussi le cas de Dom. Elle évacua cette pensée pour se concentrer sur ce que Dom lui racontait.

— C'est un peu comme Monaco ?

— Monaco est une principauté régie par un prince plutôt que par un roi ou une reine, mais oui, c'est à peu près pareil.

— Ce royaume d'Isola Verde a quelque chose à voir avec Roberto Baresi ?

Dom hocha la tête.

— Oui, il en est le roi. La femme qui l'accompagnait est sa fille, la princesse Giada.

— Attends... J'ai opéré un *roi* ? Et personne ne m'a rien dit ?

Le regard de Dom ne cilla pas.

— L'aurais-tu soigné différemment si tu avais été au courant ?

— Non ! Bien sûr que non. Mais que fait-il ici ? S'il était en visite d'État, pourquoi n'était-il pas entouré de gardes du corps, de journalistes ?

— Parce qu'il est venu à titre privé, pour se faire opérer. Isola Verde est équipée d'un bel hôpital, mais le roi pensait sans doute que le personnel soignant serait soumis à trop de pression s'il lui fallait s'occuper de son monarque. En plus, son diagnostic n'est sans doute pas aussi grave qu'il n'y paraît, et il préfère le rendre public lorsqu'il sera tiré d'affaire.

— Il souffre de quoi, au juste ?

— D'une tumeur cérébrale. D'après les spécialistes, elle n'est pas forcément maligne et une seule chirurgie devrait suffire à en venir à bout, mais on n'en sera pas sûr avant de l'avoir réséquée. Le problème, c'est qu'elle se situe à un endroit difficile à opérer. C'est pour cela que l'on a fait appel à Max Granger, le neurochirurgien.

Emilia commençait à reconstituer le puzzle.

— Je comprends, maintenant, pourquoi on l'a fait venir en toute urgence. Au début, je me disais qu'on en faisait beaucoup trop pour une simple commotion cérébrale. Mais c'était plus délicat, à ce que je vois.

— C'est même une catastrophe, dit-il d'un air sombre. D'autant plus qu'il nous faudra certainement décaler l'opération prévue à l'origine en décembre.

— À quelle date, exactement ?

— Le 15.

— Très bien, je garderai cela en tête lorsqu'on suivra l'évolution de sa jambe.

Concentrée sur son patient, Emilia ne songeait plus à se demander comment et pourquoi Dom en savait autant sur le sujet.

— Merci de m'avoir prévenue. Je comprends mieux pourquoi sa venue est tenue secrète et pourquoi tu n'as rien voulu me dire tout à l'heure, à son arrivée.

— Tu devrais sans doute savoir autre chose… L'homme qui a tenté de stopper l'hémorragie est le garde du corps du roi, Logan Connors, un ancien médecin des armées. Ou, plus exactement, *c'était*. Il va bientôt quitter cette fonction parce qu'on lui a proposé un poste ici, aux urgences. Il commence le 1er décembre.

— Ah… C'est pour cela que tu sais qui sont tous ces gens ?

— En fait, non, pas tout à fait, répondit-il d'un air embarrassé.

Emilia le regarda d'un air suspicieux. Dom ne lui disait

pas tout. Certes, il avait reconnu ce garde du corps et, par extension, deviné qui était le blessé, mais ceci n'expliquait pas pourquoi il avait perdu son sang-froid dans le feu de l'action.

— Comment se fait-il que tu en saches autant sur ce roi ? demanda-t-elle d'une voix lente. Et que tu aies reconnu sa fille dès leur arrivée, maintenant que j'y pense ?

L'hésitation de Dom était palpable, comme s'il s'apprêtait à dire quelque chose qui lui coûtait beaucoup. Quelque chose d'important, visiblement.

— Parce que c'est ma sœur.

Emilia le dévisagea, interdite.

— *Quoi ?*

— Roberto Baresi est notre père.

Emilia secoua la tête d'un air perplexe.

— Mais ton nom de famille est di Rossi, pas Baresi.

— C'est le nom de jeune fille de ma mère. Lorsque je suis arrivé aux États-Unis, je n'ai pas voulu faire l'objet d'un traitement de faveur. Je tenais à vivre comme tout un chacun… Comme *toi*, Emmy. Travailler dur et réaliser mon rêve de devenir médecin.

Emilia se sentit saisie d'un vertige.

— Attends… Tu es le fils d'un roi ? Autrement dit, tu es un prince ?

— Oui, répondit-il en la regardant droit dans les yeux.

Ce tout petit mot eut pour effet de creuser entre eux un gouffre plus large qu'un océan. Tout à coup, c'était comme s'ils provenaient de planètes différentes. Dom était un *prince* issu d'une famille royale dont la généalogie remontait à des siècles. Elle, en revanche, n'avait même pas connu son père, et il avait fallu la retirer à la garde de sa mère afin de l'éloigner d'un mode de vie dangereux. Dom avait grandi dans un milieu privilégié qui lui offrait un avenir. Elle avait été une gamine rebelle, baladée de famille d'accueil en famille d'accueil, de plus en plus perdue, jusqu'à ce qu'un adulte daigne enfin croire en elle et l'autorise à rêver d'un avenir différent. Dieu sait ce qu'elle serait devenue sans cette formidable professeur de lycée !

Quoi qu'il en soit, elle avait vu juste : elle en savait peu sur Dom, et c'était tellement en-deçà de la réalité que c'en devenait presque risible. Sauf qu'il n'y avait pas de quoi rire, justement. Emilia avait du mal à nommer les émotions qui tourbillonnaient dans sa tête et dans son cœur, mais une chose était sûre : elles n'avaient rien d'agréable et elles la laissaient sans voix. Sous le choc.

Comme il fallait s'y attendre, Emilia avait accueilli la nouvelle avec stupéfaction. Ses grands yeux bleus trahissaient toutefois une autre émotion… Elle avait l'air blessé, comme s'il venait de l'attaquer personnellement. Pourquoi donc, bon sang ? Parce qu'il ne lui avait jamais confié son secret ? Mais pourquoi l'aurait-il fait ? Ils n'avaient jamais été proches, après tout. Bien sûr, il l'avait toujours trouvée jolie, belle, même. Il aurait pu tomber amoureux d'elle, mais il s'en était bien gardé. Les risques étaient trop grands. Il était venu ici pour étudier et pour travailler. Tomber amoureux, c'était s'exposer à des complications, voire à une publicité négative qui aurait stoppé prématurément sa carrière. Il avait toujours été beaucoup plus simple de ne pas s'engager trop loin avec les femmes. Ses rapports avec le beau sexe avaient été rares et discrets. L'essentiel était qu'aucun scandale n'entache la réputation de la maison royale d'Isola Verde. Bien sûr, il avait toujours observé la plus stricte correction avec les femmes qu'il avait fréquentées.

D'ailleurs, c'était sans doute pour ne pas risquer de la blesser qu'il avait toujours gardé ses distances avec Emilia. Mais ne lui avait-il pas bel et bien fait de la peine ? Apparemment, oui, sinon pourquoi aurait-elle été si bouleversée qu'elle avait du mal à trouver ses mots ? *Dis quelque chose, Emilia !* songea-t-il. Plus elle se taisait, plus il se sentait coupable, et Dieu sait qu'il ne manquait pas d'occasions de se sentir coupable, aujourd'hui. Tout à l'heure, il lui avait dit qu'elle méritait de connaître la vérité. En fait, elle méritait sans doute une explication personnelle, de lui à elle.

— Je n'en ai parlé à personne, plaida-t-il.

Elle continua de le regarder fixement sans rien dire. Le vent fit voleter devant son visage une mèche rousse échappée de son chignon, mais elle ne la repoussa pas. Bizarrement, Dom dut lutter contre l'envie de le faire à sa place. Au lieu de cela, il préféra prononcer des paroles qui lui venaient du fond du cœur.

— Je voulais avoir une chance d'être *moi* : la personne que tu vois devant toi.

Le poing serré, il se toucha la poitrine à deux reprises.

— Je voulais m'accomplir en tant qu'homme, en tant que médecin.

Il soupira profondément, d'un long souffle tremblant.

— Pas en tant que prince héritier, ajouta-t-il d'une voix affermie. Et pourtant, je savais qu'un jour il me faudrait renoncer à ma carrière pour prendre les rênes de mon pays, parce que ma naissance m'y oblige. Même si…

Il soupira à nouveau.

— Même si c'est la dernière chose au monde à laquelle j'aspire.

Alors qu'il parlait, le visage d'Emilia changeait d'expression. Une ride apparut entre ses sourcils. Après une révélation aussi personnelle, il avait espéré trouver en elle de la compréhension, de la compassion… Hélas, contre toute attente, elle le dévisageait avec colère.

— Tu m'as menti.

— Menti, moi ? Comment cela ?

— Tu ne m'as pas dit la vérité.

— Personne ne connaît la vérité. À ton avis, si je n'avais pas caché qui je suis, j'aurais tenu combien de temps ? J'aurais été harcelé par une certaine presse et contraint de rentrer au bercail. J'avais besoin qu'on me laisse tranquille pour réaliser des projets qui me tenaient à cœur. L'anonymat était la seule manière d'y arriver.

— Donc, tu n'as jamais rien dit ? Pendant toutes ces années ? Personne ici ne sait qui tu es et personne de ton pays ne sait où tu vis ?

— Non, pas tout à fait. Je ne suis pas rentré au pays depuis des années, mais ma sœur m'a rendu visite à plusieurs reprises. Et Lucas Beaufort est au courant, lui aussi… Lui et moi, nous nous sommes aperçus que nous avions tous les deux des… Disons, des problèmes familiaux.

Emilia laissa échapper un soupir.

— Des problèmes familiaux, toi ? Tu ne sais pas de quoi tu parles. Moi, toute ma vie, on m'a fait des cachotteries, et je t'assure que c'est aussi mal que de mentir ! De mon point de vue, les secrets font du tort aux gens. Ils gâchent des vies.

Jamais il ne l'avait vue dans un état pareil. Elle était en rage. Elle reprit la parole sans lui laisser le temps de répondre.

— Tu sais quoi ? Je me fiche que tu sois un prince. Je te respectais pour l'image que j'avais de toi : celle de cet homme, ce médecin que tu voulais tellement devenir. Mais plus maintenant.

Elle s'interrompit pour reprendre son souffle.

— Je n'ai aucun respect pour les menteurs. Je *déteste* la duplicité.

Elle se détourna, les bras serrés autour d'elle.

— Ne t'inquiète pas, ajouta-t-elle avec amertume, je ne répéterai ton secret à personne. Je n'ai pas envie de te parler, et encore moins de parler de toi.

Sur ces mots, elle tourna les talons. Dom suivit du regard la silhouette menue qui traversait d'un pas rapide la vaste étendue du toit et contournait la plate-forme d'atterrissage pour se réfugier à l'intérieur du bâtiment. Il aurait dû faire comme elle. Il y avait peut-être du nouveau au sujet de son père, auquel cas il devait en informer Giada. Il venait sans doute de se brouiller avec l'une de ses plus proches collègues, mais il lui restait sa famille. C'était même sa priorité. Malgré tout, ses pieds refusaient de bouger. Il leva les yeux vers le ciel terne et aspira à fond l'air froid pour s'éclaircir l'esprit et se concentrer.

Il n'arrivait pas à oublier cette dernière image d'Emilia disparaissant derrière les locaux techniques. Il était tenaillé par un sentiment aussi indéfinissable qu'entêtant. Ce devait être de la curiosité, une envie de comprendre ce qui l'avait mise dans une telle fureur. Ils ne se connaissaient pas assez pour qu'elle lui reproche de ne pas l'avoir mise dans la confidence, non ? D'autant plus qu'elle ne lui avait jamais raconté grand-chose de sa vie à elle. À vrai dire, c'était sans doute cela qui lui tournait dans la tête. Il aurait voulu savoir à quoi elle faisait référence lorsqu'elle parlait de ces cachotteries qu'on lui avait faites, et en quoi elles lui avaient fait du tort. Il avait envie… non… *besoin* d'en savoir plus à ce sujet.

Oui, mais pour l'heure, il avait des priorités autrement plus pressantes. Le temps était venu pour lui d'assumer ses devoirs familiaux. Il avait eu le loisir de se tenir éloigné des affaires de son pays bien plus longtemps qu'il ne l'avait escompté. Au départ, il avait espéré passer son diplôme aux États-Unis et y rester ensuite pour exercer le métier de ses rêves deux ou trois ans. En fait, cela faisait plus de dix ans qu'il était ici. Dix années qui lui avaient permis de se bâtir une expérience et une réputation au-delà de toutes ses espérances. Non, il n'avait pas lieu de se plaindre. Au contraire, il devait être reconnaissant à son père de lui avoir accordé ce sursis. Par ailleurs, il avait toujours su que ce jour finirait par arriver et que, tôt ou tard, il devrait retourner dans la cage dorée où il avait passé sa jeunesse et dont les portes avaient déjà commencé à se refermer sur lui.

Dom avait l'habitude de vivre sous pression. Pression de réussir ses études, pression d'être à la tête d'un service hospitalier… Mais cela n'avait rien à voir avec l'obligation qui lui était faite de devenir roi. Cette pression-là lui pesait comme un fardeau qui menaçait de l'écraser. Seulement, il ne pouvait pas craquer. Non, il tiendrait bon parce qu'il n'avait pas le choix. Des personnes qui lui étaient chères comptaient sur lui et il ne les laisserait pas tomber. L'une de ces personnes se trouvait entre la vie et la mort et il aurait dû être à ses côtés au lieu de se morfondre tout seul, dans le froid. Il devait protéger son père autant qu'il le pouvait, et soutenir sa petite sœur, qui se faisait sûrement un sang d'encre. Sans parler du chauffeur, Giorgio, même s'il était sorti indemne de l'accident, et de Logan, qui allait bientôt devenir un collègue. Dom devait s'assurer qu'ils allaient bien et qu'il pouvait leur être utile. En tout cas, il ne pouvait pas s'attarder ici plus longtemps.

Dès qu'elle rentra chez elle, Emilia lança une recherche Internet sur Isola Verde. Comment aurait-elle pu agir autrement ? La journée qui venait de s'écouler avait pris l'allure d'un rêve, mais lorsqu'elle s'était rendue au chevet de Roberto Baresi pour sa visite postopératoire, elle n'avait pas manqué de remarquer les agents de sécurité postés discrètement à proximité de sa chambre. Par bonheur, Dom n'était pas présent, parce qu'elle était toujours aussi furieuse contre lui. Elle aurait sans doute du mal à éviter de le croiser, mais elle n'avait vraiment pas envie de lui parler.

D'ailleurs, si elle se renseignait sur cette petite île dont elle n'avait jamais entendu parler, c'était sans doute parce qu'elle désirait trouver des justifications à cette colère, confirmer qu'ils venaient tous les deux d'univers si différents qu'elle était à présent soulagée de n'avoir jamais noué des liens personnels avec lui. Le fait qu'ils soient collègues était, en soi, suffisamment extraordinaire. À présent, lorsqu'elle pensait à cette rivalité amicale qui les avait unis pendant toutes ces années, elle se sentait mal à l'aise. Dom lui avait toujours paru « comme tout le monde », et c'était bien là le problème. Comment avait-il pu prétendre être digne de confiance alors qu'il n'avait cessé de vivre dans le mensonge ?

Il lui avait dit qu'il n'était pas retourné dans son pays depuis plusieurs années. Pourquoi ? À en croire les photos et les descriptions qui s'affichaient sur son écran, Isola Verde avait tout d'un paradis sur Terre. Baignée par les eaux turquoise de la Méditerranée, cette « île verte » était bien nommée pour ses terres fertiles où poussaient des oliviers, des tomates, des citrons et du raisin dont on produisait un vin renommé. La vieille ville datait du XIe ou du XIIe siècle, avec ses étroites ruelles pavées et ses marchés bigarrés, mais il existait aussi des quartiers modernes abritant notamment un hôpital dernier cri qui faisait la fierté des gens du pays. Une colline dans la vieille ville abritait de splendides jardins entourant un palais de pierre blanche et de marbre… Impressionnée par la beauté des images qu'elle voyait défiler sur son écran, elle avait l'impression de goûter ces tomates et ces citrons. Quant à ces fleurs dans les jardins royaux, c'était comme si elle en sentait le lourd parfum. Ce devait être si bon de se baigner dans cette mer soyeuse, sous un ciel toujours bleu ! Oui, Isola Verde était sans doute le plus bel endroit sur Terre.

Et c'était là que Domenico di Rossi avait passé sa jeunesse. Non : c'était l'île dont Domenico *Baresi* était le prince héritier. Il avait grandi dans la richesse et les privilèges et il voulait malgré tout qu'elle le plaigne ? D'un geste sec, Emilia referma son ordinateur portable avec un soupir incrédule. Elle avait les yeux qui brûlaient, une sensation qu'elle n'avait pas éprouvée depuis très, très longtemps. À sa grande surprise, elle s'aperçut que les larmes s'accumulaient sous ses paupières. Mais elles ne couleraient pas. Emilia avait cessé de pleurer depuis des années.

Tout à l'heure la fureur, à présent la tristesse. Qu'est-ce qui lui prenait ? Elle n'avait pas le souvenir d'avoir jamais éprouvé de telles sautes d'humeur. Longtemps, c'était la colère qui avait servi d'exutoire à ses difficultés, même si cette réaction lui avait attiré des problèmes sans fin. Ses fugues, ces épisodes où elle criait et brisait ce qui lui passait sous la main lui avaient valu un nombre incalculable de punitions. Elle se voyait encore à la porte des bureaux des services sociaux pendant que les adultes discutaient de ce qu'on pourrait bien faire de cette sauvageonne. Cela ne l'avait pourtant pas empêchée de s'en prendre sans cesse à un monde qui promettait beaucoup et décevait plus encore. Jusqu'à ce qu'un professeur de lycée formidable canalise son énergie sur les études. En plus de savoirs scolaires, cette femme lui avait surtout appris que la colère était loin d'être la seule manière d'échapper à des situations insupportables.

Pendant ces années-là, si elle avait su qu'il existait sur Terre des endroits comme Isola Verde, Emilia aurait sûrement rêvé de s'y rendre un jour. C'était d'ailleurs sans doute pour cette raison qu'elle se sentait si triste. Le désir de vivre dans un endroit aussi parfait, même pour un court séjour, répondait à cette envie d'être aimée qui l'avait taraudée tout au long de ces années difficiles. Et c'était en cela que Dom était si différent d'elle. Il avait une famille, lui, des gens qui l'aimaient. Il n'avait jamais manqué de rien. Alors, pourquoi Emilia n'arrivait-elle pas à oublier ce regard qu'il avait eu lorsqu'il lui avait dit qu'il ne voulait pas revenir dans son pays pour y régner ? Surtout, à présent que sa colère était retombée, pourquoi avait-elle l'impression que ce lien qui les unissait n'avait pas disparu ? Étrangement, il lui semblait même qu'il s'était renforcé.

3.

Lorsque, le lendemain, Emilia passa les portes automatiques des urgences, elle ne put s'empêcher d'éprouver un serrement de cœur. Comment se pouvait-il que tout ait l'air comme d'habitude alors qu'en elle rien n'était plus comme avant ? Les portes donnant sur le parking des ambulances s'ouvrirent pour laisser passer un brancard acheminé vers une infirmière de triage. Des médecins et des internes étaient regroupés autour du bureau central pour étudier des radios ou des résultats d'analyses. D'autres se tenaient près d'un tableau affichant les dernières mises à jour de chaque cas, ainsi que le nom du praticien dont chaque patient dépendait. Les rideaux des box s'ouvraient ou se refermaient dans un chuintement vif tandis que le personnel médical, les femmes de ménage ou les agents de sécurité allaient et venaient. Oui, tout était comme d'habitude.

Et pourtant, il y avait du changement. Le chef de cette unité d'urgence n'était pas l'homme qu'elle avait cru connaître. Sa véritable identité était si extraordinaire qu'elle avait encore du mal à l'accepter. Dom était un prince. Un prince héritier, qui plus est, issu d'un univers tellement privilégié qu'un abîme les séparait. Emilia ne savait plus comment se comporter avec lui, plus quoi lui dire. À nouveau, elle se sentait mal à l'aise, déplacée… Différente, voilà. Exactement comme jadis, lorsqu'elle arrivait dans une nouvelle école ou, pire, une nouvelle famille d'accueil.

Dom se trouvait presque à la même place que la veille, lorsqu'elle l'avait retrouvé, et semblait passer en revue l'endroit pour s'assurer que rien ne manquerait en cas de besoin. Le patient qui venait d'arriver était un adolescent en uniforme scolaire qui souriait aux propos que lui tenait un secouriste. En tout cas, il n'avait pas l'air dans un état critique, c'était le moins que l'on puisse dire. Emilia n'avait rien à faire ici. À vrai dire, sa présence n'était pas requise aux urgences, mais si elle était venue, c'était dans l'espoir de trouver Dom disponible.

Elle avait des excuses à lui présenter. Il fallait impérativement qu'ils trouvent une manière de revenir au statu quo. Elle voulait pouvoir répondre à un appel d'urgence avec le même enthousiasme, sans avoir l'estomac noué à la perspective de revoir Dom. La veille, sa réaction avait été totalement dénuée de professionnalisme. Elle l'avait planté sur ce toit d'immeuble comme l'aurait fait l'adolescente soupe au lait qu'elle avait jadis été. Cette attitude ne devait surtout pas affecter leur relation de travail. Pouvaient-ils effacer ce qui s'était passé et revenir à cette camaraderie bon enfant, un peu rude, certes, mais tellement sympathique ?

La gorge serrée, elle se contraignit à prendre le taureau par les cornes.

— Euh, Dom…

Elle lui parlait à voix basse, avec un demi-sourire contrit.

— Tu m'excuseras, mais j'ai séché mes cours de maintien chez Mme la comtesse.

Sa petite blague était tombée complètement à plat, pas vrai ? Le sourire de Dom ressemblait à une grimace. Il redressa la tête et regarda par-dessus l'épaule d'Emilia, en direction d'un technicien qui passait avec un chariot pour ECG.

— Tu me suis dans mon bureau ? Enfin, si tu as un moment.

Sans attendre sa réponse, il tourna les talons et s'éloigna. Emilia lui emboîta le pas. Tout à l'heure, en arrivant aux urgences, elle s'était retrouvée dans la peau d'une gamine qui débarquait dans une nouvelle école. À présent, elle avait l'impression d'être convoquée chez le principal pour expliquer un énième écart de conduite. Mais Dom n'avait pas l'air en colère lorsqu'il referma la porte derrière eux. Il avait plutôt la tête d'un type qui n'avait pas fermé l'œil de la nuit, à supposer même qu'il se soit couché. Ses yeux étaient cernés et il devait s'être peigné avec les doigts, à en juger par ses cheveux en bataille. Il laissa échapper un soupir qui ébranla Emilia davantage qu'une remontrance.

— C'est exactement pour cela que je n'avais jamais rien dit, ni à toi ni à personne. La vérité change tout. Dès lors que les gens sont au courant, on ne peut plus savoir si une relation est sincère ou pas.

Tout en parlant, il se frottait le front et il se passa les doigts dans les cheveux, les emmêlant encore plus. Emilia n'accorda cependant qu'une attention distraite à ces détails. Ce qu'elle regardait, c'étaient les yeux de Dom lorsqu'il reprit la parole.

— Et ce qui existait entre nous, enfin, ce qui existe… C'est quelque chose de sincère, pas vrai ?

Emilia sentit sa gorge se serrer comme un peu plus tôt, lorsqu'elle avait abordé Dom.

Il secoua légèrement la tête.

— C'est étrange… Toi et moi, on se connaît à peine, et pourtant, j'ai toujours senti que tu me connaissais mieux que n'importe qui. Parce que, au fond, nous sommes pareils.

Emilia ne put retenir un petit soupir de dérision.

— Oui, c'est ça.

— Si, nous sommes pareils. Ici, ajouta-t-il en portant la main à son cœur.

Emilia se rappela que la veille, déjà, il avait eu ce geste, en lui racontant qu'il avait voulu avoir la possibilité de se réaliser en tant que personne.

— Nous partageons tous les deux un même rêve, la même ambition de nous dépasser. Nous donnons tout ce que nous avons, et plus encore, à notre carrière, à tous ceux qui nous accordent leur confiance et qui mettent leur vie entre nos mains.

Emilia avala sa salive pour tenter de déloger la boule qui lui coupait le souffle. Il avait raison. Ils avaient bel et bien en commun un respect mutuel, au-delà d'une simple rivalité. Et même s'ils avaient toujours maintenu une certaine distance, les plaisanteries qu'ils aimaient échanger n'étaient jamais exemptes d'une certaine affection. Était-ce pour cette raison qu'elle avait les larmes aux yeux ? Parce qu'elle redoutait d'avoir perdu à jamais cette relation privilégiée ?

— Je ne me suis sans doute pas bien exprimé, hier, ajouta-t-il. Je ne voulais pas te faire de la peine. Je souhaiterais te donner une meilleure explication.

Emilia secoua la tête.

— Mais non, c'est inutile. Je n'aurais pas dû réagir de la sorte. C'est d'ailleurs pour cela que je suis venue… Pour te présenter mes excuses.

— Ce n'est pas la peine. En revanche, j'aimerais te parler, essayer d'arranger la situation entre nous et…

Saisi d'une hésitation, il s'interrompit et respira profondément. Justement, c'était ce qu'elle désirait, elle aussi, n'est-ce pas ? Appuyer sur un bouton « retour en arrière » et recommencer à travailler avec lui sans arrière-pensée. Sauf que Dom semblait avoir sur le cœur une chose qu'il était réticent à exprimer.

— Et… ? relança-t-elle.

— Eh bien, j'aimerais te connaître mieux. Si tu savais… Je n'ai quasiment pas fermé l'œil de la nuit. Je me faisais du souci à propos de mon père, de ma sœur.

— Je comprends, c'est naturel. J'ai vu ton père ce matin, et pour ce qui est du versant orthopédique du traitement, je peux te donner des nouvelles rassurantes. En revanche, sa chirurgie cérébrale est, en effet, un motif d'inquiétude. Ils vont tenter de le réveiller bientôt ?

— Ils ont diminué la sédation, mais pour l'heure, il ne présente toujours pas de signe de conscience. Il va falloir être patient.

— Au moins, il est entre de bonnes mains. Et ta sœur ?

— Elle me répète qu'elle va bien. Elle a quitté l'hôpital, par souci de discrétion, sans doute. Je ne sais même pas où elle se trouve. Bref…

De nouveau, Dom se frotta le front d'un air excédé.

— Ce ne sont pas seulement les soucis familiaux qui m'ont tenu éveillé. J'ai pensé à toi, aussi.

À elle ? Emilia ouvrit des yeux étonnés. N'empêche, elle aussi avait pensé à lui, mais de là à le lui avouer…

— J'ai réfléchi à ta phrase… Tu sais, lorsque tu prétendais que je ne pouvais pas savoir ce que sont de vrais problèmes familiaux. Que t'est-il arrivé pour que tu dises une chose pareille ? Pourquoi détestes-tu autant les mensonges ? Je…

Il hésita et soupira.

— Je ne veux pas perdre ce qui nous lie toi et moi, Emmy. Ce sont des liens réels, sincères… Des liens de confiance.

— Tu crois ? Je peux te faire confiance ?

— Tu connais mon secret, à présent.

Dom jeta un regard vers la porte close avant de revenir à Emilia.

— Personne d'autre n'est au courant à part Lucas. Même ceux qui ont préparé la chirurgie de Roberto ignorent notre parenté. Autrement dit, moi, je te fais confiance.

Bizarrement, Emilia eut à nouveau envie de pleurer, elle qui ne versait jamais de larmes depuis son enfance.

Un signal strident retentit soudain à l'extérieur du bureau et Dom tourna vivement la tête, abandonnant aussitôt sa conversation avec Emilia.

— C'est l'alarme réservée aux arrêts cardiaques…

Déjà, il ouvrait la porte et tout de suite, Emilia l'entendit lancer d'une voix brève une série d'instructions pour transporter le patient en salle de soins numéro un. Lorsqu'elle passa devant lui, quelques secondes plus tard, il demandait calmement de charger un défibrillateur à deux cents joules, *tout de suite*.

Le patient en question n'était encore qu'un enfant ou presque.

— Quel âge a-t-il ?

Dom avait posé la question sans quitter des yeux le moniteur. D'une main, il maintenait le masque à oxygène sur le visage du garçon tandis que, de l'autre, il pressait le ballon d'insufflation. Sur l'écran, l'ECG montrait une arythmie qui aurait entraîné rapidement la mort sans la présence de professionnels aguerris lorsque l'arrêt cardiaque était survenu.

— Quatorze ans, dit l'interne entre deux compressions thoraciques.

— Des antécédents ?

Une médecin urgentiste lui répondit tout en plaçant une intraveineuse dans le bras de l'adolescent.

— Apparemment, non.

— Il est arrivé en ambulance après avoir fait une syncope au collège. D'après le secouriste, personne ne lui connaissait de problèmes de santé. Sa mère est prévenue, elle est en chemin.

Cette syncope pouvait très bien être le signe avant-coureur d'un arrêt cardiaque brutal, mais Dom n'avait pas le temps de réfléchir aux causes du problème. Pour l'heure, la priorité absolue, c'était de ranimer ce garçon.

— Amenez-moi le chariot d'intubation, s'il vous plaît.

Dom s'aperçut alors que Lucas n'était pas là. Dans des situations comme celle-ci, c'était toujours lui qui s'occupait de l'accès aux voies respiratoires du patient. Là non plus, il ne s'attarda pas sur cette pensée, faute de temps.

— Vous pouvez me préparer une injection d'adrénaline ? Et une autre d'amiodarone. Je vais l'intuber pendant le prochain cycle de compressions.

Il pressa le ballon d'insufflation deux fois tandis que le défibrillateur était à nouveau mis en place.

— OK, on s'écarte… Que personne ne touche le patient… Choc en cours.

Une bataille se jouait, et Dom était résolu à la gagner. Il avait à sa disposition toutes les armes nécessaires : un équipement et des médicaments pour stimuler le cœur ou traiter l'arythmie, pour contrôler les voies aériennes et la respiration du patient, sans oublier une équipe dédiée et compétente, ainsi que son expertise personnelle. Au bout d'une quinzaine de minutes, leurs efforts commencèrent à porter leurs fruits.

— Regardez, là… On a un rythme sinusal !

Devant l'enthousiasme de l'interne, Dom se demanda si le jeune médecin en était à sa première réanimation réussie. Il comprenait pourtant sa réaction. Dom ne comptait plus les interventions auxquelles il avait pris part, mais même maintenant, chaque fois qu'un tracé normal défilait enfin sur l'écran, il éprouvait toujours un petit frisson.

— Les voies aériennes et la respiration sont sous contrôle, dit-il. Pour le moment, mieux vaut le maintenir endormi. On a bipé quelqu'un en cardiologie ?

— Oui, ils arrivent.

Au même instant, une femme débarqua, l'air éperdu : la mère du garçon, à n'en pas douter.

— Oh ! mon Dieu, non ! Jason…

Elle se précipita vers le brancard et tendit la main pour caresser les cheveux de l'adolescent, mais elle se figea à la vue de Dom.

— Est-ce qu'il… Il est…

— Votre fils va mieux, répondit-il. Il a été très mal, mais on a réussi à stabiliser son rythme cardiaque.

— Le collège m'a dit qu'il avait juste fait une syncope. Pour eux, il n'y avait pas de raison de s'inquiéter, même s'ils ont appelé une ambulance par précaution.

— Ils ont bien fait. Il était au bon endroit lorsque son cœur s'est arrêté.

Toute pâle, la mère de Jason sembla sur le point de défaillir.

— Son cœur s'est arrêté ? Comment cela ? Pourquoi ? Il va s'en sortir ?

— C'est ce qui reste à déterminer. A-t-il des antécédents de syncope, d'épilepsie ?

— Non… Jamais.

— A-t-il été malade récemment ? D'un virus, peut-être ?

La femme secoua à nouveau la tête. Elle avait les yeux

rivés sur le visage immobile de son fils, les doigts pressés sur sa bouche comme pour contenir un sanglot.

— Vous pensez qu'il aurait pu consommer certaines drogues ?

— Quoi ? Non !

Elle lui lança un regard scandalisé, au bord des larmes.

— Elles peuvent causer des crises cardiaques, n'est-ce pas ? Ces pilules que les gamins avalent de nos jours.

— Jason n'a pas fait de crise cardiaque, rectifia Dom. Il a eu ce qu'on appelle un arrêt cardio-respiratoire. Une crise cardiaque survient lorsqu'une artère coronaire se bloque et provoque la nécrose du myocarde. Cela peut, en effet, provoquer l'arrêt du cœur, mais dans le cas de Jason, je n'y crois pas. L'hypothèse la plus probable, à mon avis, c'est qu'il souffre d'un défaut congénital passé inaperçu jusqu'à présent, ou d'une perturbation des signaux électriques du cœur. Quoi qu'il en soit, les cardiologues vous en diront beaucoup plus lorsqu'ils l'auront examiné. Ils vont effectuer les tests nécessaires pour cerner le problème.

— Mais ça pourrait se reproduire, à votre avis ? Il risque de mourir dans son sommeil ?

Débordée par les émotions, elle pleurait à présent sans retenue. Il était trop tôt pour lui parler de défibrillateurs implantables. Dans l'immédiat, elle avait surtout besoin d'être rassurée et soutenue.

— Jason ne risque rien ici, dit-il. Nous allons prendre soin de lui, mais il ne va pas se réveiller avant un bon moment. En attendant, voulez-vous rester dans l'une des chambres destinées aux familles ? Avez-vous des parents, des proches, que nous pourrions contacter ? Le père de Jason, par exemple ?

— Non, dit-elle d'une voix étouffée par un mouchoir. Il n'a que moi.

Touchée par son désarroi, une infirmière passa un bras autour des épaules de la femme.

— Son père ne l'a pas vu depuis qu'il était tout bébé et ma famille à moi, que dire… Nous sommes en froid, vous voyez ?

Dom hocha la tête, mais ces paroles lui en rappelaient d'autres. Elles faisaient écho aux propos d'Emilia, la veille. « Des problèmes familiaux, toi ? Tu ne sais pas de quoi tu parles. »

Cependant, l'équipe de cardiologie venait d'arriver. L'état de Jason était stabilisé et sa mère recevait le soutien de l'équipe soignante. Après avoir briefé ses collègues, Dom se rendit d'abord au bureau de triage.

— Kat ? Vous savez où se trouve Lucas Beaufort ?

— Apparemment, il a pris un congé pour motif personnel. Pour raisons familiales, j'imagine ?

Dom s'éloigna avec un froncement de sourcils perplexe. Cela ne ressemblait pas à Lucas… Pourquoi ne l'avait-il pas averti de son départ ? S'agissait-il d'une urgence familiale ? Son père, peut-être ? Auquel cas, Lucas avait sans doute eu la délicatesse de ne pas le charger de ses soucis à un moment aussi critique pour lui. Quoi qu'il en soit, la journée était placée sous le signe des problèmes de famille. À peine rassuré sur son père, Dom s'inquiétait à présent à propos de sa sœur. Giada ne lui avait pas donné de nouvelles depuis la veille. Où était-elle ? Comment allait-elle ? Il s'enferma à nouveau dans son bureau et composa un numéro abrégé.

— Il y a un problème ? demanda Giada sans préambule dès qu'elle décrocha. C'est papa ?

— Non, pas du tout. Aux dernières nouvelles, son état est stable. Il ne s'est pas encore réveillé, mais sa jambe va mieux, la pression intracrânienne est sous contrôle et tous les autres résultats sont normaux. Il faut être patient. On ne peut rien faire d'autre qu'attendre.

— Oui, c'est ce qu'on m'a dit à moi aussi. Voilà pourquoi je rentre, d'ailleurs.

— Quoi ! Tu rentres ? À Isola Verde ? Mais quand ?

— Maintenant.

Comment avait-elle pu prendre une décision pareille sans lui en parler au préalable ? Pour la deuxième fois de la matinée, il était mis devant le fait accompli, et Dieu sait qu'il n'aimait pas cela du tout. Dans un moment pareil, Giada aurait pu éprouver le besoin de rester aux côtés de leur père, non ? D'autant qu'elle était proche de lui, bien plus que Dom en tout cas. Du moins, elle s'y efforçait. Bien sûr, sa petite sœur était passée par une phase rebelle assez compliquée pour toute la famille, mais les habitants d'Isola Verde l'adoraient. Et puis, elle était le bras droit du roi depuis longtemps maintenant. Sans elle, ce magnifique hôpital n'aurait sans doute jamais vu le jour.

— On ne peut pas laisser la place vacante, Dom, ajouta-t-elle comme il se taisait. As-tu réfléchi à l'instabilité qui pourrait advenir si la nouvelle venait à s'ébruiter ? Et si… Et si papa venait à nous quitter ?

— Son état est stable. Il ne court aucun danger dans l'immédiat.

Mais Giada ne semblait pas décidée à l'écouter.

— En fait, c'est toi qui devrais rentrer. Les gens ont envie de te voir, toi. Ils ont besoin de savoir si tu t'intéresses au pays que tu vas diriger.

— Je ne peux pas partir comme ça, voyons ! Qu'est-ce que tu crois ?

Dom s'était toujours senti déchiré entre deux pays, deux destins, mais jamais cette impression ne s'était imposée à lui avec une telle acuité que c'en était presque douloureux.

— Tu comprends bien que je ne peux pas laisser papa comme ça. Il est venu se faire soigner dans *mon* hôpital. Je suis le mieux placé pour m'assurer qu'il reçoit les soins les plus adaptés.

— Dom… Il est venu plus tôt pour te parler de la succession. Il craignait de ne pas avoir assez de temps pour te persuader de revenir au cas où… il ne survivrait pas.

— Pourquoi ne m'as-tu rien dit ? Tu aurais pu me prévenir.

— Papa l'avait interdit. Il a peur, Dom. Peur de ce qui pourrait arriver si les gens apprennent qu'il est mort avant ton retour.

Peur, son père ? Dom avait du mal à le croire. Lorsqu'il

était enfant, Roberto avait toujours été une vraie statue du commandeur, imposant et distant, surtout après la mort de la reine. Ces dix dernières années, Dom lui avait à peine parlé et ses visites à Isola Verde se comptaient sur les doigts d'une main. Autant dire que les préoccupations de son père lui étaient devenues étrangères.

— Il faut que j'y aille, dit encore Giada. Notre vol est annoncé.

— Comment ça, *notre* vol ?

— Eh bien, oui. Tu n'imaginais tout de même pas que je rentrerais en jet privé ! Tu me tiens au courant pour papa, d'accord ? Je reviens dès que je serai rassurée sur la situation à Isola Verde. De toute façon, au moindre souci, appelle-moi. En sautant dans le premier avion, je serai là en moins de vingt-quatre heures.

Dom étouffa un soupir. De quel droit pouvait-il lui reprocher de ne pas rester, lui qui avait tourné le dos à son père et à sa sœur pour étudier et travailler aux États-Unis ?

— Oui, bien sûr. Rentre bien, Gigi, répondit-il, la gorge serrée. Tu vas me manquer.

Elle lui manquait déjà, d'ailleurs. Son père était en soins intensifs, la seule famille qui lui restait repartait en Europe, son meilleur ami était injoignable… Par acquit de conscience, Dom composa un autre numéro abrégé et tomba sur la boîte vocale de Lucas. Il lui laissa un message :

— Je ne sais pas où tu es, mon vieux, mais si tu as besoin d'un ami, tu peux compter sur moi. Prends soin de toi.

Dom posa son téléphone sur son bureau et se frotta le front. Il n'avait personne à qui parler : ni parent ni ami. Jamais il ne s'était senti aussi seul. Il ferma les yeux et une petite voix lui trotta dans la tête…

Il ouvrit les yeux brusquement. Il avait le numéro d'Emilia, mais elle était peut-être occupée avec un patient et il ne voulait pas risquer de la déranger. Un texto ferait l'affaire.

Nous ne sommes pas allés au bout de notre conversation. J'ai toujours envie de parler, si tu es d'accord.

Emilia avait toujours adoré Discovery Park, le plus grand espace vert de Seattle. Il s'étalait sur des centaines d'hectares en bordure de la ville, avec un panorama sur les montagnes environnantes qui n'avait rien à envier à celui qu'elle avait découvert quelques jours plus tôt sur le toit de l'hôpital. On y trouvait des plages avec des dunes, des falaises impressionnantes, des forêts et des ruisseaux, et lorsque Emilia n'avait pas le temps de se rendre au parc national Olympique, ou lorsqu'elle souhaitait rester disponible pour un patient, c'était ici qu'elle se rendait pour courir, se promener ou, tout simplement, s'asseoir et admirer le paysage. Bref, pour recharger les batteries. D'habitude, elle venait seule, mais le texto que Dom lui avait envoyé la veille avait presque l'air d'un appel à l'aide. Elle lui avait donc répondu pour le convier à venir courir avec elle s'il avait un moment dans la matinée.

Ce qu'il fit, et force était d'admettre qu'il ne courait pas si mal que cela. Emilia menait la course, sans doute parce qu'elle connaissait mieux les chemins du parc. En tout cas, pour une fois, Dom ne semblait pas vouloir lui ravir la première place. Bizarrement, cet esprit de compétition qui pimentait sans cesse leurs rapports semblait leur faire défaut aujourd'hui. Ensemble, ils parcouraient à petites foulées une piste forestière, dans l'air glacial du matin. Lorsqu'ils quittèrent la forêt pour rejoindre la plage et le phare de West Point, ils joggaient côte à côte. Puis, d'un accord tacite, ils se mirent à marcher, d'abord sans rien dire, pour reprendre leur souffle. Dom brisa enfin ce silence lorsqu'il se tourna vers Emilia avec un sourire.

— Merci.

— De quoi ?

— Eh bien, de m'avoir suggéré de venir ici, dit-il en désignant les environs d'un geste circulaire. Je ne profite jamais de ce genre de paysage lorsque j'ai une heure de libre, mais c'est justement ce qu'il me faut aujourd'hui.

— C'est un endroit magnifique, n'est-ce pas ? Et là-bas, tout là-bas, dit-elle, le doigt pointé vers les montagnes dans le lointain, c'est le parc national Olympique. Si tu as besoin de t'aérer l'esprit et de remettre les choses en perspective, c'est là qu'il faut aller. Par contre, c'est à trois bonnes heures de route, même en prenant le ferry, donc je n'y vais pas très souvent. Mais j'adore cet endroit. C'est celui que je préfère au monde.

— Dans mes souvenirs, tu as toujours aimé courir. À la fac, déjà, tu adorais le fitness.

— Seulement parce que je n'avais pas le temps de trouver des coins comme celui-ci.

— Chaque fois que j'allais en salle de sport, je te voyais sur un tapis de course. J'évitais de me mettre à côté de toi parce que tu avais toujours l'air de vouloir courir plus loin et plus longtemps que moi.

— C'est l'impression que je voulais te donner ! dit-elle avec un grand éclat de rire. En réalité, j'avais peur de faire un malaise.

Le visage de Dom s'illumina d'un large sourire.

— Non, c'est vrai ? Tu risquais de faire une syncope rien que pour moi ?

— Si je voulais me faire remarquer, il fallait que je batte le meilleur, c'est-à-dire toi.

— On se poussait l'un l'autre dans nos retranchements, c'est certain. Mes études n'auraient pas été aussi réussies si tu n'avais pas… Comment dit-on, déjà ? Placé le poteau très haut. Non, c'est la barre, je crois.

Cette petite erreur de langage, tout inhabituelle qu'elle fût, rappela à Emilia qu'il venait d'un pays lointain, et ce n'était que la moindre des différences qui les séparaient.

— Et moi, j'aurais sans doute laissé tomber la fac s'il n'y avait pas eu cette compétition entre nous deux pour les meilleures notes.

— Je ne te crois pas, dit-il en secouant la tête. Tout le monde savait que tu étais un génie. Tu as passé ta licence à dix-huit ans ?

Emilia haussa les épaules.

— Une prof m'avait prise sous son aile : Mme Delaney.

Elle m'a permis de brûler les étapes. À vrai dire, elle m'a peut-être sauvé la vie. Sans elle, j'aurais fini en prison, ou carrément entre quatre planches. Comme ma mère, ajouta-t-elle, la gorge serrée.

Ils venaient de quitter le chemin et marchaient sur une plage de galets qui crissaient sous leurs pieds. Devant eux, très loin, de jolis petits bâtiments blancs surmontés de toits roses étaient serrés les uns contre les autres, dominés par le phare.

— Tu as de la famille à part ta mère ? demanda-t-il d'une voix douce.

À nouveau, elle haussa les épaules.

— Je dois bien avoir un père quelque part, mais je n'ai jamais su qui il était.

— Ta mère a vraiment fait de la prison ?

— Oui… C'était peu après avoir perdu ma garde. J'avais cinq ans. C'est l'une de mes familles d'accueil qui m'en a parlé ensuite, quand ils ont appris qu'elle était morte d'une overdose. Elle venait de sortir de prison. Ils m'ont dit que je finirais comme elle si je ne me tenais pas mieux avec ma prochaine famille.

— *Santo cielo !* murmura-t-il, l'air atterré. Dire ça à une gamine…

Il la regarda fixement, avec une expression teintée d'admiration.

— Mais tu as gagné la partie. Tu as eu un départ difficile dans la vie, et pourtant, regarde-toi : tu es une belle femme, un médecin formidable… Tu as réalisé tes rêves, professionnels, au moins.

Emilia hocha la tête.

— C'est vrai, j'ai un boulot parfait, un appartement parfait, et la possibilité de me réfugier dans des endroits comme celui-ci quand j'ai un moment de libre. J'ai beaucoup de chance.

Oui, beaucoup de chance, sauf en ce qui concernait un pan plus personnel de son existence. Mais elle n'allait pas avouer cet échec à Dom, à qui tant de femmes faisaient les yeux doux.

— Moi aussi, j'ai eu beaucoup de chance, dit-il. On m'a

permis de venir ici pour étudier et pour exercer la médecine, et tout cela sans que personne, ou presque, ne connaisse ma véritable identité. Du coup, je suis resté bien plus longtemps que dans mes rêves les plus fous. Je me sentais sûr de mon choix, assez pour suggérer à mon père de venir se faire soigner ici. Mais maintenant…

Il secoua la tête.

— Maintenant, tout s'écroule. Je vais certainement devoir rentrer chez moi avant la fin de l'année. Il est grand temps que je monte sur le trône.

Emilia faillit éclater de rire. Quand elle était plus jeune, si quelqu'un lui avait prédit qu'elle se baladerait un jour sur une plage en compagnie d'un homme destiné à devenir roi, elle aurait cru à une plaisanterie. C'était pourtant le cas, mais c'était comme un rêve… Était-ce trop beau pour être vrai ?

— J'aurais dû le faire il y a longtemps. Mon père a soixante-quinze ans. Il aurait dû me transmettre les rênes depuis longtemps. J'ai été égoïste.

Alors qu'ils arrivaient au phare, ils ralentirent le pas et finirent par s'arrêter.

— Le médecin formidable, ce n'est pas moi, c'est toi, dit-elle. As-tu jamais songé au nombre de vies que tu as sauvées ? Et cela, parce que tu as abandonné une voie toute tracée… Parce que tu as travaillé dur pour accéder au destin que tu désirais. Je n'appelle pas cela être égoïste, Dom. C'est même assez héroïque, si tu veux mon avis.

De nouveau, le visage de Dom changea d'expression. Fascinée, Emilia vit ses yeux s'éclairer tandis que les rides qui barraient son front s'estompaient. L'ombre d'un sourire effleura ses lèvres, comme s'il hésitait à accepter le compliment, mais ce sourire timide était si chaleureux qu'il valait mille mots de gratitude pour le réconfort qu'elle lui avait apporté.

C'était pourtant la première fois qu'ils parlaient d'autre chose que du travail, depuis toutes ces années qu'ils se connaissaient. L'esprit de compétition qui les avait toujours opposés l'un à l'autre s'était effacé derrière une complicité que ni l'un ni l'autre n'avaient jamais essayé de définir. Cette même complicité que Dom avait décrite comme quelque chose de bien réel, de digne de confiance. Et de fait, elle était réelle, et profonde. Elle avait même pris un relief inédit après ces révélations extraordinaires, et plus encore à présent qu'elle savait que Dom allait certainement quitter Seattle d'ici à la fin de l'année. Dans quelques petites semaines, il allait disparaître à jamais de sa vie et cette seule pensée lui serrait le cœur si fort qu'elle en avait le souffle coupé. Muette, elle gardait les yeux rivés sur lui.

En fait, si elle voulait bien être franche avec elle-même, elle devait reconnaître que cet homme comptait énormément pour elle. Elle s'en était déjà rendu compte l'autre jour, lorsqu'elle l'avait vu bouleversé. Pourtant, ce qu'elle avait ressenti alors n'était rien comparé à maintenant. Quelle ironie, tout de même… Elle prenait conscience de l'ampleur de ses sentiments pour Domenico di Rossi alors même qu'elle apprenait qu'ils ne pourraient jamais être ensemble, de quelque manière que ce soit. À moins que… C'était peut-être précisément pour cela que ces sentiments surgissaient à présent. Ils ne l'exposaient à aucun risque, puisque rien ne pourrait jamais arriver entre eux.

Enfin, Emilia fut capable de détacher son regard du sien.

— Je dois y aller, dit-elle après avoir consulté sa montre. Je vais regagner le parking en courant, mais ne te sens pas obligé de me suivre. Prends ton temps pour rentrer.

— Tu me prends pour qui ?

Ils se retournèrent en même temps, et lorsque leurs regards se croisèrent, Emilia vit de la malice dans ses yeux et surtout, une complicité renouvelée du fait qu'ils connaissaient à présent la vérité l'un sur l'autre. Quoi qu'il en soit, Emilia avait une excellente raison pour devancer Dom. Elle ne tenait pas à le laisser deviner ce à quoi elle venait de penser. D'ailleurs, elle-même n'avait pas envie de se le rappeler. Elle s'élança en lui adressant un sourire et un défi par-dessus son épaule :

— Prem's !

4.

Un service de soins intensifs n'était jamais un lieu paisible, ni pour les patients ni pour les familles. La forte présence du personnel soignant faisait qu'on s'y sentait toujours un peu bousculé, et les malades étaient rarement seuls du fait de la surveillance constante dont ils avaient besoin. Les équipements sophistiqués créaient un concert de bips interrompu par des alarmes chaque fois qu'une constante devenait anormale.

C'est sans doute pourquoi personne ne prit garde au fait que le chef des urgences accordait une attention particulière au patient de la chambre du fond. Du reste, cet intérêt n'était pas exceptionnel en soi, puisque Dom avait l'habitude de suivre l'évolution des patients dont il avait eu la responsabilité. Par ailleurs, à part les rares personnes qui connaissaient l'identité de son père, tout ce qu'on savait de Roberto Baresi, c'était qu'il était dans le coma suite à une chirurgie d'urgence pour des blessures à la jambe et à la tête. De toute façon, personne n'aurait pu le reconnaître dans cet état, le crâne bandé, les yeux gonflés et fermés, le visage à demi couvert par l'appareil qui maintenait le tube à oxygène en place et qui le connectait au respirateur.

Depuis l'accident, Dom avait pris l'habitude de s'arrêter aux soins intensifs pour rendre visite à son père. Il s'entretenait régulièrement avec Max Granger, le neurochirurgien de Roberto, afin de pouvoir tenir Giada au courant de la situation. Au cours de la journée, il devait toutefois se contenter de visites brèves et purement cliniques, mais la nuit, les équipes étaient moins nombreuses et Dom en profitait pour s'attarder auprès de son père. Si jamais quelqu'un s'était aventuré à lui poser des questions, sa réponse était déjà prête : il était un ami de la famille. Mais pour l'heure, personne n'avait fait la moindre remarque. Étant donné la vulnérabilité des patients en soins intensifs, leur intimité était respectée dans la mesure du possible pour préserver leur dignité.

Ce soir, assis dans la pénombre de la chambre, Dom observait les moniteurs qui cernaient le chevet de son père. Il lui parla doucement sans craindre d'être entendu grâce au bourdonnement du respirateur et, plus généralement, à la rumeur du service. Il lui raconta que Giada était en bonne santé, qu'elle était repartie à Isola Verde, qu'il n'y avait pas de problème là-bas. Il lui donna aussi des nouvelles rassurantes des autres personnes impliquées dans l'accident : Giorgio n'était pas blessé, Logan s'en était tiré indemne et pourrait dès la semaine suivante rejoindre les équipes du Seattle General. Il lui répéta à maintes reprises que lui-même allait bien, qu'ils allaient tous prendre soin de lui et qu'il allait s'en sortir.

La situation était loin d'être réglée, bien entendu. Roberto était encore dans le coma, sous respirateur artificiel, et Dieu sait quand il se réveillerait. Dom se raccrochait toutefois à l'espoir. Ils avaient dépassé la période critique des six à douze heures suivant l'admission en soins intensifs sans observer aucune détérioration de l'état clinique de Roberto, premier signe d'une complication potentiellement mortelle en pareil cas, et ses constantes étaient stabilisées. Dom émit un long soupir de soulagement.

Après avoir passé en revue l'ensemble des moniteurs, il regarda enfin le visage de son père. La tension qui lui nouait les épaules s'estompa quelque peu, remplacée par une paix éphémère, certes, mais qu'il entendait bien savourer aussi longtemps que possible. Un sourire aux lèvres, Dom se pencha vers son père pour lui parler tranquillement. Il bavardait de tout et de rien, dans l'espoir que Roberto entendrait sa voix et sentirait qu'un être cher se trouvait auprès de lui.

— J'ai eu une grosse journée aux urgences : une victime

de fusillade, une personne qui est tombée d'un toit et un brûlé grave. Sans compter plusieurs cas d'overdose et des crises cardiaques…

Il se pencha en arrière et s'étira.

— Il t'arrive d'avoir mal entre les omoplates à cause du stress ? Oui, bien sûr… Quelle question !

Il s'interrompit un long moment, les yeux fixés sur son père.

— Il est autrement plus compliqué de diriger un pays qu'un service hospitalier, n'est-ce pas ? J'avoue que je n'ai pas hâte d'accepter la couronne. Mon royaume à moi, c'est le service des urgences.

Dom ferma brièvement les yeux. Il était temps de changer de sujet. Personne n'entendait son monologue, mais inutile de prendre des risques. Si jamais cette histoire venait à s'ébruiter, Roberto devrait faire l'objet de mesures de protection supplémentaires qui ne feraient qu'aggraver le stress général et compliquerait son traitement.

— Toi, c'étaient les chevaux qui t'aidaient à te détendre ? Une bonne course au galop sur la plage ? Moi, mon truc, c'est de rester sous une douche très chaude, très longtemps. Mais malgré le stress, je ne changerais de métier pour rien au monde.

Il se parlait à lui-même, à présent. En tout cas, jamais il n'aurait tenu ce genre de discours à son père en temps normal.

— J'adore ce boulot parce qu'il m'oblige à me dépasser et… savoir qu'on a changé, voire sauvé, une vie, franchement, je ne connais rien de mieux. Parce qu'on éprouve la satisfaction du devoir accompli. De la fierté, même.

Le visage de Roberto demeurait immobile, sans le moindre tressautement qui aurait suggéré qu'il l'entendait, mais c'était quand même agréable de lui expliquer à quel point son métier comptait pour lui. De lui dire toutes ces choses qu'il aurait sans doute dû lui raconter il y a longtemps.

— Je ne t'ai jamais remercié de m'avoir permis de réaliser ce rêve. Tu aurais pu m'empêcher d'étudier aux États-Unis.

Au lieu de cela, tu m'as autorisé à travailler ici plus longtemps que tu ne l'aurais souhaité. Je suis désolé d'être resté absent si longtemps, mais je reculais devant cette discussion avec toi. Je repoussais sans cesse le moment d'assumer mon devoir. D'année en année, j'espérais bénéficier d'un sursis pour rester ici et être fidèle à l'homme, au médecin que j'ai toujours désiré devenir. En tout cas, pas au prince héritier qui aurait dû se plier à ses devoirs. Si tu savais comme je me sens coupable…

Dom soupira à nouveau. Il n'aurait pas dû raconter tout cela, mais il avait refoulé ces questions pendant trop longtemps.

— Je culpabilisais aussi de garder mon identité secrète. Au début, pourtant, j'ai adoré pouvoir mener la vie de M. Tout-le-monde, me promener dans la rue sans craindre les paparazzi, mais tu sais quoi ? À cause de ce secret, personne ici ne me connaît vraiment. C'est devenu une barrière, à plusieurs égards.

Fort heureusement, Emilia Featherstone était à présent dans la confidence. Il s'était toujours montré à elle tel qu'il était, ou du moins tel qu'il pensait être. Malgré tout, ce secret faisait partie de lui-même et c'était comme un mur qui les avait toujours séparés, un fossé impossible à combler. Mais, Dieu merci, cet obstacle avait à présent disparu. Évidemment, cela n'avait pas été sans occasionner quelques remous, et il n'en voulait pas à Emilia d'être furieuse contre lui. Il avait bon espoir qu'avec le temps elle lui ferait à nouveau confiance et qu'ils pourraient bâtir leur relation sur de nouvelles bases. Elle était la personne la plus sincère qui soit. Lorsqu'elle entreprenait quelque chose, elle y mettait toujours toute son âme.

L'arrivée d'une infirmière interrompit ses pensées.

— Veuillez m'excuser, docteur di Rossi… Je dois faire une prise de sang à Roberto Baresi pour vérifier sa saturation en oxygène. Il faudrait également le repositionner.

— Oui, bien sûr. Je m'en vais tout de suite.

— Je vous en prie, c'est inutile. C'est un examen rapide

et ça fait plaisir de voir que M. Baresi a de la compagnie. Il est tout seul, le pauvre, loin de sa famille.

— Hum… C'est vrai, mais de toute façon, j'allais partir, dit-il en se levant.

L'infirmière hocha la tête en souriant et prépara sa seringue. Dom quitta la pièce et, malgré l'heure tardive, il décida de retourner dans son bureau pour rattraper du travail administratif en retard. À présent que la tension du jour avait disparu, il avait l'esprit bien plus clair. Alors qu'il longeait le couloir, il se reprit à penser à Emilia et à cette complicité si particulière qui les unissait. Sans être exactement de l'amitié, cela y ressemblait tout de même beaucoup. En fait d'ami, il n'en avait qu'un : Lucas. À présent qu'il y pensait, leur relation s'était fondée sur des points communs. Comme lui, Lucas avait du mal à se conformer aux exigences de sa famille. Ils travaillaient ensemble et, dès que possible, partageaient une bière ou une pizza pour décompresser. Ils étaient comme des frères, toujours prêts à porter assistance à l'autre. Évidemment, ils n'étaient pas toujours d'accord sur tout, mais pour l'essentiel, ils étaient sur la même ligne.

En revanche, l'histoire d'Emilia était diamétralement opposée à la sienne. Ils n'avaient cessé de se battre pour la première place. Elle avait comme lui un désir de réussite chevillé au corps, mais sans doute pas pour les mêmes raisons que lui. Pour Dom, cette ambition avait surtout été le moyen de se réaliser, mais qu'en était-il pour Emilia ? Le travail était-il pour elle une échappatoire ?

Perdu dans ses pensées, il traversa les urgences sans être arrêté une seule fois. Le calme qui régnait dans le service à cette heure-ci était en total contraste avec l'animation du reste de la journée. On aurait dit deux univers totalement différents. Aucune distraction ne perturba ses ruminations tandis qu'il regagnait son bureau.

En fait, il avait plus de points communs avec Emilia qu'il ne l'avait réalisé. Comme lui, elle avait fui son passé. Pour un œil extérieur, ils étaient diamétralement opposés l'un à l'autre. Elle avait échappé à la pauvreté et à un environnement où personne ne se souciait d'elle. Lui, en revanche, avait grandi dans l'opulence, entouré de quantité de personnes qui se souciaient un peu trop de lui et d'un destin tout tracé. Et pourtant, au fond, ils étaient de la même étoffe, lui et elle. En tout cas, si Emilia daignait s'en apercevoir, peut-être finirait-elle par lui pardonner de lui avoir dissimulé son secret si longtemps. Ce sujet n'aurait pas dû lui tenir autant à cœur, mais c'était plus fort que lui. Il n'avait connu et ne connaîtrait sans doute aucune femme comme Emilia ; pourtant, il faudrait lui dire adieu sous peu, alors qu'il venait tout juste de prendre conscience des liens qui l'unissaient à elle…

Une fois dans son bureau, Dom sortit son téléphone portable. Il était minuit passé et la politesse la plus élémentaire imposait de ne pas réveiller les gens à cette heure tardive, mais il était saisi d'un sentiment d'urgence. Un texto ne la dérangerait pas, sûrement…

Je viens de me souvenir que c'était bientôt Thanksgiving. Tu as prévu quelque chose ?

Apparemment, elle ne dormait pas car sa réponse ne tarda pas à arriver.

Je me disais justement que je devrais préparer une dinde, une tarte à la citrouille, mais j'ai un peu la flemme.

Tu sais cuisiner, toi ?

Bien mieux que toi, j'en suis sûre.

Le silence se fit pendant une minute, puis un bref signal sonore indiqua l'arrivée d'un message qui fit sourire Dom. C'était comme si tout était redevenu comme avant entre lui et Emilia : les plaisanteries, cette compétition amicale…

Je m'occupe de la dinde. Je te laisse la tarte. On fait ça chez moi ou chez toi ?

Chez moi. Et apporte les ingrédients. Pas des produits cuisinés, ce serait de la triche.

À quoi bon tricher ? Je serai surprise si tu arrives à faire bouillir de l'eau !

Son message se concluait par un émoji clin d'œil.

Tout au long de sa vie, Emilia avait souvent été confrontée à l'impression d'être privée de ce que tout le monde semblait posséder. À force, ce sentiment était devenu si familier qu'elle y trouvait presque du réconfort. Aussi puissant soit-il, elle savait qu'elle pourrait y faire face et même, qu'il la rendrait plus forte. Les manques les plus difficiles à combler étaient d'ordre émotionnel, bien sûr. C'était le besoin de se sentir chez soi quelque part… Le besoin d'être aimée ou d'habiter dans l'une de ces maisons qui scintillaient pendant les fêtes, lorsque tout le monde se retrouvait en famille, enveloppé de l'affection de ses proches. Tout le monde, sauf elle…

Cette année, la liste de ses envies s'étoffait d'un tout nouveau désir : celui de partager la compagnie d'un être cher. Ce n'était pas un besoin diffus de briser sa solitude avec une personne qui compterait pour elle. Non, elle voulait être avec Domenico di Rossi. Non qu'elle soit amoureuse à proprement parler, même si elle n'avait éprouvé une telle connexion avec personne d'autre. Pourtant, le gouffre qui la séparait de lui ne lui avait jamais paru aussi profond. Dom et elle n'étaient pas du même monde. Aussi fou que cela puisse paraître, il était un prince, bientôt appelé à devenir roi !

En tout cas, elle avait accepté son invitation et se trouvait maintenant chez lui, devant un plan de travail, tandis qu'il était penché sur l'îlot central de la cuisine. Le double four chauffait déjà, et chacun était résolu à prouver qu'il était le meilleur cuisinier. Emilia observa d'un regard appréciateur la volaille qu'elle avait achetée la veille. Elle avait visionné jusque tard dans la nuit des vidéos censées lui expliquer comment devenir un as de la dinde rôtie. Tous les ingrédients dont elle avait besoin étaient réunis. Bref, le match pouvait débuter. Elle commença par essuyer la dinde, puis elle lui ficela les pattes.

— Dieu merci, je ne fais pas cela tous les jours, autrement, je deviendrais végétarienne, maugréa-t-elle.

— Tu veux qu'on échange ? Tu peux t'occuper des tartes, si tu préfères.

— Comment ça, *les* tartes ?

— *Sì*. J'ai lu qu'il fallait absolument avoir une tarte à la citrouille *et* une tarte aux pommes en dessert. À mon avis, ma tâche sera plus difficile que la tienne.

— Ça m'étonnerait.

Emilia replia les ailes sous la volaille, ainsi que le recommandait l'une des vidéos.

— Je ne dois pas seulement m'occuper de la dinde, tu sais. Il y a aussi l'accompagnement : la sauce, les légumes…

Elle versa de l'huile d'olive sur la volaille et la badigeonna.

— Une purée de pommes de terre à l'ail, une sauce aux canneberges, des choux de Bruxelles, des haricots verts…

— C'est bon, c'est bon, dit-il en souriant. Nous partons à égalité, je ne veux plus échanger avec toi. Tiens, prends donc un verre de vin.

Il s'empara d'une bouteille parmi les sacs de courses posés par terre.

— C'est vrai, ce que tu me disais ? Tu n'as jamais préparé une dinde de ta vie ? Moi, au moins, j'ai l'excuse de ne pas être américain.

— Je n'ai pas l'habitude de mentir, répliqua-t-elle sèchement.

Dom lui lança un regard circonspect et elle se mordilla la lèvre inférieure.

— Désolée…

Elle s'essuya les mains avant d'accepter le verre qu'il lui tendait.

— Je ne t'accuse pas d'avoir menti.

— Non, mais je ne t'ai pas confié mon secret et ça revient

au même, n'est-ce pas ? Je n'ai plus de secrets pour toi, Emmy, dit-il en la regardant fixement. Plus jamais. Promis.

Quelle importance puisqu'il allait bientôt partir ? Emilia sentit sa gorge se serrer à cette pensée. Dom allait disparaître de sa vie très bientôt. Inutile de se leurrer. Pourquoi le souverain d'un petit royaume méditerranéen garderait-il le contact avec une connaissance associée à une vie qu'il aurait abandonnée ? Et pourtant, quelque chose dans son regard ténébreux la persuadait que, malgré la séparation, ils seraient toujours unis par ce lien indéfectible. Ils avaient tant de points communs : une passion pour leur métier, un goût pour la compétition… La tristesse que trahissait le regard de Dom disait mieux qu'un long discours à quel point il allait regretter sa vie à Seattle, l'adrénaline des urgences. Et elle, allait-il la regretter ?

Emilia trempa les lèvres dans son verre pour se soustraire à son regard et à l'émotion qui montait en elle. Puis elle cligna les yeux, surprise.

— Il est délicieux, ce vin… Je n'en ai jamais goûté d'aussi bon.

— Nos vignobles d'Isola Verde sont parmi les meilleurs d'Europe. Notre huile d'olive est excellente et tu devrais goûter notre *limoncello*, ajouta-t-il en levant son verre pour trinquer avec elle. Ça t'arrivera peut-être un jour.

— Hum…

Elle se dispensa d'une réponse plus élaborée et avala une autre gorgée de vin avant de sortir d'un sac les herbes et les épices dont elle aurait besoin pour assaisonner la dinde.

— Je vais la mettre au four dans une minute. Le compte à rebours est enclenché. Tu n'as que quelques heures pour préparer tes tartes. Tu n'as pas acheté une pâte toute prête, j'espère ?

— Pour qui me prends-tu ?

Peu après, une tempête de farine avait éclaté dans la cuisine. Une partie du plan de travail de granit noir était encombrée de saladiers et, sur l'espace qui restait, Dom pela une citrouille qu'il détailla ensuite en dés avant de les verser dans une marmite. Cela fait, il remplit à nouveau leurs verres.

— C'est sympa de passer un moment ensemble en dehors de l'hôpital.

Emilia hocha la tête.

— Tu dois y consacrer l'essentiel de ton temps, ces jours-ci, non ?

— Plus ou moins, oui. J'ai récemment lu un article très intéressant sur l'importance de parler à des personnes dans le coma. Dans une étude qui date de 2015, si mes souvenirs sont bons, des scintigraphies cérébrales ont révélé que ces patients peuvent entendre et comprendre ce qui se dit autour d'eux. Ceux à qui on parlait tous les jours se réveillaient significativement plus tôt et leur convalescence était plus rapide. Donc, oui, je lui rends visite aussi souvent que possible.

— Comment va-t-il ?

Tous deux s'affairèrent à leurs tâches en discutant des soins médicaux apportés à Roberto. Occupée à préparer sa sauce aux canneberges, Emilia débattait avec Dom des avantages et des inconvénients d'une trachéotomie précoce en cas de ventilation prolongée.

— Il est dans le coma depuis seulement cinq jours. Par « précoce », j'entends jusqu'à dix jours, ce qui nous laisse encore un peu de temps.

— Oui, mais un tel traitement permettrait de limiter la durée de la ventilation et de minimiser les risques de sevrage, si je ne m'abuse ?

— C'est exact, mais pourquoi avoir recours à une intervention aussi invasive si le besoin ne s'en fait pas absolument sentir ? On a déjà commencé à diminuer l'assistance respiratoire. Avec un peu de chance, mon père devrait bientôt se remettre à respirer de manière autonome. C'est un dur à cuire. Quelqu'un de déterminé.

Dom fronça les sourcils comme si l'élaboration de la tarte lui réclamait une concentration particulière.

— Je suis sûr qu'il va s'en tirer.

Il cligna les paupières très rapidement et demeura silencieux un instant.

— Il va remporter cette bataille.

— Tel père, tel fils.

— *Scusi ?* demanda-t-il d'un air perplexe.

— Eh bien, vous vous ressemblez beaucoup, tous les deux. Vous aimez gagner.

Les lèvres de Dom s'incurvèrent en une ombre de sourire.

— Oui, tu as sans doute raison. En tout cas, je suis bien parti pour te battre. Tu vas être éblouie par ma prouesse.

— Attends de goûter à ma sauce.

Emilia sortit son portable et chercha une recette parmi ses favorites, puis elle fouilla dans ses sacs de courses. Occupé à découper des bandes de pâte, Dom leva les yeux vers elle.

— Qu'est-ce que tu cherches ?

— Il faut que je prépare un bouillon. La recette dit d'utiliser le cou de la dinde, mais la mienne n'en avait pas, justement.

— Il est sûrement dans un sac en plastique, avec les abats.

Les abats ? Emilia n'osa pas lui avouer qu'elle n'avait aucune idée de ce que c'était.

— J'ai tout le reste : la farine, la sauge… Je devrais peut-être retourner chez le boucher pour lui demander ce qu'il a fait du cou ?

— Non, ne t'embête pas pour si peu. Jette un coup d'œil dans le garde-manger, tu y trouveras des bouillons cubes. Ma femme de ménage me fait souvent la cuisine, donc j'ai ici tout ce qu'il faut. Un bouillon de poulet ferait très bien l'affaire, je pense.

— C'est de la triche, dit-elle d'un air réprobateur.

Le sourire de Dom s'épanouit davantage.

— Je ne t'en tiens pas rigueur. De toute façon, j'ai déjà gagné. Regarde-moi cette œuvre d'art.

Il finissait de disposer des croisillons sur les tranches de pommes.

— Oups, cette bande va dessous, pas dessus. Arrête de

me déconcentrer, Emmy. Je dois vite les mettre au four pour qu'elles soient prêtes au moment du dessert.

C'était drôle… Emilia avait toujours détesté qu'on l'appelle Emmy, mais aujourd'hui, ce surnom lui plaisait. Beaucoup, même. Autant que cette journée passée à cuisiner. Ils mirent la table ensemble pendant que la dinde finissait de cuire. Les arômes délicieux de la volaille et de la sauce qui embaumaient l'appartement lui mettaient l'eau à la bouche. Cela sentait bon Thanksgiving et, pour une fois, elle était de la fête. Elle avait trouvé sa place.

Dom avait choisi son bel appartement pour sa proximité avec l'hôpital, mais il y trouvait aussi un cadre de vie agréable qui lui permettait de se concentrer sur son métier. Il n'empêche, jamais il n'avait vu sa cuisine dans un tel état. L'évier était encombré de vaisselle et les plans de travail jonchés des restes de leur compétition culinaire, mais surtout, il s'y livrait un concert de bonnes odeurs. Les arômes de viande rôtie se mêlaient à ceux de la sauce qui mijotait doucement et à la délicieuse odeur des tartes. Dom se pencha devant la vitre du four : la cuisson était presque à point. La table était mise et Emilia préparait une purée de pommes de terre agrémentée d'ail rôti. Dom sortit la crème fraîche du réfrigérateur pour réaliser une chantilly maison.

— Je meurs de faim, dit-il en battant énergiquement la crème au fouet.

— Moi aussi. Je ne pensais pas que ce repas nous prendrait autant de temps.

— Et pour ne rien arranger, je n'ai pas arrêté de parler du boulot. Tu dois en savoir autant sur l'état de mon père que les soignants qui s'occupent de lui.

— Tu ne m'as pas ennuyée, Dom. C'est normal que tu penses à lui. Il s'agit de ton père, après tout, et je conçois tout à fait que tu te fasses du souci pour lui. Il faudrait être aveugle pour ne pas voir à quel point tu l'aimes.

Ah bon ? Dom regarda Emilia tandis qu'elle enlevait les feuilles d'aluminium qui enveloppaient la dinde. Depuis l'accident, l'inquiétude que lui donnait son père s'était mêlée à une bonne dose de culpabilité, mais avec ce simple petit mot, Emilia avait vu juste. Oui, il aimait vraiment son père. Seulement, d'autres sentiments avaient pris le pas sur cet attachement : la répugnance à abandonner une carrière qu'il adorait, la distance physique et affective qui les séparait. S'il fallait reconnaître un mérite à cet accident, c'était d'avoir fait voler en éclats toutes ces barrières.

— Tu as beaucoup de chance, tu sais, ajouta-t-elle avec un doux sourire. Tu as une famille, toi, et en fin de compte, Thanksgiving se résume à cela. L'essentiel, c'est la famille, n'est-ce pas ?

Elle se détourna et battit des paupières, comme pour chasser des larmes.

— Regarde-moi cette merveille, dit-elle en disposant la dinde sur un plateau. Reconnais ta défaite, Dom. Tu ne peux pas faire mieux, avoue.

— Elle est appétissante, en effet.

Pour autant, il n'était pas prêt à lui concéder la victoire. Surtout, il était resté sur les paroles qu'elle venait de prononcer.

« L'essentiel, c'est la famille, n'est-ce pas ? »

Oui, il avait de la chance. Il avait un père et une sœur, et une maison magnifique sur une île méditerranéenne baignée de soleil. Emilia pouvait-elle compter sur l'affection d'une famille, de proches ? S'il l'avait mieux connue, autrefois, aurait-il eu d'autres rapports avec elle ? Pensif, il la regarda apporter les plats sur la table. Quelques mèches folles s'étaient échappées de sa coiffure et caressaient ses joues rougies par la chaleur du four. Avec ses manches retroussées et son tablier sale, jamais elle ne lui avait paru aussi jolie.

Il se rappela la première fois qu'il l'avait remarquée, il y avait bien longtemps. Déjà à l'époque, il avait compris qu'elle risquait de le déconcentrer et de le détourner de ses objectifs. À vrai dire, il avait été soulagé de s'apercevoir qu'elle était prête à tout pour lui damer le pion dans les études et que rien ne la ferait dévier de son ambition d'être la première. Donc, non, leur relation n'aurait pas été différente, parce que la situation ne l'aurait de toute façon pas permis. En revanche, maintenant, rien n'était plus pareil entre eux, parce qu'ils s'étaient raconté leurs passés respectifs. Mais c'était trop tard, il allait bientôt quitter Seattle. Très bientôt, il serait temps pour lui de rejoindre cette famille qu'il avait la chance d'avoir. En attendant, il pouvait et devait prendre plaisir à cette petite fête.

Ils entamèrent le repas en silence.

— J'aime beaucoup la purée, dit-il au bout de quelques minutes. Et les haricots. Et même les choux de Bruxelles.

— Mais ?

— Hum… Je répugne à te le dire…

— Mais tu vas le faire, de toute façon.

Emilia reposa sa fourchette avec un gros soupir.

— Et tu as raison. La dinde a un goût bizarre.

— Un peu, j'avoue.

— J'ai pourtant suivi la recette à la lettre… Qu'est-ce qu'elle a, cette dinde ?

— Je ne sais pas.

Dom avala une autre bouchée tout en contemplant la volaille qui trônait au milieu de la table.

— Elle a comme un goût de… de plastique.

Il fronça les sourcils, les yeux étrécis.

— C'est quoi, ça ?

— Quoi donc ?

Il tendit le bras vers quelque chose qu'il avait repéré sur la planche à découper.

— Tu n'as pas garni la dinde, si je ne m'abuse ?

— Non, puisque je n'avais pas les abats.

— Justement. Regarde, là.

Elle ouvrit une bouche stupéfaite lorsqu'il sortit une masse informe de la carcasse.

— Mais qu'est-ce que c'est que ce truc ?

Dom éclata de rire.

— J'ai compris ! Lorsque tu cherchais les abats, as-tu pensé à regarder à l'intérieur de la dinde ?

— Non… C'est infect ! Quelle idée ont-ils eue de fourrer un sac en plastique à l'intérieur ? Arrête…

Mais Dom était saisi d'un fou rire incontrôlable et contagieux. Il riait encore lorsque, du coin de l'œil, il aperçut de la fumée qui s'échappait du four, juste quelques secondes avant que l'alarme se déclenche. Bon sang, quel idiot… Il avait oublié d'éteindre le four. Quelle catastrophe ! Ses tartes allaient être complètement carbonisées. En l'espace d'un instant, leur dîner de Thanksgiving s'était transformé en désastre. Et pourtant, jamais il n'avait passé un aussi bon moment.

5.

Tous les ans, c'était la même chose. La fin de la saison de Thanksgiving coïncidait avec le lancement des préparatifs des fêtes de fin d'année. Des musiques de Noël résonnaient déjà dans les boutiques et les cafés. Des décorations fleurissaient un peu partout dans les couloirs et les services du Seattle General. Le coup d'envoi officiel avait eu lieu ce 1er décembre, lorsque les sapins de Noël avaient été installés dans l'énorme verrière, à l'entrée de l'hôpital. Un immense sapin se dressait à côté d'un autre, plus petit, et tous deux étaient ornés de guirlandes lumineuses, de glaçons en verre dépoli et de boules argentées. Au pied des arbres, de la ouate blanche imitait des congères. En salle de repos, les conversations allaient bon train concernant le concours de biscuits de Noël et le gala de collecte de fonds prévu pour le 12 décembre.

Emilia commençait à en avoir assez. Les derniers billets étaient en passe d'être écoulés, et elle savait qu'il fallait se dépêcher pour avoir une chance de participer à ce dîner prestigieux. Elle s'était toujours sentie étrangère à cette prétendue magie de Noël, une période qui n'évoquait pour elle que des mauvais souvenirs. Dès son plus jeune âge, elle avait compris que cette joie, cette animation, c'était pour les autres, pour des enfants nés dans une famille qui les choyait, les chérissait. De cette époque, elle avait gardé une aversion pour Noël et tout ce qui entourait cette fête : les ornements clinquants, les bijoux et les bandeaux surmontés de ramures de cerf, tout cela faisait partie d'un grand show qui lui laissait un goût amer. Au fil des ans, elle avait amélioré sa capacité de dépasser les émotions négatives en se concentrant sur l'instant présent.

Et ce matin-là, comme tous les jours, elle était totalement concentrée dès qu'elle arriva aux urgences. Le service était un chaos organisé, comme souvent au moment des relèves, mais pour ne rien arranger, les équipes avaient été averties à la dernière minute de l'arrivée d'un cas grave de traumatologie. L'ambulance était déjà là et le blessé fut conduit aussi vite que possible en salle de soins.

Dom passa les portes en même temps qu'elle. Sa garde n'avait sûrement pas encore commencé. En tout cas, il semblait sortir tout juste d'une douche et n'avoir pas pris la peine de peigner ses cheveux mouillés. Il n'en était que plus craquant, si c'était possible. Mais Emilia ne s'attarda pas plus d'une seconde sur cette pensée. Elle tendit le bras pour attraper une paire de gants dans le distributeur mural au moment où Dom faisait de même. Leurs regards se croisèrent brièvement, et Emilia fut soulagée de ne rien trouver de personnel dans cet échange. La seule chose qui les rassemblait en cet instant, c'était la détermination d'apporter les meilleurs soins possible au blessé qu'on leur confiait.

Dom fit claquer ses gants en latex tandis qu'il s'approchait du brancard.

— Quel est le problème ?

— C'est un homme d'environ soixante-dix ans, dit un ambulancier. Il s'appelle Brian Butcher.

Il se pencha vers le patient, qui gémissait bruyamment.

— Tout va bien, Brian. Vous êtes à l'hôpital. N'essayez surtout pas de bouger.

Son coéquipier intervint alors.

— Il a fait une chute de cinq ou six mètres. Il avait grimpé sur son toit pour accrocher un Père Noël… Vous savez, ces marionnettes dont les jambes dépassent de la cheminée…

Dom fronça les sourcils pour lui signifier de s'en tenir aux détails cliniques essentiels.

— La chute a été amortie en partie par un massif de buissons, mais il a atterri sur une allée en béton, compléta le premier ambulancier. Le score de Glasgow était à 8 à notre arrivée, ses yeux s'ouvraient en réponse à un stimulus douloureux, il tenait des propos incompréhensibles et manifestait une réaction d'évitement face à la douleur. Tension systolique à 9, tachycardie à 130 BPM. Nous avons tenté sans succès de le perfuser mais comme nous n'étions pas loin, nous avons pensé qu'il valait mieux le conduire directement ici.

Emilia s'approcha à son tour du brancard. En effet, l'obésité du patient rendait difficile la pose d'une intraveineuse. L'accès aux voies respiratoires allait s'avérer délicat pour cette même raison. Dans l'immédiat, toutefois, il fallait surtout mobiliser assez de personnel pour déplacer le patient du brancard à un lit. Où étaient les autres ? En plus d'elle-même et de Dom, un interne et deux infirmières les avaient rejoints, mais ils n'étaient pas au complet.

— Vous savez où se trouve Lucas ? demanda Dom. Il est dans l'équipe qui s'occupe du piéton renversé par un bus ?

— Non, répondit une infirmière. Je vais voir s'ils peuvent nous envoyer quelqu'un.

— Normalement, qui doit le remplacer en traumatologie ?

— Ce ne devait pas être le nouveau ? intervint l'interne. Logan ? Mais il n'est pas encore arrivé, je crois.

— Logan Connors. Je n'ai pas envie de le jeter dans le grand bain tout de suite. Pas dès son premier jour, en tout cas. J'espérais que Lucas serait de retour.

Il secoua la tête comme pour évacuer une information qui ne servait qu'à le distraire.

— C'est bon, je vais m'en charger. Amenez-moi une planche de transfert et voyez si quelqu'un est libre une minute pour nous donner un coup de main. Allez, on se bouge ! Je n'aime pas du tout ce stridor.

En effet, à chaque respiration, le patient émettait un bruit qui ressemblait à un sifflement et qui laissait craindre une complication comme un œdème ou une hémorragie. Quelle que soit la cause de ce bruit, il faudrait commencer par stabiliser les voies respiratoires du blessé, comme chez n'importe quel patient traumatisé, mais la corpulence de l'homme ne leur faciliterait pas la tâche.

Dom observa Brian pour s'assurer qu'il ne souffrait pas d'autres difficultés respiratoires et il donna des instructions à l'équipe réduite qu'il avait à sa disposition pour ôter les vêtements de l'homme, mettre en place un moniteur cardiaque, un tensiomètre et un oxymètre de pouls. La minerve avait été enlevée pour permettre d'examiner le cou et l'intérieur de la gorge.

— Je pourrais avoir une pompe à salive ?

Il prit l'appareil que lui tendait l'infirmière et se tourna ensuite vers l'ambulancier.

— Vous savez s'il a des antécédents ?

Le secouriste secoua la tête.

— Il vit seul, mais sa voisine, Dierdre, va passer chez lui pour récupérer ses médicaments.

Dom opina. Il venait d'aspirer le sang qui le gênait pour examiner l'intérieur de la bouche et il observait à présent la gorge. Il leva la tête et croisa le regard d'Emilia tandis qu'on découpait le pull et le T-shirt de Brian pour donner accès à la partie supérieure de son corps.

— Il a un volet costal, remarqua Emilia.

En effet, Brian respirait de manière paradoxale : à l'inspiration, son ventre se vidait et il se gonflait à l'expiration, signe qu'une ou plusieurs côtes s'étaient cassées et désolidarisées du reste du thorax. Il s'agissait d'une urgence absolue au pronostic incertain.

— Les muscles accessoires sont mobilisés. Je note aussi une tachypnée.

Dom fronça les sourcils à la vue des chiffres qui apparaissaient sur les moniteurs.

— La saturation en oxygène est bien trop faible. Il faut l'intuber tout de suite. J'aurais besoin d'un vidéo-laryngoscope, ajouta-t-il en se tournant vers l'interne. Préparez-moi aussi un kit de CT, merci. Emmy, ce serait génial si tu arrivais à le mettre sous perfusion. Ensuite, tu m'aideras à l'intuber.

Il ne s'était sûrement pas rendu compte qu'il l'avait appelée par son diminutif, mais au lieu de l'indisposer, cette petite familiarité dénotait la confiance qu'il avait en elle pour travailler vite et en bonne intelligence dans une situation où l'état de leur patient se dégradait de minute en minute. Cette première étape consistant à poser une intraveineuse et à contrôler les voies respiratoires devait leur permettre de stabiliser le patient. D'habitude, Emilia ne tenait pas ce rôle au sein de l'équipe. Ses compétences d'orthopédiste allaient surtout servir à évaluer l'étendue des lésions thoraciques et à mettre en évidence d'autres fractures potentiellement létales. Pour l'heure, toutefois, la priorité absolue était de s'assurer que le patient arrivait à respirer.

Les minutes qui suivirent furent chaotiques. Le patient finit d'être déshabillé et les dérivations ECG furent posées sur son torse. Dom prépara les médicaments qui allaient servir à l'anesthésie préalable à l'intubation. Un chariot à perfusion à côté d'elle, Emilia essayait de localiser une veine dans le pli du coude et finit par la trouver au bout d'un temps qui lui sembla une éternité. Après avoir posé une ligne de solution saline, elle redressa enfin la tête et croisa le regard de Dom. Il eut un bref hochement de tête qui valait toutes les félicitations du monde. Le moment était venu de procéder à l'intubation.

Emilia commença par pré-oxygéner le patient à l'aide d'un masque à ballon, tout en s'assurant qu'elle avait le nécessaire à portée de main et qu'elle pouvait voir les moniteurs sans difficulté. La première tentative se solda par un échec.

— On va optimiser la position, dit Dom d'une voix calme. Il faudrait incliner l'axe tête-torse à trente degrés par rapport au bas du corps, avec les oreilles dans le prolongement de l'encoche suprasternale. Je vais essayer avec une autre lame. Emilia, tu pourrais tenir la trachée en place ?

Elle palpa l'arc cricoïdien et le coinça entre deux doigts tandis que Dom insérait la sonde d'intubation et vérifiait sa bonne position. Au bout d'un moment, une expression de soulagement et de satisfaction se lut sur le visage de Dom : il avait réussi. Sa concentration ne se relâcha cependant pas une seconde. À présent que les poumons de Brian étaient ventilés, les dégâts causés par le volet costal apparaissaient clairement. Les fractures avaient dû perforer un poumon, et de l'air ou du sang s'était accumulé entre la paroi thoracique et la plèvre. Il fallait poser de toute urgence un drain thoracique pour éliminer l'épanchement. Le pronostic vital de leur patient était engagé.

Emilia prit l'initiative des opérations et réalisa une incision par laquelle elle introduisit le cathéter. Un afflux de sang lui confirma que le drain était bien positionné. Enfin, l'urgence devenait gérable. Elle croisa à nouveau le regard de Dom tandis qu'il l'aidait à fixer le tube de drainage : il exprimait bien plus qu'une satisfaction fugace. Déjà, les chiffres sur les moniteurs dénotaient une amélioration. Ils devaient encore effectuer un bilan pour s'assurer que Brian ne souffrait pas d'autres blessures et il faudrait ensuite certainement l'opérer, mais la situation prenait une tournure encourageante.

De nouveau, Emilia redressa la tête vers Dom et leurs regards s'accrochèrent une fraction de seconde. Parce qu'il lui avait parlé de son passé ? Parce qu'ils avaient admis l'existence de ce lien spécial qui les unissait ? Elle se remémora ses propos de l'autre jour.

« Nous sommes pareils, toi et moi. Nous donnons tout ce que nous avons à notre carrière, à tous ceux qui nous accordent leur confiance et qui mettent leur vie entre nos mains. »

Quel crève-cœur ce serait pour lui d'abandonner son métier ! À sa place, elle ne serait pas capable d'un tel renoncement. Mais elle n'était pas princesse, n'est-ce pas ? Ils étaient tous les deux soudés par leur amour pour ce métier, mais les ressemblances s'arrêtaient là, comme Emilia en prit conscience lorsque la voisine de Brian arriva munie d'un sac en plastique qui contenait des médicaments et le portefeuille de celui-ci. À l'inverse de Brian, et d'elle-même, Dom n'était pas seul au monde. Bien sûr, sa famille sortait de l'ordinaire, mais c'était quand même une famille. Alors, évidemment, elle compatissait à ses soucis, sans pouvoir toutefois s'empêcher de l'envier.

Cependant, cette boule qui lui serrait le ventre chaque fois qu'elle pensait à lui n'avait rien à voir avec de l'envie. Non, c'était un sentiment autrement plus compliqué, plus dangereux. La vie était tellement plus simple avant, lorsque les seules émotions qu'il lui inspirait étaient un besoin de lui montrer ce dont elle était capable et de gagner son respect, et celui de leurs camarades ! Elle préférait de loin l'agacement que lui causaient ses taquineries à ce flot d'émotions obscures qui déferlait en elle. D'ailleurs, Emilia n'avait pas la moindre intention de les analyser davantage. À quoi bon, puisqu'il allait bientôt partir ?

Non sans soulagement, Emilia s'éclipsa à la suite du brancard de Brian. Elle savait que Dom la suivait des yeux, mais elle garda les siens rivés sur le moniteur fixé à l'extrémité du brancard. Elle ne voulait pas remarquer à nouveau ses cheveux en bataille, ni croiser son regard aux prunelles sombres. Elle ne voulait éprouver aucune de ces émotions mais tout de même, qu'il était difficile de ne pas tourner la tête !

Seigneur, quelle journée !

Dom ne parvint à se libérer pour rendre visite à son père que bien après l'heure à laquelle sa garde aurait dû s'achever. Alors seulement il s'aperçut qu'il avait laissé passer l'heure de son repas. S'il ajoutait à cela son jogging matinal, il n'était pas étonnant qu'il commence à ressentir les effets de l'hypoglycémie, mais un café avec deux sucres suffirait sûrement à dissiper son mal de tête et cette vague sensation de nausée. Alors qu'il se rendait en salle de repos, il s'arrêta en chemin pour tenter d'éclaircir un problème qui le tracassait. Pourquoi

Lucas n'était-il toujours pas rentré de ce congé impromptu ? Que lui était-il arrivé d'assez grave pour qu'il reste absent si longtemps sans donner de nouvelles ? Pas le moindre signe de vie, mis à part une réponse au message que Dom avait laissé sur sa boîte vocale le jour où il avait disparu, voilà plus d'une semaine. Cette fois-ci, Dom préféra lui envoyer un texto plutôt que d'essayer de l'appeler.

Tu as raté un joli cas ce matin : volet costal avec hémo-pneumothorax et intubation difficile. Tu aurais adoré ça.

À sa grande surprise, à peine s'était-il remis à marcher qu'un léger tintement lui annonça l'arrivée d'un SMS.

Vous avez l'air de bien vous amuser, dis donc ! Je suis sûr que vous vous débrouillez très bien sans moi, mais je serai bientôt de retour. Au plus tard pour le gala. Tu peux me prendre un billet ?

Dom était rassuré d'avoir obtenu une réponse aussi rapide, mais il en savait toujours aussi peu sur l'endroit où Lucas pouvait bien se trouver et sur les raisons de son absence. Devait-il s'inquiéter ? Après tout, si son ami songeait à participer à une fête, c'était qu'il ne lui était rien arrivé de grave, non ? Perdu dans ses pensées, Dom entra dans la salle de repos et s'immobilisa à la vue d'Emilia installée à une table, des feuilles étalées devant elle.

— Qu'est-ce que tu fais là ?

— J'ai un patient en soins intensifs. En fait, c'est notre homme de ce matin, celui qui est tombé du toit. J'en ai même deux, en comptant ton…

Elle s'interrompit en ouvrant de grands yeux.

— Ton, euh… Ton patient, M. Baresi.

Dom jeta un coup d'œil par-dessus son épaule pour s'assurer que personne ne risquait de surprendre leur conversation.

— Sa jambe a l'air de guérir correctement.

— C'est vrai. Et d'après Max Granger, son état neurologique est stable.

Dom acquiesça d'un léger hochement de tête.

— Je serai vraiment rassuré lorsqu'il se réveillera.

Il ferma les paupières un instant.

— Désolé, la journée a été longue. Je suis passé juste pour un café et un biscuit. J'ai sauté mon repas.

— Tu dois mourir de faim ! Il y a une boîte pleine de biscuits de Noël sur la table. J'ai l'impression que certains s'exercent déjà pour le concours.

— Ah, oui… Le concours de biscuits de Noël, dit-il en piochant dans la boîte. Ce sont des bonshommes en pain d'épice ?

— Non, retourne-le. C'est un renne.

En effet, le gâteau avait été découpé avec un emporte-pièce en forme de bonhomme, mais il avait été décoré de telle manière que les jambes ressemblaient à la ramure d'un cerf, tandis que les bras rappelaient les oreilles d'un animal et qu'un gros bonbon rouge figurait la tête.

— Ingénieux. Comment va notre homme de ce matin ?

— Bien, dit-elle en rassemblant ses feuilles. Je suis en train de trier des copies de résultats pour l'intégrer dans une étude sur la stabilisation chirurgicale des fractures thoraciques.

— Ah, oui, j'en ai entendu parler l'autre jour. C'est bien celle qui porte sur les plaques de fixation biorésorbables ?

— Oui. En l'occurrence, j'ai utilisé une plaque de blocage préchantournée, expliqua-t-elle avec entrain. Mais on pourrait en comparer les mérites une autre fois, lorsque tu n'auras pas le ventre vide.

— Ils sont bons, ces biscuits.

Les yeux d'Emilia étincelèrent de plus belle.

— Ça te dirait de participer au concours ? Après tout, tu t'y connais en gâteaux originaux.

— Et toi, alors ? Un membre du jury apprécierait peut-être les biscuits au plastique.

— Mon amour-propre en prend un coup avec toi, tu sais ?

Dom la regarda fixement. Que se passait-il donc en lui ? Était-ce l'éclairage qui jetait des reflets de feu sur les cheveux d'Emilia ? Ou était-ce parce que leur relation avait changé du tout au tout depuis quelque temps ? Ou, tout simplement, étaient-ce la fatigue et la faim qui le rendaient vulnérable ? Quoi qu'il en soit, alors qu'il la dévisageait, une idée soudaine le frappa comme un coup de poing. Emilia était la plus belle femme qu'il ait jamais vue. Comment avait-il fait pour ne pas s'en apercevoir plus tôt ? Cette prise de conscience laissa vite place à une émotion qui ressemblait à s'y méprendre à de l'attirance. Ou plutôt, non : à du désir, ce qui, en un sens, était encore pire. Sa vie était déjà suffisamment compliquée, non ? Il aurait dû partir tout de suite, mais Emilia était en train de lui parler, et Dom s'efforça de reconnecter ses neurones et de se raccrocher à ce qu'elle lui racontait.

— Je ne l'ai jamais essayé, mais il paraît qu'on y mange très bien.

Elle eut un léger froncement de sourcils.

— Dom, tu m'écoutes ? Je te parle du nouveau resto de cuisine fusion asiatique qui s'est installé à Pike Place.

Ses beaux yeux bleus s'assombrirent d'un voile inquiet.

— Il te faut vraiment quelque chose à grignoter, et vite. Allez, viens ! Je t'invite.

— Quoi ? Non… Je refuse que tu payes mon repas.

— Considère ça comme une réparation pour me faire pardonner ma dinde au plastique.

Dom avait l'impression d'avoir la tête dans du coton, comme si le café et les biscuits n'avaient pas suffi à calmer son hypoglycémie. À moins que ce soit le sourire d'Emilia qui le trouble à ce point. Quoi qu'il en soit, il n'était pas en mesure de lui résister.

— Bonne idée, pourquoi pas ? dit-il. Allons-y !

Jamais Emilia n'avait vu Dom si fatigué, mais c'était normal, s'il n'avait pratiquement rien mangé de la journée. Quoi qu'il en soit, le souci qu'il lui donnait l'avait emporté sur son bon sens. Dieu merci, tandis qu'ils attendaient leur commande, la conversation s'orienta vers des sujets professionnels.

— Parle-moi donc de cette étude à laquelle Brian va sans doute participer. Tu dis qu'elle est en cours ? Quelles tendances sont identifiées ?

— Au départ, elle se concentrait sur une comparaison entre les techniques de stabilisation chirurgicale et le traitement conservateur préconisé il y a vingt ans.

— Comme l'analgésie orale ou la ventilation mécanique ?

Elle hocha la tête.

— À présent, elle tente surtout de définir à partir de quel moment la chirurgie doit avoir lieu. Les bénéfices sont significatifs en ce qui concerne le taux de mortalité et la durée des séjours en soins intensifs, ou encore le temps passé sous ventilation assistée. On dénombre également moins de cas de pneumonie…

Tandis qu'elle parlait, Dom avait le regard rivé sur elle avec une intensité qui fit courir un frisson dans tout son corps. Les résultats de cette étude étaient-ils donc tellement fascinants ? Emilia accueillit avec soulagement l'arrivée du serveur qui apportait leur repas, mais elle ne tarda pas à se reprocher de ne pas avoir choisi un restaurant traditionnel. Du moins, un qui proposait des fourchettes et des couteaux. L'essentiel du dîner consistait en de grands plateaux de nourriture à partager. Un rince-doigts accompagnait les assiettes de côtelettes et de légumes grillés, qu'ils dégustèrent avec les doigts.

— Je suis repue, dit enfin Emilia.

— Moi aussi, mais je ne dirais pas non à la dernière côtelette. Sauf si tu la veux ?

Elle secoua la tête.

— Non, merci. Encore une et j'explose.

Dom termina le plat et s'essuya les doigts avec un soupir de contentement, puis il ferma les yeux.

— Je n'ai jamais aussi bien mangé.

— Le fait que tu n'aies rien avalé de la journée y est sans doute pour quelque chose. La faim est le meilleur condiment.

Emilia n'arrivait pas à détourner les yeux du visage de Dom. Il avait de longs cils noirs, si noirs, des cheveux adorablement ébouriffés et les coins de sa bouche se relevaient même lorsqu'elle semblait complètement détendue. Il devait avoir cet air lorsqu'il dormait, sans doute… Elle sursauta quand il rouvrit les yeux.

— Quoi ? J'ai quelque chose sur le visage ?

Elle afficha un sourire qu'elle espéra désinvolte.

— Euh… Eh bien, oui… Tu as un peu de sauce barbecue, là…

— Oh… Et maintenant, c'est bon ? demanda-t-il après avoir tamponné sa bouche avec une serviette.

Elle hocha la tête en souriant.

— Tu en as, toi aussi, dit-il en se penchant vers elle.

Avant qu'elle ait eu le temps de réagir, il passa le pouce sur la commissure de ses lèvres.

— Voilà. C'est bon.

Le souffle court, Emilia devait avoir l'air un peu bizarre, car Dom la dévisagea avec une expression qu'elle ne lui avait jamais vue.

— Quoi ? dit-elle enfin. J'ai encore de la sauce ?

Il secoua la tête et détourna les yeux avant de la regarder à nouveau.

— Je me demandais quelque chose, murmura-t-il d'une voix hésitante.

— Quoi donc ?

— Pourquoi es-tu encore célibataire ? Tu es une très belle femme, Emmy…

Emilia se sentit rougir. Une fois de plus, elle ne savait pas quoi dire, prisonnière de ses yeux noirs. Elle aurait pu sombrer dans ce regard et s'y noyer…

— En plus de cela, tu es excellente dans ce que tu fais. Et tu es indépendante, et ambitieuse, et… Quoi ? Pourquoi secoues-tu la tête comme cela ?

— Tu réponds tout seul à tes interrogations. Pour une femme, l'ambition et la réussite ne sont pas forcément des avantages. Si, je t'assure que c'est vrai ! insista-t-elle comme il haussait les épaules avec un soupir dédaigneux. C'est précisément pour cela que mon ex a rompu. Il m'en voulait de mes succès, et lorsque j'ai obtenu un meilleur poste que le sien, ça a été la goutte d'eau qui a fait déborder le vase.

Elle ne put se résoudre à évoquer les amabilités que Chandler avait eues à cette occasion : aucun homme ne voudrait jamais d'une femme comme elle, qui avait besoin de rabaisser les autres pour se sentir supérieure. Il l'avait même accusée d'être castratrice. Mais il ne lui fut de toute façon pas nécessaire d'entrer dans les détails.

— Ton ex était un idiot, déclara-t-il, l'air sombre. Un *bastardo.*

Le mot se passait de traduction, et Emilia ne put s'empêcher de sourire de la véhémence avec laquelle il l'avait prononcé.

— C'est quelque chose que je ne peux vraiment pas comprendre. Toi et moi, nous nous sommes affrontés pour avoir les meilleures places à la fac, pas vrai ? Je détestais que tu me doubles, mais tu sais quoi ?

— Quoi ?

— J'étais fier de toi, au fond. Je ne supportais pas d'être battu, mais j'étais heureux de ta réussite parce que tu la méritais. Même si je ne te l'aurais jamais avoué, bien sûr, ajouta-t-il avec un petit sourire malicieux.

Oh… Il avait été fier d'elle, même lorsqu'elle lui soufflait la première place dans les classements de promotion ? Il l'avait bien caché, en tout cas, mais elle n'avait aucun mal à le croire car elle avait éprouvé la même chose pour lui. À l'époque, elle pensait qu'il s'agissait seulement d'une admiration réticente, mais elle n'avait sans doute jamais reconnu ce sentiment pour ce qu'il était vraiment.

— Je te souhaite de ne plus jamais vivre avec quelqu'un comme ça, dit-il d'une voix douce. C'est déjà difficile de se battre pour ce qu'on veut sans être en plus dénigré.

Emilia hocha la tête lentement.

— C'est vrai. J'ai toujours su que je ne pouvais compter

que sur moi et que je devais croire à mon ambition. En tout cas, je ne me laisserai plus jamais rabaisser par quiconque. Je suis mieux toute seule.

— Même seul, ce n'est pas facile, dit-il avec un soupir. Moi aussi, j'ai dû me bagarrer. D'ailleurs, c'est toujours le cas, à la différence sans doute que je ne me bats plus contre mon père, mais contre moi-même. C'est un combat entre mes aspirations et mon devoir…

Emilia sentit sa gorge se serrer. Elle aurait dû détourner les yeux, mais elle en était incapable. Elle aurait tellement souhaité pouvoir l'aider, lui apporter un cadeau aussi important que celui qu'il venait de lui faire en lui révélant qu'il avait été fier d'elle ! Elle se résolut donc à soutenir son regard pour le convaincre de sa sincérité.

— Il doit bien y avoir un moyen de concilier tes obligations et tes envies personnelles. Tu es un trop bon médecin pour mettre un terme à ta carrière.

Elle prit une grande inspiration.

— Je me suis renseignée sur Isola Verde. J'ai notamment vu qu'un hôpital flambant neuf venait d'y être construit.

— Oui, c'était d'ailleurs une initiative de Giada. Malgré son jeune âge, elle est passionnée par notre pays et tient à ce que les insulaires bénéficient des meilleurs soins possible.

— Justement, tu ne pourrais pas travailler là-bas ? Même à temps partiel ? Trouver un compromis entre tes devoirs et tes envies ?

Dom secoua la tête résolument.

— Non, les compromis, ce n'est pas mon truc. Avec moi, c'est tout ou rien. Je ne fais pas dans la demi-mesure. Quand je m'engage dans une direction, c'est à cent pour cent.

Emilia le dévisagea, impressionnée. Quelle sincérité, quelle passion… L'élue de son cœur aurait beaucoup de chance.

Dom, toutefois, détourna le regard et s'éclaircit la gorge, comme pour alléger l'atmosphère.

— En parlant de Giada, elle m'a dit qu'elle serait de retour pour le gala, et Lucas aussi, apparemment. Je ne dois pas oublier de leur prendre des tickets. Et toi, tu viens, Emmy ?

— Non. D'ordinaire, les jours comme celui-ci, je travaille toujours pour permettre à d'autres de se libérer. Je fais pareil à Noël, d'ailleurs. Mais bon, cette année, ils ne seront pas en sous-effectif le soir du gala.

— Tu n'aimes pas mettre de jolies robes ?

Il l'effleura d'un regard songeur.

— À présent que j'y pense, je ne t'ai jamais vue en robe.

Emilia haussa les épaules.

— Non, je n'ai pas l'habitude. En plus, je n'ai pas de robe de cocktail.

— Alors, achètes-en une. Sinon, tu peux aussi en louer une.

— Pourquoi diable ferais-je une chose pareille ?

— Pour m'accompagner à ce gala, pardi !

Elle ouvrit la bouche, stupéfaite.

— Tu me proposes d'être ta cavalière ?

Le regard de Dom brilla d'une lueur qui ressemblait presque à du… désir ? À cette pensée, Emilia sentit son ventre se nouer de plus belle. Mais Dom se mit à sourire.

— Je te le demande en tant qu'amie. Meilleure amie, même. Sans doute la seule qui me connaisse vraiment. Ici…

Il se toucha la poitrine avec ce geste si familier chez lui, et elle vit qu'il était ému. Oui, ils étaient liés de manière unique. Bien sûr, cela ne pourrait pas durer, mais quelle importance ? Pour l'heure, Emilia avait l'impression d'être la Cendrillon d'un conte moderne, qui irait au bal et danserait avec un prince. C'était tellement surréaliste qu'elle ne put s'empêcher de sourire. Si elle avait été du genre à pleurer, elle aurait eu du mal à retenir ses larmes. Au lieu de cela, elle sourit de plus belle, d'un sourire légèrement tremblant.

— Oui, pourquoi pas, après tout ? Je serais ravie de venir avec toi.

6.

Le gala de collecte de fonds n'avait pas lieu avant plusieurs jours encore, mais Emilia ne supportait déjà plus d'y penser sans cesse. Elle et Dom ne s'étaient pourtant pas beaucoup vus depuis ce dîner au restaurant. Il avait été question qu'ils aillent courir à nouveau au parc, mais même lorsque leurs emplois du temps avaient coïncidé, il avait fait trop mauvais temps pour sortir. De plus, les appels d'urgence n'avaient pas été nombreux, et elle avait dû en rater deux parce qu'elle était au bloc et n'avait pas pu se rendre disponible. Elle avait croisé Dom seulement la veille, lors d'une de ses visites à Roberto Baresi, mais leur échange avait été strictement professionnel. Du moins jusqu'à ce que Dom se penche vers elle en faisant mine de lui apporter une information confidentielle concernant le dossier de Roberto.

— Alors, tu l'as achetée, cette robe ? avait-il murmuré.

Elle avait secoué la tête.

— Je n'ai pas encore eu le temps. D'ailleurs, je n'ai plus vraiment envie d'y aller. Je ne sais même pas danser.

Un éclat amusé avait brillé dans le regard de Dom. On aurait dit qu'il savait exactement ce qui l'embêtait : elle avait peur du ridicule et elle détestait s'exposer en public à moins d'exceller dans ce qu'elle faisait. Mais lui aussi, non ?

— Si, tu viendras, avait-il répondu d'une voix douce. Ne serait-ce que pour montrer au monde entier que rien ne t'est impossible. Pas même porter une robe de soirée.

— Ça va, madame ? Vous avez besoin d'aide ?

Dans la cabine d'essayage d'un grand magasin du centre-ville, Emilia se tourna vers le miroir.

— Non, ça ira. Je ne suis pas convaincue par cette robe.

— Sortez et marchez un peu. Parfois, cela permet de se faire une autre opinion.

Mais la petite robe qu'Emilia avait enfilée ne lui fit pas meilleure impression lorsqu'elle se vit dans l'énorme miroir aux moulures dorées. Cette couleur noire lui donnait une mine blafarde et il était hors de question qu'elle la porte pour le gala.

— Je ressemble à un personnage de la famille Addams, dit-elle avec un soupir. Ça ne convient pas à un bal de Noël, n'est-ce pas ?

La vendeuse, une dame aux cheveux grisonnants qui, d'après son badge, répondait au nom de Margie, eut un léger sourire.

— Ça dépend du bal.

— Pour celui-ci, j'en doute fort. Il s'agit du gala de Noël du Seattle General Hospital

— Vous en avez de la chance ! C'est l'une des fêtes les plus sélectes de la ville. Où doit-elle avoir lieu, cette année ?

— À l'hôtel Polar Club, je crois.

La vendeuse joignit les mains avec un air impressionné.

— Je connais cet endroit. Avec son plafond en dôme de verre et son lustre en cristal, le salon est une merveille !

Elle ponctua sa phrase par un long soupir songeur, puis cette expression laissa place à un air déterminé.

— Bien… Enlevez cette robe. J'ai quelque chose d'autre que vous devriez absolument essayer.

De retour dans la cabine d'essayage, Emilia ôta avec soulagement la robe. À quoi aurait pensé Dom en la voyant ainsi, les jambes nues ? Aurait-elle vu dans ses yeux cette lueur indéfinissable, comme l'autre soir ?

Pendant un long moment, en proie à une spirale de sensations désormais familières, elle serra la robe contre son ventre nu. Elle avait toujours su que Domenico di Rossi était dangereux. À la fac, déjà, elle avait eu l'occasion de s'en rendre compte.

C'était aussi pour cela qu'elle s'était juré de l'ignorer, tout à son ambition de réussir ses études et de devenir médecin.

Mais ces raisons ne tenaient plus à présent qu'Emilia avait atteint ses objectifs. Le seul contact qui lui restait de son ancienne vie était ce professeur à qui elle envoyait tous les ans une carte pour Noël. Comment réagirait Mme Delaney, justement, si elle la voyait essayer des robes pour assister à l'une des soirées les plus prisées de Seattle, au prestigieux Polar Club ?

En tout cas, si Dom représentait un quelconque danger, ce n'était plus pour ses ambitions. Au cours de ses récentes nuits d'insomnie, elle avait longuement réfléchi à ce qui se passait entre elle et lui. Elle savait qu'elle jouait avec le feu et qu'elle risquait de souffrir en s'engageant avec lui, mais elle ne parvenait pas à refréner l'élan qui la poussait vers lui.

Dom comptait beaucoup pour elle, même si elle avait mis du temps à s'en apercevoir. Au fond, leur rivalité, leurs chamailleries avaient toujours dissimulé une attirance qui ne demandait qu'à s'épanouir. Si elle avait bien voulu s'en rendre compte plus tôt, elle se serait peut-être arrêtée à temps, avant de tomber amoureuse. Seulement, elle craignait d'avoir dépassé le point de non-retour. Elle ne cessait de penser à lui, d'avoir envie d'être près de lui. À la fac, combien de filles avaient craqué pour le beau Dom di Rossi ? Les plus chanceuses avaient gagné un bref moment dans sa vie, et peut-être même dans son lit, mais il avait toujours tenu la bride à ses émotions. À l'époque, elle en avait été étonnée, d'ailleurs. Malgré sa popularité et son charme, Dom avait toujours gardé une distance avec les femmes qu'il fréquentait, et c'était toujours lui qui rompait avant que les choses aillent trop loin. À présent, elle comprenait mieux ses raisons pour agir ainsi. Dom ne pouvait pas se permettre de tomber amoureux de n'importe qui ! Car après tout, l'élue de son cœur était appelée à devenir la reine de son pays.

Au moins, Emilia avait un avantage sur ces filles : elle savait d'emblée qu'une relation avec Dom n'aboutirait qu'à une impasse. Dieu merci, il n'avait pas la moindre idée de ce qu'elle éprouvait pour lui ! Ne lui avait-elle pas affirmé être plus heureuse toute seule ? Et c'était vrai, d'ailleurs. En tout cas, elle n'allait pas s'inventer un avenir avec lui. Aux dernières nouvelles, Dom disparaîtrait de sa vie avant Noël, c'est-à-dire dans très peu de temps.

— Me voici… Désolée de vous avoir fait attendre, dit Margie d'une voix légèrement essoufflée. Cette robe avait été rangée dans la remise. Elle date de la saison précédente, mais elle est vraiment spéciale, vous allez voir. En plus, elle fait l'objet d'une belle remise.

Emilia repoussa le rideau de la cabine et ne put retenir un rire incrédule.

— Elle est rouge. Vous n'avez pas vu mes cheveux ?

— Qui fait encore attention à ces règles ringardes ? Allons, allons, de nos jours, certaines femmes ont des cheveux verts ou bleus. Il n'y a pas de loi sur les couleurs qu'on a le droit de porter, n'est-ce pas ?

Emilia ne pouvait pas lui donner tort, et devant l'enthousiasme de la vendeuse, elle se sentit obligée d'essayer le vêtement. Au moins, ses jambes n'étaient pas visibles sous les frous-frous de soie qui dégringolaient jusqu'au sol. Le haut de la robe, décoré de broderies et de perles, se terminait par une encolure en cœur. L'ensemble lui allait comme un gant. Elle pourrait même se dispenser de porter un soutien-gorge, puisque des bonnets étaient incorporés au bustier. Et ce rouge écarlate ne jurait pas du tout avec ses cheveux. Au contraire, il les mettait en valeur.

— Sortez donc et regardez-vous à nouveau dans la glace, l'encouragea Margie.

Emilia fit quelques pas et la soie lui frôla les jambes, légère comme une aile de papillon. Lorsqu'elle se posta devant le miroir, elle lissa instinctivement le tissu qui épousait ses hanches avant de tomber en cascade autour de ses jambes. On aurait dit une seconde peau. Tout à coup, la magie opéra.

Emilia songeait à ce que cela ferait d'avoir les mains de Dom à la place des siennes, sur ses hanches…

— Vous ressemblez à une princesse, vous ne trouvez pas ? dit Margie.

Alors qu'elle aurait dû se sentir flattée par cette remarque, Emilia sentit monter en elle un sentiment qui ressemblait à de la panique. Sans quitter son reflet des yeux, elle pressa ses doigts contre ses lèvres. Qu'est-ce qu'elle s'imaginait ? Qu'elle allait passer la soirée avec un prince ? Et si les paparazzi étaient de sortie ? Dom serait-il gêné de s'afficher avec quelqu'un comme elle ? Elle sentit à nouveau ses yeux la picoter. Comment se faisait-il qu'après tant d'années elle sache encore former des larmes ? Si elle n'y prenait pas garde, un de ces jours, elles allaient couler et emporteraient avec elles son image de carriériste sûre d'elle-même. Par bonheur, ce ne serait pas le cas aujourd'hui, mais les larmes brouillèrent suffisamment son reflet pour l'entourer d'un halo, comme dans un rêve.

Au reste, ce ne serait que cela : un rêve. Un petit pas en dehors de la réalité, l'espace d'un court instant. D'ailleurs, cet écart ne se répéterait pas, puisque Dom allait bientôt la quitter pour toujours. Mais pour l'heure, il était encore le Dr di Rossi, et les paparazzi ne seraient pas de la partie. Les seuls à être interloqués seraient certainement leurs collègues lorsqu'ils verraient les rivaux de toujours arriver ensemble, bras dessus, bras dessous. Personne ne devinerait ses sentiments pour Dom. Ni ses réticences à porter du rouge. On lui avait toujours dit que cette couleur ne lui allait pas. On lui avait aussi dit et répété qu'elle n'arriverait jamais à rien dans la vie et qu'elle finirait comme sa mère, cette toxico…

Dans sa tête, elle entendit un soupir de dérision qui lui rappela Mme Delaney. Elle imaginait sans peine ce qu'aurait dit son cher professeur si elle avait été auprès d'elle.

« Tu as d'ores et déjà donné tort à tous ces idiots à l'esprit borné, alors pourquoi ne porterais-tu pas cette belle robe rouge ? Tu peux faire tout ce que tu veux, Emilia Featherstone, être qui tu veux. Amuse-toi, crois en toi. Sois fière de toi… »

Elle inspira profondément pour déloger la boule qui lui nouait la gorge, puis elle se tourna vers Margie avec un sourire rayonnant.

— Vous avez raison, elle est parfaite. Et c'est justement la bonne couleur pour Noël.

Le grand salon de l'hôtel Polar Club valait le détour, même pour une personne habituée depuis toujours à un environnement fastueux. Le plafond en dôme, le lustre en cristal, la décoration et les vitraux Arts déco fournissaient au gala une toile de fond merveilleuse. Mais pour Dom, le clou du spectacle, c'était Emilia dans cette magnifique robe rouge. La peau pâle de ses épaules et de ses bras nus semblait couverte d'une poudre scintillante. Son maquillage était irréprochable, mais assez naturel pour ne pas dissimuler ses taches de rousseur qu'il aimait tant. Ses cheveux flamboyants avaient été rassemblés en un savant chignon dont s'échappaient quelques mèches bouclées qui encadraient joliment son visage. De minuscules petits bijoux rouges en forme de fleurs tressés dans sa coiffure jetaient des éclats chaque fois qu'elle bougeait la tête.

Sans aucun doute, Emilia était une belle femme. Une très belle femme, même. *Buon dio*… Elle était splendide… Et ce soir, elle serait sa cavalière. D'habitude, Dom évitait autant que possible de s'afficher lors d'occasions comme celle-ci, prisées de photographes en quête de clichés pour les rubriques mondaines des journaux locaux. Ce soir, pourtant, il s'en fichait. Bientôt, il s'en irait, et son identité ne serait plus un secret. Et puis, il était fier d'Emilia, fier de sortir avec elle ce soir, fier du courage qu'il lui avait fallu pour se montrer sous un jour si peu habituel pour elle. Il voulait la mettre en avant.

En tout cas, tout le monde semblait surpris de les voir

ensemble, et pour cause : au travail, ils étaient connus pour ne jamais se faire de cadeaux. Eh bien, qu'ils attendent de les voir danser ! songea-t-il en choisissant un délicieux risotto parmi les hors-d'œuvre qu'un serveur lui présentait sur un plateau d'argent. Il faudrait seulement qu'elle accepte de se laisser guider, pour une fois. Bref, qu'elle n'envisage pas l'exercice comme une compétition qu'elle devait absolument gagner. Pour peu qu'elle veuille bien étouffer ce désir d'être la meilleure, il ferait d'elle la reine de la soirée.

Il se rendit soudain compte qu'Ayanna Franklin le dévisageait avec une concentration qui le prit au dépourvu. Comme il haussait un sourcil étonné, elle s'approcha de lui.

— Désolée… Je me demandais juste si vous aviez apprécié le buffet.

— Oui ! C'est délicieux.

— Avez-vous goûté le saumon fumé ? Ou les brochettes de poulet à la sauce saté ?

— Les brochettes étaient délicieuses, intervint Emilia. Vous avez fait un boulot magnifique. Je suis très impressionnée.

— Moi aussi, dit Dom.

Il tourna la tête et aperçut alors Max Granger qui se dirigeait vers eux.

— Salut va, Max ! Nous étions en train de dire qu'Ayanna avait fait un travail incroyable pour préparer le gala de ce soir.

Ce dernier se contenta d'un hochement de tête poli. Ayanna, toutefois, ne semblait pas rassurée par les compliments d'Emilia. Au contraire, elle avait l'air encore plus crispée.

— Excusez-moi… Je vais voir comment ça se passe en cuisine.

Tandis qu'elle disparaissait parmi la foule des convives, Dom parcourut le salon du regard.

— Giada est arrivée ?

— Oui, répondit Max avant de baisser la voix. Je lui ai annoncé ce que je vous ai dit tout à l'heure : que si l'état de M.… euh… Baresi continue de s'améliorer, on pourrait l'opérer très bientôt pour sa tumeur, sans doute autour du 15, comme prévu. On en saura plus lorsqu'il aura passé son IRM, demain matin, très tôt.

Dom accueillit ces informations par un simple hochement de tête.

— D'accord. De toute façon, je ne vais pas tarder à la voir, d'autant plus que nous sommes assis à la même table. D'ailleurs, l'entrée va bientôt être servie.

Alors qu'il s'éloignait, Max ajouta :

— Ne ratez pas le dessert. Vous verrez, il vaut le détour. C'est une vraie trouvaille.

Emilia le suivit d'un regard songeur.

— Je me demande comment il peut savoir ça ? Je croyais que l'organisation du repas était du ressort d'Ayanna…

— Entre autres, oui, répondit Dom. Ces derniers temps, elle a eu beaucoup de responsabilités, ne serait-ce que de veiller à ce que des informations privées ne s'ébruitent pas. C'est aussi pour cela que Max est ici, bien sûr. Apparemment, elle a travaillé étroitement avec lui.

— Ah bon ? En tout cas, j'espère qu'elle va s'amuser un peu. Ce serait dommage qu'elle passe cette soirée à stresser. Tiens, voilà Lucas ! Je ne l'ai pas vu depuis l'accident.

— Non, moi non plus.

Dom était ravi de revoir son meilleur ami. Et aussi Giada, qui s'approchait à côté de Lucas. Pour saluer sa sœur, il dut se contenter d'une simple accolade, mais il lui sourit avec une chaleur toute fraternelle.

— Tu as bonne mine, Gigi.

Mieux que cela, même. Sa sœur était resplendissante. Elle portait une jolie robe violette dont le bustier pailleté laissait une épaule dénudée, et ses boucles d'oreilles semblaient appartenir aux bijoux de la Couronne. Mais pour élégante qu'elle soit, sa tenue n'expliquait pas à elle seule cet éclat si particulier qui émanait d'elle.

— On dirait que tu as apporté le soleil d'Isola Verde.

Giada lui rendit son sourire.

— C'est vrai qu'il y fait beau, même en hiver.

— C'est un endroit splendide, ajouta Lucas.

Il avait dit cela en regardant Giada, puis il se tourna vers Dom, qui haussait des sourcils étonnés.

— Enfin, c'est ce que Gigi m'a dit.

Cette fois-ci, Dom cligna carrément les yeux. Ils n'étaient pas nombreux, ceux qui pouvaient se permettre d'appeler par son diminutif la princesse d'Isola Verde.

— J'adore votre robe, disait Emilia à celle-ci.

— Merci. La vôtre aussi est jolie. Ce rouge est superbe.

Le regard de Giada se porta tour à tour sur son frère et sur Emilia, comme si elle se demandait quel lien les unissait.

— Vous êtes collègues, n'est-ce pas ? Il me semble que je vous ai vue aux urgences, le jour de l'accident.

— C'est vrai, mais nous ne travaillons pas souvent ensemble. Je suis chirurgienne orthopédiste spécialisée en traumatologie.

— Nous étions à la fac de médecine ensemble, s'empressa d'ajouter Dom. Nous sommes de vieux amis, Gigi, c'est tout.

De vieux amis, eux ? Quelques semaines plus tôt, cette façon de voir les choses aurait semblé présomptueuse à Dom, mais en quelques semaines, leur relation avait évolué si vite et si radicalement qu'il ne s'étonnait plus qu'on puisse imaginer un lien sentimental entre Emilia et lui. D'ailleurs, cette idée n'était pas pour lui déplaire, même s'il s'agissait d'un doux rêve. Mais quel homme n'aurait pas voulu donner suite à une attirance qui venait de prendre une dimension totalement nouvelle ce soir ?

— Oh…

Ce « oh » étiré laissait entendre que Giada n'était pas convaincue par sa réponse. Elle échangea avec Lucas un long regard éloquent qui mit la puce à l'oreille de Dom, mais elle se détourna avant qu'il ait eu le temps de lui poser des questions. Ce fut alors qu'il remarqua son profil. Si sa sœur avait bonne mine, ce n'était pas seulement à cause du soleil d'Isola Verde. Elle semblait avoir également bien profité de la cuisine locale. À moins que ce ne soit la coupe de sa robe qui mettait en valeur ses formes. Dom s'abstint cependant de tout commentaire.

Le repas s'engagea. Entre deux plats, les convives quittaient leur place et se dirigeaient vers d'autres tables pour bavarder.

— Ces billets coûtaient les yeux de la tête, mais je ne regrette pas un cent, déclara un collègue obstétricien qui partageait leur table. Quel endroit splendide, n'est-ce pas ? Et ce repas… J'ai hâte qu'on arrive au dessert. Vous savez ce que c'est qu'un London Fog, vous ? Moi pas, mais à ce rythme, je vais devoir me mettre au régime avant les réveillons.

— J'ai beaucoup aimé la salade… Comment s'appelle-t-elle, déjà ?

— C'est une salade *caprese*, dit Dom. Une spécialité napolitaine.

— Ah, fit l'obstétricien avec un sourire. Vous êtes de là-bas, si je ne m'abuse ?

— Oui, mais je n'y suis pas retourné depuis longtemps. Je me considère à présent plus qu'à moitié américain. En revanche, j'étais loin de me douter qu'on pouvait trouver un tel bijou architectural à Seattle. Vous connaissez son histoire ?

— Non, pas vraiment, si ce n'est qu'on a fêté son centenaire il n'y a pas longtemps.

— Apparemment, il aurait été fondé par un groupe d'aventuriers ayant fait fortune lors de la ruée vers l'or dans le Yukon, intervint un autre convive.

Dom s'excusa pour aller aux toilettes, et à son retour, le dessert était servi. Il recula pour laisser passer un serveur et demeura sur place pour s'imprégner de l'ambiance générale. Tout autour de lui résonnaient des conversations animées, des rires et des exclamations admiratives. Au-dessus de cette rumeur planait la musique d'un petit orchestre qui, jusque-là, s'était essentiellement cantonné à un répertoire classique, mais jouait à présent des airs de pop music, sans doute pour encourager les convives à investir la piste de danse.

C'était une agréable soirée, mais Dom se sentait complètement étranger à ce qui se passait autour de lui. Sans doute était-ce dû au fait que sa sœur était ici, tout juste de retour d'Isola Verde, et que par sa simple présence, Giada lui rappelait que sa vie était en passe d'être jetée sens dessus dessous… Pour ne rien arranger, le moindre détail ramenait Dom à Isola Verde. Cette entrée qu'on leur avait servie, par exemple : de toutes les salades possibles et imaginables, il avait fallu que ce soit une *caprese*, une recette de son enfance : tomates, mozzarella, basilic, le tout nappé d'huile d'olive. Chaque bouchée avait fait remonter en lui des saveurs de sa vie d'autrefois. Une vie qu'il devrait bientôt retrouver, à son corps défendant. La plupart des convives étaient des collègues qui partageaient sa passion pour la médecine et sa fierté de travailler dans un hôpital aussi renommé que celui de Seattle. Eux pourraient rester, mais pas lui.

Le regard de Dom revint vers la table la plus proche de la piste de danse, et vers la robe écarlate d'Emilia. De toutes les personnes présentes ici ce soir, c'était elle qui le comprenait le mieux. Elle savait à quel point son métier lui avait permis de s'accomplir en tant qu'homme. Comme lui, elle avait eu besoin de fuir son passé pour réussir sa vie, et elle y était parvenue grâce à son travail. Dom aurait voulu que rien ne change pour lui, mais il était pris dans une mécanique que rien ne pouvait arrêter. Elle était même sans doute en passe d'accélérer, à en croire Max. Quelle que soit l'évolution de l'état de son père, tôt ou tard, Dom di Rossi redeviendrait Domenico Baresi. Il lui faudrait alors quitter une vie qu'il aimait, des collègues qu'il appréciait… Et Emilia.

Un autre serveur passa devant lui avec un plateau de flûtes de champagne. Dom en accepta une dont il avala une longue gorgée, puis une autre. Rien ne l'empêchait de profiter de cette soirée, d'autant que ce serait sans doute la dernière fois qu'il pourrait savourer pleinement tout ce qu'il aimait dans sa vie. Il vida son verre et un serveur l'en débarrassa, puis Dom retourna à la table. À Emmy…

Alors qu'il s'approchait, elle se tourna vers lui en souriant. Il tendit la main vers elle.

— Tu danses ?

7.

Oui...

Non...

Prise de court, Emilia contemplait la main que lui tendait Dom. Le temps sembla se figer pendant un long, très long moment.

Quelques minutes plus tôt, elle avait remarqué Dom seul à l'autre bout de la salle, une flûte de champagne à la main, et lorsqu'il s'était dirigé vers leur table, elle avait été si sensible à sa présence qu'elle avait eu du mal à se retenir de le regarder. N'importe quel homme ou presque aurait été séduisant en habit de soirée, mais Dom, lui, semblait né pour porter un costume sur mesure avec une cravate en soie noire et une chemise blanche comme la neige agrémentée de boutons de manchettes en or. Du reste, c'était le cas, non ? Il était né pour briller lors d'événements comme celui-ci et Emilia ne doutait pas une seconde qu'il savait danser à la perfection. En tout cas, bien mieux qu'elle, en dépit des tutoriels en ligne qu'elle avait pris le temps de consulter avant de venir.

Et tandis qu'elle le regardait sans savoir quoi faire, des sentiments contradictoires se bousculaient en elle. D'un côté, elle n'aurait désiré rien de plus que de pouvoir toucher cet homme et d'être touchée par lui. Elle s'était attendue à danser avec lui au cours de la soirée, mais elle avait pensé le faire sur une piste tellement bondée que personne ne les remarquerait. L'invitation de Dom arrivait trop tôt, à un moment où quelques couples seulement évoluaient sur le plancher lustré devant l'orchestre. Autrement dit, elle serait exposée à tous les regards. Plusieurs collègues n'avaient pas caché leur étonnement en la voyant arriver avec Dom, alors si on les voyait danser ensemble…

Pour un défi, c'en était un. Mais c'était Dom qui jetait le gant, et avait-elle jamais reculé en pareil cas ? Évidemment, à titre d'exception, elle aurait pu décliner son invitation. Il aurait même été raisonnable d'agir ainsi, pour ne pas se ridiculiser, ou pire. Par le passé, chaque fois qu'Emilia avait attiré l'attention sur elle, mal lui en avait pris. Elle s'était retrouvée dans des situations gênantes, comme lorsqu'elle atterrissait dans le bureau du directeur ou était exclue d'une famille d'accueil. Plus récemment, Chandler avait rompu avec elle parce qu'il ne supportait pas de vivre dans l'ombre de sa réussite professionnelle.

À force d'avoir accumulé des expériences comme celles-ci tout au long de sa vie, il lui était devenu facile de se retrancher derrière des défenses à la moindre occasion. Le problème, c'était qu'elle s'y refusait, car ce soir, elle voulait être celle que Dom tiendrait dans ses bras. Une princesse, l'espace d'un instant. Elle le désirait même tellement que sa main jaillit pour saisir celle de Dom avant qu'elle ait pu retenir son geste.

Cette courte hésitation était sûrement passée inaperçue, mais Dom avait dû la lire dans ses yeux. Dieu merci, il ne pouvait pas en connaître les raisons ! Toutefois, il avait sans doute deviné que son trouble était lié à la peur d'échouer, de ne pas être à la hauteur, car lorsqu'il la prit dans ses bras, il se pencha vers elle et murmura quelques paroles qui changèrent tout.

— Fais-moi confiance, Emmy. Je maîtrise.

Le souffle de sa voix lui chatouillait délicieusement l'oreille. L'une de ses mains tenait la sienne tandis que l'autre était posée au creux de son dos, et elle en sentait la chaleur comme si sa peau était nue. Ce contact était tel qu'elle se l'était imaginé et la faisait littéralement fondre. Ses muscles jusque-là crispés se détendirent et elle s'autorisa même à fermer les yeux pour se laisser aller aux mouvements de la danse. Avec Dom, elle ne risquait rien. Il la tenait, la guidait, et jamais il ne la laisserait faire le moindre faux pas.

L'orchestre s'était mis à jouer *Think Twice* de Céline Dion, et cette mélodie langoureuse était comme un océan sonore dans lequel Emilia flottait avec délice. Jamais elle n'avait éprouvé une confiance aussi totale. Entre les bras de Dom, elle se sentait protégée, aimée, respectée. Soudain, il la fit virevolter sous son bras avant de l'attirer à nouveau vers lui. Elle entrevit son visage, et l'éclat qu'elle perçut dans ses yeux lui confirma qu'elle se débrouillait encore mieux qu'il ne s'y était attendu. Jamais elle n'avait été aussi heureuse de toute sa vie. Et comme il ne lui serait certainement pas donné de revivre un tel bonheur, elle comptait bien en savourer chaque précieuse seconde, aussi longtemps qu'il durerait.

Oh ! Dio mio...

Tenir cette femme dans ses bras...

Emilia lui avait souvent montré qu'elle était capable de se battre pour prouver qu'elle était la meilleure dans ce qu'elle entreprenait, mais elle avait dû se rendre compte que cette approche était la pire façon de danser et que, pour donner le meilleur d'elle-même, elle devait lui faire confiance. Elle devait se laisser guider par lui, écouter ce qu'il lui disait avec son corps, ses mains, et le suivre sans chercher à le contredire. Bref, elle devait se fier à lui. Or, un tel effort n'avait rien d'évident pour quelqu'un de si déterminé et de si indépendant, dont la vie avait été jalonnée de revers. Elle y avait consenti, pourtant, et cette marque de confiance lui gonfla le cœur.

Lorsqu'il l'avait invitée à danser, il avait surpris dans ses yeux une brève lueur qui ressemblait à de la peur, et il n'aurait pas été étonné qu'elle se défile. Et pourtant, elle avait dit oui, et il la tenait à présent dans ses bras, alanguie, mais réactive à tous ses gestes. C'était lui qui dirigeait le jeu, et il ne se privait pas de savourer cet instant. À défaut d'être maître de son destin, il l'était de la danse. Quasiment personne ici ne se doutait que sa vie était en passe de basculer. Pour tout le monde ou presque, il n'était qu'un médecin qui s'efforçait d'être à la pointe d'une discipline exigeante et difficile. Ça avait été le cas d'Emilia des années durant, jusqu'à ce qu'il lui révèle sa véritable identité.

Ce n'était pas la première fois que sa relation avec Emilia lui apparaissait comme la seule qu'il puisse qualifier de vraiment sincère et authentique. Mêlée inextricablement à ce monde qu'il avait voulu rejoindre à tout prix, elle comptait parmi les souvenirs les plus mémorables de ses années d'études. Pour ces deux seules raisons, elle faisait et ferait à jamais partie de lui. Il ne remercierait jamais assez son instinct de l'avoir toujours dissuadé de se lier avec elle, d'une manière ou d'une autre, car avec le recul, il était évident que, dans d'autres circonstances, il serait tombé amoureux d'elle.

D'ailleurs, il n'était pas trop tard pour cela... Surtout lorsqu'il la tenait ainsi dans ses bras et qu'il découvrait les courbes délicieuses de son corps au travers du fin tissu de cette incroyable robe rouge... Lorsqu'il respirait son parfum et qu'il sentait sa paume dans la sienne... Lorsqu'il la sentait ainsi abandonnée, confiante. Si seulement il avait été l'un de ces princes de contes de fées, il aurait eu une bonne marraine prête à résoudre ses problèmes d'un coup de baguette magique. Il aurait été plus qu'heureux d'abandonner sa carrière pour devenir roi, et Emilia aurait elle aussi tout laissé tomber pour vivre à ses côtés. Évidemment, ce n'était qu'un rêve, mais pour un court instant, il pouvait bien faire semblant, non ? Faire comme s'il n'était pas un prince, comme si sa vie n'allait pas changer si radicalement qu'il était sûr de ne plus jamais connaître le bonheur.

Alors, oui, il pouvait bien s'accrocher à tout ce qu'il aimait tant qu'il en avait l'occasion. Après tout, ce ne serait qu'un soir. Quelques petites heures magiques pendant lesquelles il tiendrait entre ses bras la femme la plus belle du monde et rêverait à tout ce qui aurait pu être, et ne serait jamais.

Le reste du gala se déroula dans un brouillard où surnageaient çà et là des bribes de conversations auxquelles Emilia ne prêtait pas attention. Le champagne pétillait et semblait s'évaporer sur sa langue presque aussitôt, et la piste de danse disparaissait dans un tourbillon de couleurs et de musique. La seule chose dont Emilia était certaine, lorsqu'elle sortit enfin pour prendre un taxi, était que cette soirée pouvait se résumer en un seul mot : magique.

Et il semblait que le conte de fées n'était pas encore terminé. Le bel homme qui lui tenait la portière ouverte n'était autre que son prince, Domenico di Rossi.

— Ça t'embête si je rentre avec toi ?

Quelle question ! Au contraire, quelle meilleure manière de clore une soirée aussi merveilleuse ? Le taxi démarra et tous deux regardèrent défiler les lumières de la ville. Les yeux de Dom étincelaient chaque fois qu'elle croisait son regard, et la soie rouge de sa robe touchait son costume noir. Le taxi s'arrêta à un feu rouge tout près de la Space Needle. À cette heure-ci, l'élégant édifice aux allures de soucoupe volante était illuminé et Emilia inclina la tête pour mieux l'observer. Dom eut le même geste et, comme incapables de résister à la force qui les poussait l'un vers l'autre, ils se tournèrent pour se regarder. Pour la deuxième fois en quelques heures, Emilia eut l'impression que le temps se figeait.

Ce baiser… Comment pouvait-elle s'apercevoir seulement maintenant qu'elle l'avait attendu depuis toujours ? Cette caresse si légère et si douce lui faisait prendre conscience de tout ce qui avait manqué dans sa vie : un lien privilégié avec un autre être humain, ce sentiment d'être désirée et aimée. Était-ce cela, l'amour ?

Le taxi redémarra au feu vert, mais la secousse du véhicule

ne suffit pas à les séparer. Il fallut pour cela que le chauffeur se racle bruyamment la gorge, quelques instants plus tard.

— C'est le premier arrêt, dit-il. Qui descend ici ?

— Moi.

Dom tendit à l'homme quelques billets avant d'ouvrir la portière et de sortir. Puis il se pencha pour croiser une dernière fois le regard d'Emilia. Il ne souriait pas, mais ses yeux brillaient étrangement. Tout à coup, les sens d'Emilia s'étaient aiguisés au point qu'elle l'entendit, alors même que sa voix n'était qu'un murmure couvert par la rumeur de la rue.

— Tu viens avec moi ?

De nouveau, il lui tendait la main. Tout se mit à tanguer autour d'elle, et les mille détails de la soirée se fondirent en un kaléidoscope coloré. Sa belle robe de bal, le repas de gala, le champagne, la musique… Et voilà que l'homme qui avait rendu cette magie possible l'invitait à la prolonger. Il venait de lui donner le meilleur baiser de sa vie et il en demandait plus. Emilia n'hésita pas plus d'une seconde à le suivre. Dès l'instant où il lui prit la main, elle sut, sans l'ombre d'un doute, qu'elle avait fait le seul choix possible. Comme pour ce baiser, elle avait l'impression d'avoir attendu cet instant toute sa vie.

Il avait toujours su qu'elle existait, n'est-ce pas ?

Cette… Cette *connexion*.

Et il avait eu raison d'en avoir peur.

Dom n'avait jamais rien éprouvé de tel. C'était nouveau, ce sentiment que *cette* personne bien précise pouvait comme nulle autre l'atteindre au fond de son être et le faire vibrer corps et âme. Enfin, il avait l'impression d'avoir trouvé son point d'ancrage. Incapable d'attendre davantage, il ne put s'empêcher de l'embrasser dès que les portes de l'ascenseur se refermèrent sur eux. Il fallait qu'il sache dès à présent si ce baiser dans le taxi n'avait été qu'une illusion, un plaisir fugace décuplé par une frustration accumulée depuis trop longtemps. Un baiser d'Emilia valait-il celui de n'importe quelle autre jolie femme ? Il ne manquait pas d'expérience pour pouvoir en juger, après tout. Or, aussi incroyable que cela puisse paraître, ce deuxième baiser fut encore plus stupéfiant. Arrivés au dernier étage, celui où se trouvait le luxueux penthouse où logeait Dom, les portes de l'ascenseur s'ouvrirent et se refermèrent sans que lui ou elle le remarquent. Sa bouche si douce réduisait à néant toute velléité de pensée. Seul le besoin de respirer l'obligea à s'écarter enfin. Les lèvres entrouvertes, le regard vague, Emilia avait l'air aussi stupéfaite que lui. Dom ne désirait qu'une chose : l'embrasser à nouveau, sur chaque parcelle de son corps. L'ascenseur ne bougeait plus. Était-il bloqué ? Il pressa un bouton et les portes coulissèrent dans un chuintement : ils étaient arrivés à son étage. Ce baiser l'avait complètement déconnecté du présent.

Oh ! *sì*… Il avait vu juste lorsqu'il avait rencontré Emilia, bien des années plus tôt. À cette époque déjà, il avait deviné qu'il serait dangereux de la fréquenter plus intimement. Alors qu'il tenait la porte de l'appartement ouverte et qu'elle passait devant lui dans un murmure de soie, en le fixant d'un œil langoureux, Dom se remémora avec netteté la première fois qu'il l'avait vue. Ce qu'il avait remarqué, surtout, c'étaient ses yeux, des yeux d'un bleu profond et pur comme celui de la mer qui baignait les côtes d'Isola Verde. Sans parler des éclats de feu de ses cheveux magnifiques et de sa peau laiteuse constellée de taches de rousseur.

Il repoussa la porte avec le pied et, aussitôt après, posa les mains sur la soie. Hissée sur les orteils, les bras noués autour de son cou, Emilia inclinait la tête en arrière pour mieux s'offrir à ses baisers. Sans cesser de l'embrasser, Dom fit glisser la fermeture Éclair, puis effleura le bas de son dos avant de se perdre dans les plis de sa robe. Elle soupira contre ses lèvres et se pressa encore plus, avec une ardeur qui lui fit définitivement perdre pied.

Pourtant, les signaux d'alarme résonnaient encore dans son esprit. Ensemble, ils franchissaient le point de non-retour, et au diable les conséquences ! Inutile de se voiler la face : il y aurait des conséquences à ce bref moment d'égarement, c'était inévitable. Lui saurait gérer les retombées, le chagrin, mais elle ? Dom ne voulait pour rien au monde lui faire du mal. Il était encore temps de tout arrêter, si c'était pour le bien d'Emilia. Il lui prit le visage entre les mains et attendit que ses yeux se fixent sur lui.

— C'est vraiment ce que tu désires, Emmy ? demanda-t-il d'une voix sourde. Parce que s'il faut arrêter, c'est maintenant.

— Non… S'il te plaît, ne t'arrête pas…, murmura-t-elle d'une voix étranglée.

Juste pour une nuit… Dom avait pensé que cette soirée serait sa dernière chance, à lui aussi. L'occasion de savourer une dernière fois tout ce qu'il aimait dans la vie qu'il s'était créée loin de son pays natal et de ses obligations. Et pour Emilia, en était-il de même ? Essayait-elle également de s'accrocher à ce qu'ils avaient partagé, pendant toutes ces années, sans jamais avoir eu le courage, ou la folie, de le reconnaître ?

Dom se dit qu'il devait absolument profiter de cette soirée magique. Et puisque Emilia était sur la même longueur d'onde que lui, il allait lui faire don de souvenirs qu'elle garderait le restant de ses jours.

Il fit remonter les mains le long de son dos, jusqu'à ses épaules, et fit glisser les fines bretelles qui retenaient la robe. Emilia ne portait plus sur elle qu'une culotte de dentelle, rouge également. Dom croisa à nouveau son regard et il y discerna de la peur. *Dio mio*… Pensait-elle vraiment qu'il ne la trouverait pas assez belle ? Il la souleva dans ses bras pour la porter jusqu'à sa chambre.

Oh ! Seigneur…

Jamais Emilia ne s'était sentie autant… autant… Quel mot convenait le mieux pour décrire son état ? Elle était épuisée physiquement, émotionnellement, et pourtant, jamais elle ne s'était sentie aussi vivante. Heureuse. Épanouie.

À côté d'elle, Dom devait dormir, à en juger par le murmure lent et régulier de sa respiration. Emilia aurait dû en faire autant car le petit matin ne devait pas être loin. Elle avait perdu le compte du nombre de fois qu'ils avaient fait l'amour. Ils avaient une telle faim l'un de l'autre… Une faim décuplée par la perspective que, très bientôt, leurs vies allaient bifurquer dans des voies radicalement différentes. Cette nuit serait la seule qu'ils passeraient ensemble, et par accord tacite, ils en avaient l'un et l'autre profité sans limites.

Nichée dans les bras de Dom, les yeux fermés, elle posa la joue contre son torse et écouta battre son cœur. Une telle proximité avec un homme n'avait rien d'évident pour elle. Lorsqu'elle avait dit à Dom qu'elle était plus heureuse toute seule, elle avait été sincère. La solitude avait toujours été un refuge pour elle. Dans l'un de ses premiers souvenirs, elle était cachée au creux d'une haie, loin des voix colériques des adultes et des choses qui lui faisaient peur. Plus tard, à l'école, elle avait trouvé à la bibliothèque un refuge contre les brutes des cours de récréation. Le sport qu'elle affectionnait entre tous était la course à pied : encore une activité solitaire. Lorsque cette relation désastreuse avec Chandler avait pris fin, le célibat lui avait procuré un tel soulagement qu'elle avait fait l'impasse sur la solitude et sur le vide de son avenir. Oui, elle avait cru dur comme fer qu'elle était plus heureuse toute seule.

Du moins, jusqu'à présent. En ce moment, pour la première fois de sa vie, elle était à l'abri dans l'endroit le plus sûr au monde, mais elle n'était plus seule. Elle avait rencontré quelqu'un qui la comprenait parfaitement et qui savait pourquoi elle était devenue ce qu'elle était. Mais malgré tout, Dom désirait être avec elle, comme s'il la trouvait… parfaite ?

Elle souleva la tête juste assez pour apercevoir le visage de Dom dans la pénombre de la chambre. Avec émotion, elle détailla ses longs cils noirs, son nez droit, ses cheveux délicieusement ébouriffés. C'était lui qui était parfait, pas elle, et déjà, il lui manquait. Ses lèvres entrouvertes s'incurvaient comme s'il était en train de faire un rêve très agréable. Ces lèvres, Emilia mourait d'envie de les toucher, de les embrasser, mais elle ne voulait pas risquer de le réveiller, surtout pour qu'il devine à quoi elle pensait. Il ne devait pas savoir à quel point elle allait le regretter. S'il venait à s'en rendre compte, à coup sûr, il en serait attristé car ils savaient tous les deux qu'ils ne se reverraient certainement jamais. Plutôt mourir que de susciter sa pitié. Emilia ne voulait pas clore cette nuit magique par une note dissonante. Au contraire, elle désirait prolonger encore un peu cet instant de grâce dans lequel elle se sentait en sécurité, aimée. Entière…

Elle reposa la tête à l'endroit où elle entendait battre le cœur de Dom comme un tambour léger qui l'entraînait irrésistiblement vers le sommeil. Elle résista vaille que vaille, parce qu'elle n'avait pas besoin de dormir : elle rêvait déjà.

Dom fut réveillé par la vibration de son téléphone portable. Il fut d'abord étonné de constater que les premiers rayons de l'aube filtraient déjà par la fenêtre. À cette saison, et à la latitude de Seattle, le jour se levait aux alentours de 8 heures et il ne dormait jamais si tard. Mais la nuit qu'il venait de vivre avait été tout sauf normale, n'est-ce pas ? La tête d'Emilia pesait sur son bras. Il fallait pourtant qu'il se dégage sans la déranger. Il sourit en la voyant dormir. La pauvre, il l'avait épuisée. Mais *oddio*, quelle nuit ! Il n'était pas près de l'oublier.

Avec mille précautions, il se libéra et se leva pour prendre son portable, puis il se hâta vers la salle de bains pour ne pas risquer de réveiller Emilia. Il avait reconnu le numéro de celui qui l'appelait et devait absolument lui répondre.

— Allô, Max ?

— On vient de terminer l'IRM de votre père, annonça Max Granger. Désolé, Dom, mais les nouvelles ne sont pas bonnes.

8.

Après avoir raccroché, Dom s'aspergea le visage d'eau froide puis, une serviette nouée autour de la taille, il retourna dans la chambre et s'arrêta près du lit. Emilia dormait encore, et ses cheveux roux s'étalaient en corolle sur l'oreiller blanc. La pâleur de sa peau parfaite ressortait dans la pénombre. Il aurait voulu à nouveau la caresser, embrasser chacune de ses taches de rousseur adorables. Pourquoi avait-il fallu qu'il laisse son portable allumé ? Il aurait voulu revenir en arrière dans le temps, au moment où il avait soulevé Emilia dans ses bras pour la porter jusqu'à son lit. Cette fois-ci, il aurait veillé à tirer les rideaux des fenêtres et à éteindre son portable, afin de prolonger leur intimité.

Mais cet instant était bel et bien terminé. Il devait retourner au plus vite auprès de son père et parler à sa sœur, ainsi qu'il l'avait dit à Max. Ses responsabilités, ses priorités ne se discutaient pas et jamais Dom ne s'y serait dérobé. Il n'en restait pas moins qu'il avait toutes les peines du monde à s'arracher à Emilia. Quelque chose lui disait que cette séparation allait marquer le début de la fin. S'il n'avait tenu qu'à lui, il aurait tout abandonné pour demeurer auprès d'elle. Dans un autre monde, peut-être…

Dans un autre monde, il aurait pu tomber amoureux d'Emilia. Mais autant ne pas y penser. Le temps d'une nuit, il avait pris ses désirs pour des réalités, mais le moment était venu de se réveiller. Et pourtant, inutile de se leurrer. Il était bel et bien amoureux. Sans doute aimait-il Emilia depuis longtemps déjà, de manière inconsciente. Mais au fond, qu'est-ce que cela changeait ? La réalité l'assiégeait, prête à fondre sur lui. Non, sur eux…

Comme si elle avait deviné qu'elle était observée, Emilia bougea dans son demi-sommeil, puis elle s'étira comme une chatte avant de tendre le bras à côté d'elle. Ses muscles se contractèrent tandis qu'elle promenait la main sur l'espace vide. Elle ouvrit brusquement les yeux, mais il lui fallut un moment pour se rappeler où elle se trouvait. Elle le vit alors au chevet du lit et se redressa. L'espace d'une seconde, tandis que les volutes du rêve se dissipaient dans les yeux d'Emilia, Dom ne put s'empêcher de s'accrocher à ce dernier instant d'irréalité. Il imaginait un monde complètement différent, dans lequel il aurait vu le visage d'Emilia se transformer de la sorte tous les matins, ses yeux s'adoucir alors que sa bouche ébauchait un sourire, comme si le voir était la meilleure façon de commencer la journée. Mine de rien, cette façon qu'elle avait de le regarder ressemblait à s'y méprendre à de l'amour. Avait-elle des sentiments pour lui ? Aurait-elle préféré qu'il reste ici, avec elle ? Auquel cas, il aurait été prêt à se battre pour eux deux. Il devait bien y avoir un moyen…

Mais le visage d'Emilia se transforma aussitôt. L'ombre de sourire disparut et elle le regarda avec acuité.

— Qu'est-ce qui ne va pas, Dom ? Qu'est-il arrivé ?

Comment pouvait-elle avoir deviné aussi facilement qu'il y avait un problème ?

— Max vient d'appeler. Mon père a passé son IRM et les résultats ne sont pas bons. La tumeur grossit et commence à causer des ennuis. La pression intracrânienne a augmenté.

— Oh ! non…

Emilia se redressa et s'enroula dans le drap comme dans une toge.

— Ils attendaient que sa convalescence soit mieux engagée avant de l'opérer, n'est-ce pas ?

Dom acquiesça de la tête.

— Il lui reste encore quelques tests à passer et une opération aussi compliquée nécessite un plan détaillé. Il a imprimé un modèle en 3D de la tumeur pour simuler la chirurgie.

— J'ai entendu parler de cette technologie. Je suis sûre qu'elle me serait utile pour certains cas.

— C'est fort possible. Quoi qu'il en soit, dans le cas de mon père, cette technique permettra à Max de visualiser exactement la tumeur et son emplacement par rapport aux vaisseaux sanguins et aux structures cérébrales environnantes.

— Sa chirurgie est urgente ?

— Tout dépend de son état, mais Max a évoqué le 15 décembre, c'est-à-dire après-demain. D'ailleurs, c'est la date à laquelle il aurait dû être opéré.

— Je vais passer le voir aujourd'hui. Sa jambe va beaucoup mieux, mais j'aimerais m'assurer que la fixation est suffisamment robuste pour tenir pendant l'opération.

Elle se tourna vers les fenêtres et cligna les paupières.

— Bon sang, quelle heure est-il ?

— Presque 8 heures. Tu commences quand ?

— Pas avant 11 heures. J'ai préféré jouer la prudence après cette soirée.

Leurs regards se croisèrent et un long silence plana. Un silence chargé de tout ce qui s'était passé au cours de ces dernières heures intenses. À nouveau, Dom se sentait déchiré entre deux pôles inconciliables.

— Moi, je dois y être pour 9 heures, mais il faudrait que j'arrive plus tôt pour voir mon père et parler à ma sœur. Je suis désolé… Je dois me dépêcher de prendre une douche et de partir.

Il se racla la gorge sans la quitter des yeux.

— J'aurais préféré me remettre au lit, murmura-t-il.

Emilia se leva, et le regard qu'elle lui jeta était assez aiguisé pour lui rappeler toutes ces fois où elle lui avait lancé un défi, où elle l'avait nargué parce qu'elle savait qu'elle avait déjà gagné.

— As-tu oublié ce que je t'ai dit lors de Thanksgiving ?

Je te l'accorde, ça remonte à loin : à bientôt trois semaines, ajouta-t-elle comme il secouait la tête.

Les yeux fixés sur lui, elle détacha chaque parole, comme si elle s'adressait à un imbécile.

— L'essentiel, c'est la famille. Ton père et ta sœur ont besoin de toi, et toi aussi, tu as besoin d'eux, Dom. Ils doivent passer avant tout.

Comme il hésitait toujours, elle soupira.

— Tu ne te rends pas compte de ta chance. Moi, j'ai toujours rêvé d'avoir une famille.

— Qu'est-ce qui t'empêche d'en fonder une ?

Peut-être pas avec lui, bien sûr, mais une femme aussi merveilleuse méritait tout le bonheur du monde. À son tour, cependant, Emilia secoua la tête.

— J'ai déjà tenté le coup, tu te souviens ? Avec Chandler. Seulement, ça n'a pas marché, et avec le recul, j'aurais dû m'en douter. Mais je peux me débrouiller toute seule. Je l'ai toujours fait et il n'y a pas de raison pour que cela change. Je suis bien plus heureuse comme cela, tu sais.

Elle posa la main sur son torse.

— Allez, va vite faire ta toilette. Moi, je vais fouiller dans tes affaires de sport pour essayer de trouver de quoi m'habiller pour le trajet de retour. Je n'ai pas envie de rentrer en taxi tout endimanchée dans ma robe de bal.

Dom n'aurait jamais cru qu'un simple contact physique puisse laisser une marque pareille à une cicatrice. Et pourtant, c'était le cas. Il ne comptait plus les fois où il avait senti, encore et encore, l'empreinte des doigts d'Emilia sur sa poitrine au cours des quarante-huit heures compliquées qui avaient suivi l'appel de Max. Ces deux jours avaient été ponctués de conversations intenses avec sa sœur et avec Max au fur et à mesure que tombaient les résultats des examens de Roberto. Le temps qu'il passait au chevet de son père était assombri par l'angoisse, la culpabilité, le chagrin. Ces moments risquaient d'être les derniers, et Dom n'avait jamais trouvé l'occasion de lui dire qu'il l'aimait.

Il s'en voulait aussi de ne pas avoir parlé à Emilia depuis cette nuit extraordinaire. Il espérait seulement qu'elle comprendrait. Après tout, ne lui avait-elle pas dit sans ambages que sa famille devait passer en premier ?

Dieu merci, il pouvait compter sur le travail pour l'occuper et le distraire de ses soucis personnels. Il avait été sur le pont du matin jusqu'au soir. Lorsqu'on n'avait pas besoin de lui aux urgences, il s'efforçait de trouver d'autres occupations suffisamment compliquées ou intéressantes pour mobiliser son attention pleine et entière. C'était d'ailleurs pour cela qu'il était venu au bloc ce matin. Non pour s'informer de l'opération de son père, prévue pour le jour même, mais pour revenir sur un cas qui l'avait intéressé quelques semaines plus tôt.

Le patient en question était Jason, cet adolescent arrivé aux urgences en état d'arrêt cardiaque après avoir fait une syncope au collège. Des examens avaient mis en évidence une hypertrophie du cœur qui perturbait la transmission des influx électriques responsables des battements cardiaques. Cette malformation héréditaire pouvait à tout moment provoquer un arrêt cardiaque avec risque de mort subite. Dom et son équipe l'avaient tiré d'affaire lorsqu'il était arrivé aux urgences, mais Jason devait à présent se faire implanter un défibrillateur qui, espérait-on, lui permettrait de mener une vie normale, sans cette épée de Damoclès en permanence au-dessus de sa tête. La procédure en soi n'était pas compliquée, mais Dom ne l'avait jamais vu pratiquer. Or quelle meilleure manière d'occuper son temps avant le début de sa garde aux urgences ? Il trouverait toujours un moment pour passer voir son père avant sa chirurgie.

Dom commença par se désinfecter et revêtir une tenue de bloc, ainsi que l'exigeait le protocole. La pièce d'habillage était adjacente à la salle d'opération. Par une vitre, il vit que Jason était déjà allongé sur la table. L'anesthésiste lui administrait une sédation et réglait le volume d'une alarme sur l'un des moniteurs tout en surveillant ses constantes. Dom se rappela ce jour où le garçon était arrivé aux urgences, entre la vie et la mort. Lorsque l'alarme réservée aux accidents cardiaques avait sonné, Dom se trouvait dans son bureau, avec Emilia. Certaines des paroles qu'il lui avait dites ce jour-là lui revinrent à l'esprit.

« Je ne veux pas perdre ce qui nous lie toi et moi, Emmy. Ce sont des liens réels, sincères, des liens de confiance. »

Et voilà… Il n'en fallait pas plus pour réveiller à nouveau la brûlure familière à l'endroit où elle l'avait touché. Il y porta la main. Le cardiologue responsable de l'opération lui lança un bref regard alors qu'il tendait le bras vers une serviette stérile.

— On a des douleurs thoraciques, Dom ? Si c'est le cas, tu es au bon endroit. Je peux vérifier s'il me reste un défibrillateur, si tu veux.

— Merci, Rick, mais je viens en observateur. Ce n'est pas aujourd'hui que tu pourras essayer ton bistouri sur moi !

Mine de rien, c'était la première fois depuis deux jours qu'il souriait. Était-ce parce que la remarque de ce collègue lui rappelait les boutades qu'il avait coutume d'échanger avec Emilia ? Peut-être… Quoi qu'il en soit, il retrouva son sérieux lorsqu'il se mit en retrait pour suivre le déroulement de l'opération.

Après avoir pratiqué une petite incision sous la clavicule de Jason, Rick inséra le défibrillateur dans une veine pour l'acheminer jusqu'au cœur. Cet appareil était conçu pour surveiller cet organe en permanence et, si nécessaire, rétablir le rythme cardiaque en administrant des impulsions à basse tension.

Une fois l'implantation terminée, il fallut tester l'appareil.

— Ces machins sont de plus en plus sophistiqués, lui dit Rick. Tu vas voir, quand il va fibriller.

Déjà, un technicien préparait les équipements.

— On va synchroniser un léger choc sur l'onde T de l'ECG,

expliqua ce dernier. C'est la manière la plus rapide et la plus efficace d'induire une fibrillation ventriculaire.

Rick avait dû remarquer la grimace de Dom à la perspective de provoquer une arythmie potentiellement mortelle, car il ajouta :

— Ne t'inquiète pas. S'il fait un arrêt cardiaque et que le défibrillateur ne fonctionne pas, on prendra le relais.

La phase de test dura quelques minutes pendant lesquelles Dom se surprit à retenir son souffle. L'œil fixé sur les moniteurs, il attendait que le petit appareil fasse ses preuves.

— Et voilà, annonça Rick au bout d'un moment. Il nous reste juste à refermer l'incision. Bien évidemment, on le garde en observation une nuit, au cas où.

Alors que Dom quittait le bloc, il traversa une salle réservée aux proches des patients. C'était là qu'ils attendaient avant de pouvoir retrouver leur parent ou ami en salle de réveil. Dom reconnut la mère de Jason, bien qu'elle soit assise tête baissée, le front dans une main. Il hésita à s'arrêter pour la rassurer, mais l'intervention avait duré plus longtemps que prévu et il risquait d'être en retard pour prendre sa garde. Par ailleurs, Rick allait arriver d'une minute à l'autre pour lui donner des nouvelles.

Était-ce parce qu'il venait de voir une mère folle d'inquiétude au sujet de son fils ? Toujours est-il que lorsqu'il appuya sur un bouton pour appeler l'ascenseur, Dom entendit distinctement la voix d'Emilia.

« L'essentiel, c'est la famille. »

Cette petite phrase ouvrit la vanne aux souvenirs. Il repensa à cette journée de Thanksgiving passée ensemble, à ce repas complètement raté, aux fous rires, à la façon dont Emilia lui avait fait comprendre qu'il avait de la chance d'avoir une famille, malgré tous les soucis qu'elle lui donnait. Elle-même ne pouvait pas en dire autant, et ce n'était pourtant pas faute d'avoir essayé. Car si elle avait noué une relation avec ce Chandler – un loser jaloux de sa réussite –, c'était bien dans l'espoir de fonder une famille, n'est-ce pas ? Et lorsqu'elle avait échoué, elle s'était convaincue qu'elle serait plus heureuse toute seule, faute de mieux.

Oh ! *sì*... Dom se souvenait clairement de sa main qui le repoussait, comme si elle le repoussait hors de sa vie. Emilia ne partageait pas ses sentiments. Elle ne désirait pas le moins du monde s'engager avec un homme, et même dans le cas contraire, elle ne voudrait pas de l'avenir qu'il lui proposait. Dom se détourna brusquement de l'ascenseur pour emprunter l'escalier de service. Il poussa les portes d'un geste énergique et dévala les marches quatre à quatre. Il avait besoin de bouger, d'être ailleurs, dans un endroit où il serait trop occupé pour penser à Emilia.

Bien sûr qu'elle ne voudrait pas d'un avenir avec lui ! Comme lui, elle adorait son travail, et elle avait toujours été jalouse de sa vie privée. Dom était certain de ne pas être le seul à la côtoyer depuis des années sans savoir rien, ou presque, de son enfance. Comment réagirait-elle face à des médias inquisiteurs qui ne reculeraient devant rien pour publier des informations croustillantes ? Non, Emilia ne méritait pas un tel traitement. Pour une personne aussi discrète, allergique à la curiosité des autres, ce serait l'horreur absolue. Elle lui avait dit qu'elle était mieux toute seule et qu'elle se débrouillerait, et Dom n'avait aucun doute là-dessus. Emilia était du genre à s'épanouir dans l'ombre.

Arrivé aux urgences, il s'efforça de repousser ces pensées pour se concentrer sur le travail. Avec un peu de chance, la journée serait chargée et il n'aurait pas le temps de s'attarder sur ses états d'âme. Par ailleurs, comme il n'était pas seul aux manettes aujourd'hui, il pourrait se libérer de temps à autre pour rejoindre Giada pendant qu'elle attendrait la fin de l'opération de leur père, sans doute dans cette même pièce où il venait d'apercevoir la mère de Jason.

Emilia avait raison. L'essentiel, c'était la famille, et il devait veiller sur la sienne, surtout un jour comme celui-ci. Il fallait qu'il rejette les souvenirs de sa nuit avec Emilia et tous les rêves de la voir un jour faire partie de sa vie. Il y était bien arrivé par le passé, à la fac, lorsqu'il avait complètement étouffé l'attirance qu'elle lui inspirait déjà. Il n'y avait pas de raison qu'il n'y parvienne pas à présent.

Car le personnage du Dr Domenico di Rossi allait bientôt quitter la scène pour laisser la place à Son Excellence le prince Domenico Baresi. Emilia comprendrait, parce qu'elle le connaissait sans doute mieux que quiconque. Non, personne ne le connaîtrait jamais mieux qu'elle.

Urgence traumatologie. Présence immédiate requise.

Emilia répondit avec l'impression d'avoir fait un saut en arrière dans le temps… À une époque où rien de tout ceci n'avait commencé. Une époque où elle ne connaissait pas le secret de Dom et où lui ne savait quasiment rien d'elle et de son passé. C'était avant qu'elle tombe amoureuse d'un homme qu'elle avait jusqu'alors toujours considéré comme un collègue et un rival. Bien avant qu'ils soient assez proches l'un de l'autre pour faire l'amour. Bref, tout cela semblait remonter à un siècle.

Le cas d'aujourd'hui ressemblait d'ailleurs à l'accident qui avait conduit le père et la sœur de Dom aux urgences. Comme ce jour-là, une voiture avait perdu le contrôle, sans doute à cause du verglas, et avait heurté un piéton de plein fouet. La scène en salle de soins numéro un était presque identique. Dom était là, il rassemblait son équipe autour de lui tandis que tout le monde revêtait sa blouse, ses gants et des lunettes de sécurité. Il faisait le point sur les médicaments et il s'assurait que des chariots spécialisés étaient disponibles, sans oublier les équipements d'échographie de type FAST, en cas d'hémorragie interne consécutive à un traumatisme abdominal ou thoracique.

Emilia ne s'était pas attendue à le voir diriger l'équipe aujourd'hui. Son père n'était-il pas opéré pour sa tumeur en ce moment même ? Ces deux derniers jours, elle avait examiné le roi à plusieurs reprises pour vérifier que sa fracture fémorale évoluait favorablement, mais c'était la première fois qu'elle revoyait Dom depuis le gala.

Comme toujours en cas d'appel d'urgence, les sens d'Emilia étaient exacerbés par une poussée d'adrénaline, et sa réaction à la vue de Dom fut intense. Au-delà de la simple surprise, elle éprouvait un mélange de joie, d'appréhension, et même d'espoir. Elle ne lui tenait pas rigueur de ne pas lui avoir donné signe de vie ces deux derniers jours. Avec tous les soucis personnels qu'il avait, elle n'avait pas voulu le déranger pour lui demander des nouvelles.

Elle savait qu'elle n'aurait pas dû le regarder avec une telle insistance. Elle devinait aussi que Dom l'avait remarquée. Le moment de vérité survint lors de la fraction de seconde avant qu'Emilia se tourne pour attraper une paire de gants dans un distributeur mural. À cet instant, Dom leva les yeux et leurs regards se croisèrent le temps d'un éclair, mais ce fut suffisant pour qu'elle sente un frisson parcourir tout son corps. Elle avait vraiment fait un bond en arrière dans le temps et ses craintes étaient bel et bien fondées. Sa relation avec Dom était redevenue purement professionnelle. Elle avait été ramenée au rang de simple collègue, de rivale. Les anciennes barrières étaient à nouveau érigées, plus hautes que jamais, et cette connexion qui lui avait semblé si puissante était à présent réduite à néant.

Et, bon sang, elle avait *mal*…

C'était bien pire que de recevoir une gifle en plein visage. Elle se sentait littéralement défaillir. Bien sûr, elle avait toujours su à quoi s'en tenir. Elle ne s'était attendue à rien d'autre qu'une nuit avec lui. Cependant, elle avait espéré qu'il en resterait au moins une certaine complicité.

Allons, elle se trouvait aux urgences, et elle aurait manqué du professionnalisme le plus élémentaire en se laissant déborder par des problèmes sentimentaux alors qu'un patient dans un état potentiellement critique était sur le point d'arriver. Jamais elle n'avait toléré ce genre de comportement et elle n'allait pas commencer aujourd'hui.

Après tout, elle se trompait peut-être. Dom était sans doute focalisé sur son rôle, comme toujours lorsqu'il dirigeait une équipe de traumatologie. Et puis, il ne fallait pas oublier ses problèmes familiaux.

— Tu t'es fait rare, ces derniers jours, dis donc ! lança-t-elle gaiement. Au fait, j'adore la façon dont tu as décoré les locaux.

Comme il fronçait les sourcils d'un air perplexe, Emilia indiqua de la tête une guirlande rouge enroulée autour d'une potence pour intraveineuse et les couronnes de houx artificiel qui décoraient le chariot pour ECG. Le visage de Dom s'assombrit carrément et il se tourna avec humeur vers une infirmière.

— Qui a fait ça ? Ce genre de babiole n'a rien à faire ici. Enlevez-moi ça ! Tout de suite.

Les bras chargés de décorations de Noël, l'infirmière croisa le brancard qui arrivait à toute vitesse, et Emilia n'eut guère le loisir de s'interroger sur un trait de caractère qu'elle n'avait pas connu jusqu'alors chez Dom, ni sur le niveau de stress auquel il devait être soumis pour réagir ainsi. Elle ne s'attarda pas non plus à penser que, même s'il l'avait blessée, elle aurait voulu l'aider, ou simplement lui toucher le bras et croiser son regard assez longtemps pour lui faire comprendre qu'il pouvait compter sur elle. Qu'elle le comprenait…

Le patient exigeait l'attention pleine et entière de chaque membre de l'équipe, et c'était sans doute aussi bien. D'autant que le blessé, un homme de trente-cinq ans prénommé Simon, aurait besoin de beaucoup d'aide pour avoir une chance de s'en sortir. Les secouristes lui avaient posé une ceinture pelvienne parce qu'ils redoutaient une fracture du bassin. Pour endommager une structure osseuse aussi solide, il fallait un traumatisme violent qui risquait d'avoir occasionné d'autres blessures importantes. Des lésions thoraciques, par exemple, ou un éclatement de la rate, ce qui expliquerait cette chute de tension alarmante.

— Il me faudrait tout de suite une autre intraveineuse à large calibre, dit Dom, un œil sur les moniteurs. Merci. Simon, vous m'entendez ? Vous savez où vous êtes ?

Il n'obtint pour toute réponse qu'un gémissement douloureux.

— OK, on va augmenter l'analgésie. Vous m'avez préparé une dose de fentanyl ? Ou alors, de kétamine ?

Tout le monde était sur le pied de guerre. Une fois le patient transféré sur un lit à roulettes, les techniciens, les internes et les infirmières s'affairèrent autour de lui dans une chorégraphie bien huilée. On lui retira ses vêtements, on lui posa des électrodes reliées à des appareils de suivi, on lui préleva du sang.

— Il me faut une radio du thorax et de la zone pelvienne, énonça Dom d'une voix nette. Et une échographie FAST. Quelle est sa tension ?

— Systolique à 9.

— Bon, il faut le transfuser. On a reçu les résultats des tests de groupes sanguins ? OK, ne bougez surtout pas son bassin. Pas de mouvements inutiles.

Dom glissa une main gantée sous le dos de Simon pour rechercher, par palpation, d'éventuelles lésions.

— C'est bon, décréta-t-il en se relevant tandis que les appareils de radiologie étaient amenés près du lit. Tous ceux qui ne portent pas un tablier de plomb, écartez-vous !

Emilia avait observé Simon d'assez près pour suspecter des fractures des côtes inférieures. Si les clichés les mettaient en évidence, il faudrait craindre une lacération de la rate ou du foie. Elle retint son souffle pendant la prise des radios. Le patient faisait l'objet d'une réanimation agressive par remplissage vasculaire, mais la tension demeurait basse et le choc hypovolémique risquait d'être rapidement fatal s'ils ne jugulaient pas rapidement cette hémorragie interne. Une fois les radios obtenues, elle les afficha aussitôt sur un écran de visualisation et Dom les examina par-dessus son épaule.

— Regarde. Là et là… Fracture de l'anneau pelvien,

clairement instable du fait d'un déplacement antéro-postérieur d'au moins un centimètre.

— Il faut l'emmener au bloc pour une laparotomie. Le saignement n'est sans doute pas assez important pour apparaître sur l'écho FAST, mais je suis sûre qu'on a une rupture de la rate consécutive à une fracture des côtes.

— Je vais procéder à une aspiration, mais compte tenu de son hypotension, à mon avis, il est imprudent de lui faire passer un scanner.

— Oui, mais avant de s'occuper de sa rate, il faut stabiliser son bassin. Nous sommes obligés d'enlever la ceinture pelvienne pour accéder au site opératoire, et sans fixation externe, ces fractures risquent de bouger, auquel cas, tout le volume sanguin pourrait se répandre dans la cavité pelvienne avant qu'on ait eu le temps d'intervenir.

— Tu voudrais l'opérer ici ?

— C'est possible, si l'hémodynamie est suffisamment stable. Une fois que le patient sera préparé, j'en aurai pour dix à quinze minutes.

Dom approuva. Comme au bon vieux temps, ils œuvraient en symbiose, focalisés tous les deux sur un seul et même objectif. Emilia ne songeait même pas que ce serait sans doute la dernière fois qu'ils collaboraient sur un cas.

Simon était à présent inconscient, indifférent aux préparatifs de l'intervention. Autour de lui, l'équipe était réduite au minimum et sur les chariots, les sachets stériles ouverts révélaient un éventail impressionnant de tiges en acier, de broches, de scalpels et de sutures. Emilia se saisit d'abord d'un feutre.

— Je marque d'une croix l'épine iliaque antéro-supérieure… Et l'antérieure, d'un rond. Je le ferai des deux côtés, avant de procéder à la première incision.

Il ne lui fallut pas moins d'un quart d'heure pour installer une fixation externe qui permettrait de stabiliser le bassin du patient. Cette structure maintiendrait ses os en place jusqu'à ce qu'ils guérissent, mais dans l'immédiat, elle permettrait surtout de manipuler Simon pour pouvoir l'opérer sans risquer d'aggraver des lésions potentiellement fatales. Alors qu'elle assemblait les différents éléments, Emilia sentait la sueur lui mouiller le dos, et elle émit un soupir de soulagement lorsqu'elle serra enfin le dernier boulon.

— C'est bon, tu peux le lâcher, Dom. Ça devrait aller.

— Dans ce cas, on le transporte tout de suite au bloc.

Comme il s'éloignait avec le patient, il se tourna vers elle en souriant.

— Bon boulot, Emmy. Merci.

Tout en suivant son patient jusqu'en salle d'opération, Emilia ne se priva pas de savourer ce compliment. Sans doute éprouvait-elle encore les effets de l'adrénaline, d'autant plus que Dom allait rester avec Simon jusqu'à ce qu'il soit remis au chirurgien général qui les attendait au bloc.

Il ne fallait pas exagérer l'importance de cette remarque. Après tout, Dom prenait toujours la peine de reconnaître les compétences de chacun, et les cas délicats comme celui de Simon étaient précisément de ceux qu'il adorait. Leur vieille dynamique de travail était de retour, mais Emilia comprenait mieux à présent pourquoi elle avait toujours fonctionné aussi bien. En fait, cette rivalité féroce qui avait émaillé leurs rapports pendant des années leur avait permis de vivre leur passion l'un pour l'autre sans pour autant basculer dans une zone dangereuse.

Lorsqu'ils arrivèrent au bloc, une nouvelle équipe était déjà prête à prendre le relais, mais Emilia allait quand même rester en salle d'opération. Cette fracture pelvienne allait sûrement requérir une fixation interne, et même si d'habitude Emilia évitait d'intervenir avant quelques jours, le temps que l'hémorragie soit vraiment sous contrôle, si ce patient devait subir une chirurgie abdominale, autant profiter de la laparotomie pour faire d'une pierre deux coups.

— Je vais rester un peu, moi aussi, dit Dom. J'ai quelqu'un pour me remplacer aux urgences parce que je vais devoir m'absenter au cours de la journée pour raisons personnelles.

— Ton… Enfin, la chirurgie a commencé ?

— Oui, depuis un bon moment déjà, dit-il avec un bref hochement de tête. L'équipe me tient au courant régulièrement et je relaye les informations à Giada. Ils m'avertiront quand tout sera fini, mais d'ici là, j'ai besoin de me tenir occupé.

Les lèvres d'Emilia s'incurvèrent en un doux sourire.

— Oui, ça aide, n'est-ce pas ?

De nouveau, il eut un bref hochement de tête, puis son regard fut traversé d'une lueur indéfinissable, comme s'il ressentait toujours leur connexion, mais qu'elle était noyée sous une émotion qui ressemblait beaucoup à de la tristesse.

— Je te laisse avec ton patient, dit-il avant de pivoter sur ses talons.

Sur le seuil de la salle de préparation chirurgicale, Emilia s'arrêta pour le suivre des yeux. Elle aurait voulu l'appeler, le faire se tourner vers elle pour entr'apercevoir en lui cette émotion qu'il éprouvait toujours, elle en était sûre. Elle aurait voulu lui murmurer quelque chose.

Je t'aime…

Tu me manques déjà…

Mais qu'espérait-elle ? Qu'il tourne le dos à sa famille, à son pays ? De son côté, elle n'allait pas abandonner une carrière à laquelle elle avait toujours sacrifié sa vie personnelle. Son métier lui avait déjà coûté son couple avec Chandler. Elle avait passé trop de temps à faire de sa personne, de ses ambitions, des priorités. Le prince Domenico Baresi méritait mieux qu'une femme comme elle. Oui, elle leur rendait service à tous les deux en décidant d'en rester là.

Emilia en était là de ses pensées lorsqu'une infirmière se dirigea vers Dom.

— Docteur di Rossi ? Je vous cherchais. C'est au sujet du patient dont vous avez demandé des nouvelles, M. Baresi. Il vient de sortir du bloc, il est en salle de réveil.

Dom s'éloigna sans un regard vers Emilia. Elle se tourna à son tour pour entrer au bloc, et jamais cet endroit ne lui avait autant donné l'impression d'être un sanctuaire. Cela dit, c'était là qu'elle avait le mieux sa place, après tout. C'était même sans doute le seul endroit où elle serait toujours vraiment chez elle.

9.

C'était officiel. Emilia détestait Noël.

Elle avait réussi toute sa vie à passer au travers des fêtes de fin d'année en les tolérant, voire en les ignorant, mais pour une raison qui lui échappait, ce talent lui faisait à présent défaut. Partout, une pression palpable l'obligeait à garder pour elle cette négativité, mais Emilia savait très bien qu'elle était loin d'être la seule au monde à avoir des affinités avec ce bon vieux Scrooge ou avec le Grinch. Pour nombre de gens, ces messages incessants d'optimisme et de bonheur familial remuaient le couteau dans des plaies douloureuses qui ne guériraient sans doute jamais vraiment. Des gens qui venaient de perdre un être cher, par exemple, surtout s'il s'agissait d'un enfant ou d'un bébé. Sans parler de ceux qui s'étaient brouillés avec leur famille, ou ceux qui n'avaient pas de famille du tout. Des gens comme elle, en somme.

Donc, oui, Noël était pour elle une corvée plutôt qu'une joie, et son sentiment de déplaisir s'intensifiait de plus en plus à l'approche de cette date. Dans quelques jours, ce serait fini pour cette année, mais aussi courte soit-elle, cette attente était encore trop longue. Elle n'en pouvait plus. D'ordinaire, elle s'en tirait en se noyant dans le travail, mais cette stratégie montrait ses limites. L'année prochaine, elle prendrait un mois de congé pour aller à l'autre bout du monde, dans un pays où Noël n'était pas célébré. Le Vietnam, peut-être, ou alors le Qatar. Ou la Mongolie, pourquoi pas ? Ainsi, elle ne serait pas confrontée à des rappels constants qu'elle aurait préféré ignorer. Dieu merci, dans les salles de soins ou au bloc opératoire, rien ne lui rappelait Noël, mais le reste de l'hôpital était de plus en plus envahi de décorations, de musique et autres guirlandes lumineuses.

Des cadeaux s'amoncelaient sous le sapin de la grande entrée, prêts à être distribués aux petits patients du service pédiatrique. La moitié des personnes qu'elle croisait se distinguaient par un détail festif dans leur tenue, telle la dame de la réception, qui arborait ce matin des boucles d'oreilles en forme de bonhomme de neige. La veille, Emilia était même tombée sur un aide-soignant habillé en elfe. Où qu'elle pose le regard, elle voyait des guirlandes. Par exemple, dans le couloir où elle venait de s'engager, quelqu'un avait trouvé très malin de décorer le mur de guirlandes vertes imitant le tracé d'un électrocardiogramme. Les patients admis en orthopédie voyaient leurs plâtres ornés de petites feuilles de houx en plastique et, bien sûr, personne ne portait autre chose que du vert ou du rouge.

Les enfants n'étaient pas les derniers à s'en donner à cœur joie. Beaucoup se déguisaient, comme cette petite fille qui arrivait dans la direction d'Emilia. Elle portait un ensemble rose plutôt spectaculaire, assorti à des souliers brillants et à une couronne miniature. Une tenue de… princesse. S'agissait-il d'un hasard cruel, un signe du destin lui rappelant qu'elle s'était imaginé, le temps d'une nuit, qu'elle avait une chance avec Dom ? Qu'elle pouvait devenir une vraie princesse ?

C'en était trop. Emilia se précipita dans les toilettes du personnel et ouvrit en grand le robinet d'eau froide. Alors qu'elle remplissait ses mains réunies en coupe, elle aperçut son reflet dans le miroir et fut atterrée de constater à quel point son humeur transparaissait sur ses traits crispés et dans ses yeux d'un bleu orageux. À la souffrance se mêlait un autre sentiment, plus sombre… De la colère… Voilà une semaine qu'elle n'avait pas vu Dom ni eu de nouvelles de lui. Leur dernière rencontre remontait à l'opération de Simon, ce même patient à qui elle s'apprêtait justement à rendre visite. Certes, Domenico avait une vie compliquée en ce moment, mais il n'empêche, elle ne méritait pas un tel traitement. Il avait le droit de la pousser hors de sa vie, et bien sûr, ce scénario était inévitable au bout du compte, mais quand même... Il pouvait bien se rendre compte qu'en agissant de la sorte il allait remuer en elle de mauvais souvenirs qui, pour anciens qu'ils soient, n'avaient rien perdu de leur force. Des souvenirs où elle était rejetée par ses familles d'accueil, où elle devait changer d'école... Des souvenirs où elle se sentait mal aimée, non désirée... Des souvenirs d'une époque où elle ne cessait de rêver d'un nouveau départ toujours repoussé.

S'asperger le visage d'eau froide lui fit du bien. Lorsqu'elle se regarda dans le miroir, son regard n'exprimait déjà plus la moindre émotion négative. À la voir, personne n'aurait deviné qu'une lutte se livrait en elle. Elle était à nouveau ce médecin calme, professionnel et compétent, qu'elle était devenue au prix d'un travail acharné. Autrement dit, au moins un de ses rêves s'était réalisé. Le plus important, d'ailleurs, puisque celui-ci ne lui avait encore jamais fait défaut et qu'il durerait sûrement jusqu'à la fin de ses jours.

Lorsque Emilia entra dans la chambre, le sourire qui s'épanouit lentement sur le visage de Simon suffit à la rasséréner.

— Vous avez l'air d'aller beaucoup mieux, Simon.

— C'est vrai. Je me suis même levé pour utiliser la chaise au lieu d'un bassin hygiénique.

— Alors, ça a été ?

— J'ai eu un peu de mal, admit-il.

— Vous avez eu recours à votre pompe antidouleur ?

— Oui, oui...

— Je sais que ce n'est pas facile.

Emilia parcourut rapidement les notes et les constantes vitales consignées dans le dossier médical, puis elle le rangea et s'approcha de Simon.

— Surtout à cette étape de votre convalescence, poursuivit-elle. Vous allez mieux, mais pas encore assez pour qu'on vous enlève ces tiges et ces broches qui maintiennent votre pelvis. Malgré tout, vous devez continuer de bouger, c'est très important. Si vous restez couché trop longtemps, vous vous exposez à des complications. Des escarres, par exemple, ou une broncho-pneumonie.

— J'ai juste envie de rentrer à la maison, docteur. Mais pour Noël, ce ne sera pas possible, n'est-ce pas ?

— Je crains que non. Nous ne pouvons pas vous laisser partir tant que vous n'êtes pas capable de vous déplacer de manière autonome, en fauteuil roulant ou avec des béquilles. Pour cela, il faudra bien compter deux semaines, mais c'est votre kiné qui décidera.

— C'est vrai, ce que m'a raconté l'infirmier tout à l'heure ? Que j'ai de la chance d'être encore en vie ? Il m'a dit que si j'en ai réchappé, c'était grâce à vous, et qu'à la moindre fausse manipulation, je me serais vidé de mon sang !

— Vous étiez dans un état critique, c'est clair. Mais je ne suis pas seule à vous avoir tiré de là. Il y avait toute une équipe qui s'occupait de vous.

Et notamment Dom… Jamais elle n'aurait pu s'acquitter aussi bien de sa tâche sans lui à ses côtés. Il allait lui manquer, ne serait-ce qu'en tant que collègue et chef d'équipe.

Simon, toutefois, se renversa sur l'oreiller et ferma les yeux.

— Quand je pense que ça fait une semaine ! J'ai tout oublié, mis à part quelques bribes, mais j'ai l'impression que l'accident s'est passé il y a deux ou trois jours seulement.

Emilia s'efforça de sourire. Pour elle, c'était l'inverse. Ces derniers jours s'étaient étirés avec une lenteur insupportable.

— Continuez comme ça, Simon, et j'ai bon espoir que le reste de votre séjour filera tout aussi vite.

Après avoir quitté son patient, Emilia s'aperçut qu'elle n'était pas loin du service des urgences et elle ne put s'empêcher d'aller y jeter un œil. Pourquoi pas ? Ce ne serait qu'une visite de courtoisie pour renseigner Dom sur la guérison d'un blessé dont il avait eu la charge pas plus tard que la semaine précédente. Lui qui veillait toujours à suivre l'évolution de ses patients n'y trouverait sûrement rien à redire.

Seulement, son bureau était vide.

— Il n'est pas là, dit une infirmière qui passait par là.

— Vous savez quand il reviendra ?

— Aucune idée. Il a pris des congés. Des bruits courent qu'il reçoit de la famille en ce moment… Ou alors qu'un ami est hospitalisé ici, peut-être ? Bref, il sera sans doute de retour après Noël. Vous vouliez le voir pour une urgence ?

— Non.

Emilia secoua la tête. Elle n'avait pas besoin de Dom pour quoi que ce soit d'urgent. En fait, ce qu'elle aurait voulu de lui était complètement impossible. Autant se rendre à l'évidence. Il était normal que Dom prenne quelques jours pour s'occuper de son père et de sa sœur. Roberto était soigné dans l'une des chambres les plus discrètes de ce vaste hôpital et Dom devait faire preuve de prudence pour éviter que ne s'ébruitent ses problèmes personnels, surtout si les suites de l'opération de son père ne se passaient pas bien.

Emilia n'avait aucune raison de s'attarder davantage, mais elle demeura plantée là, plongée dans les souvenirs. Elle repensait au moment où elle était entrée sans frapper et qu'elle avait vu Dom, les coudes sur le bureau et la tête entre les mains, l'air complètement brisé. C'était à cet instant qu'elle avait réalisé à quel point elle en savait peu sur lui en tant qu'homme. À cet instant, aussi, qu'elle avait éprouvé pour lui des sentiments nouveaux. Dom était à la veille de changements majeurs dans sa vie. Si son père survivait à sa chirurgie, ils auraient tôt ou tard des points de discorde d'autant plus pénibles que Dom était visiblement très attaché à sa famille. Il devrait bientôt renoncer à une carrière à laquelle il tenait plus que tout.

Qu'avait-elle fait de son empathie ? C'était très égoïste de sa part de se complaire dans la colère et le chagrin. Après tout, son existence à elle n'était pas en jeu. Elle ne risquait pas de perdre l'un de ses proches, ni encore moins d'avoir à assumer la direction d'un pays. Ce pauvre Dom devait être épuisé, physiquement et émotionnellement. Il avait dépensé toutes les ressources qui lui auraient permis de faire face aux complications qu'elle risquait de lui causer. Le mieux qu'elle puisse faire, pour lui comme pour elle, c'était de se montrer discrète. Et pourtant, lorsqu'elle songeait à tous les soucis qu'il avait et au fait qu'elle ne pouvait même pas le réconforter dans ces moments difficiles, elle sentait des larmes lui monter aux yeux.

Allons, ce n'était pas la première fois qu'Emilia se voyait contrainte de se ressaisir après une peine de cœur ! Le soir venu, alors qu'elle s'apprêtait à braver le froid glacial pour rentrer chez elle, elle comprit qu'elle savait déjà comment s'y prendre pour commencer à mettre de l'ordre dans sa tête et dans son cœur. Seul bémol, la saison compliquait quelque peu la solution qu'elle entrevoyait, d'autant plus qu'il avait beaucoup neigé les jours précédents.

Forte de cette idée, elle se connecta à Internet pour consulter le bulletin météo, puis elle vérifia les conditions routières autour de Seattle et les horaires des ferries qui traversaient le Puget Sound jusqu'à l'île de Bainbridge. Quelques minutes plus tard, elle se renversa sur son siège et ferma les yeux avec un long soupir de soulagement. Il lui restait de menues courses à faire avant de rentrer, mais elle avait un plan pour se rendre au seul endroit qui lui garantissait la tranquillité à laquelle elle aspirait tellement.

C'était presque gagné.

Il en avait fait assez. Du moins pour aujourd'hui. Dom aurait dû rentrer chez lui depuis longtemps pour prendre une douche et se mettre au lit, mais il n'arrivait pas à s'arracher au chevet de son père. Quelque chose avait changé et son instinct de médecin le poussait à rester ici, à surveiller les écrans. Oui, il ne s'était pas trompé. Le tracé de l'ECG était plus irrégulier que d'habitude. Il trahissait ici et là des battements manqués, une accélération du rythme cardiaque et de la respiration. De même, la température corporelle avait légèrement augmenté.

Était-ce alarmant ? Un signe d'infection ? Roberto souffrait-il tellement qu'il réagissait à la douleur, malgré le coma ? Quoi qu'il en soit, Dom ne voulait pas s'en aller avant d'avoir compris ce qui se passait. Les heures s'égrenèrent lentement. Épuisé, il peinait à se tenir éveillé, quand soudain, il vit quelque chose. Ou alors avait-il rêvé ? Prenait-il ses désirs pour des réalités ?

Mais non, il le vit à nouveau, là. Alors que le moniteur cardiaque enregistrait une perturbation inquiétante, un léger soubresaut agita les doigts de son père. Le cœur battant la chamade, Dom retint son souffle et observa le visage de Roberto, dont les paupières papillonnèrent… Se soulevèrent… Pendant un moment interminable, Roberto fixa sur lui un regard vide, puis ses paupières se baissèrent à nouveau.

Oddio… Submergé par une douleur fulgurante, Dom ferma les yeux et son menton tomba sur sa poitrine. Ce serait le pire, non ? Que son père sorte du coma, mais avec des lésions cérébrales telles qu'il ne reconnaisse même plus son propre fils.

Dom appela Max, qui arriva très vite, puis il demeura au chevet de son père tandis que son confrère procédait à un examen neurologique exhaustif. Roberto paraissait encore inconscient, mais il réagissait à des stimuli douloureux et, lorsqu'on lui parlait, on discernait parfois de subtiles variations dans ses constantes vitales comme la tension ou le rythme cardiaque.

— Il se réveille, dit enfin Max. Il a perdu à nouveau connaissance, mais son évolution est quand même très encourageante. Son niveau de conscience s'est amélioré et il pourrait sortir pour de bon du coma à tout instant. Je vais rester à l'hôpital et je repasserai le voir toutes les deux heures. Sauf si vous préférez que je reste ici, bien sûr.

Dom secoua la tête.

— C'est gentil, mais j'aimerais être la première personne qu'il voit à son réveil.

— Oui, bien sûr. Si vous avez le moindre souci, vous n'avez qu'à me biper.

Ils échangèrent une poignée de main et Max le laissa seul. Dom demeura au chevet de son père, assoupi dans un fauteuil confortable. Une heure passa, puis une autre… Il ne dormait que d'un œil, à l'affût du moindre changement dans les bips des moniteurs. Soudain, Roberto eut une inspiration irrégulière et il soupira.

— Dom…

Dom redressa brusquement la tête. Son père le regardait. Et cette fois-ci, il le reconnaissait sans aucun doute possible. Dom fut submergé d'un tel soulagement qu'il eut l'impression que son cœur allait éclater.

— Papa ? As-tu mal ? Je vais appeler Max.

— Non…

— Mais je dois avertir Giada. Elle se faisait un tel souci pour toi …

Le souffle court, Dom dut s'éclaircir la voix.

— Ça fait un moment qu'on attend ton réveil, tu sais ? Tu as eu un accident, papa. Tu t'es cassé la jambe et tu as subi un traumatisme crânien.

Roberto cligna des paupières et se renversa sur l'oreiller.

— J'ai dormi très longtemps, n'est-ce pas ?

— Oui, papa.

La main de Roberto saisit celle de Dom.

— Giada ! Comment va-t-elle ?

— Très bien, rassure-toi. Elle est rentrée à Isola Verde pour s'occuper des affaires courantes. Elle se fait un sang d'encre à ton sujet. Je lui donne de tes nouvelles tous les jours mais… Enfin, tu vas t'en sortir, papa.

À court de mots, Dom se tut et cligna des yeux pour

repousser ses larmes. Le silence dura une minute, puis deux. Dom scrutait les moniteurs, mais sans rien remarquer d'alarmant, et jugea inutile d'appeler Max. Roberto avait encore besoin de se reposer. Et puis, très égoïstement, Dom avait besoin de profiter de ces moments précieux avec son père.

— Je voulais que tu saches que je t'aime, papa. Je suis désolé de ne pas te l'avoir dit plus tôt.

Roberto ouvrit lentement les yeux, des yeux du même noir que ceux de Dom, et il soutint son regard.

— Ce n'est pas ta faute. C'est la mienne. J'ai été trop dur avec toi. Et avec ta sœur. Votre mère est partie trop jeune et j'ai mal réagi. Pardonne-moi, Dom. C'est justement pour cela que je suis venu plus tôt que prévu. Pour te parler de...

Terrassé par la fatigue, il referma les yeux.

— Je sais, murmura Dom. Tu es venu me dire qu'il est temps pour moi d'assumer mes responsabilités. D'ailleurs, j'aurais dû le faire il y a longtemps. J'ai abusé de ta patience. Mais je suis prêt.

Roberto secoua la tête, même si ce mouvement le faisait manifestement souffrir.

— Non, non... Bien sûr, je souhaiterais que tu me succèdes, mais je respecterai ton choix, quel qu'il soit. Quoi qu'il arrive, je t'aimerai toujours.

Dom accusa le coup. Son père lui donnait le choix ? Il lui offrait la possibilité de rester à Seattle et de continuer à exercer son métier ? Il pouvait rester auprès d'Emilia ?

— J'ai beaucoup rêvé, ajouta Roberto. De toi, notamment. Je comprends mieux pourquoi ta carrière compte autant pour toi. Je respecte cette passion, mon garçon. Tu as un don.

Dom se sentait libéré d'un poids énorme. Pourtant, il ne pensait pas que son père avait rêvé. Il avait dû entendre tous ces monologues interminables qu'il avait tenus à son chevet, tard dans la nuit, jour après jour pendant des semaines. Tout à coup, c'était comme si la distance qui les séparait avait été abolie. Un lien pareil à nul autre venait d'apparaître et Dom ne pouvait décemment pas le rompre, peu importe ce qu'il laissait derrière lui.

— Moi aussi, je comprends certaines choses.

Il prit la main de son père et la couvrit de la sienne.

— Quelqu'un de très important pour moi m'a fait comprendre que j'avais de la chance d'avoir une famille et de venir de quelque part. Alors, oui, j'ai pu mener la vie à laquelle j'aspirais… *être* l'homme que je souhaitais devenir. Mais je suis sincère, papa. Je suis prêt à accepter ma destinée. Prêt à diriger Isola Verde et à être un fils dont tu seras fier.

— J'ai toujours été fier de toi, Domenico. Et nous avons maintenant un hôpital flambant neuf, tu sais…

Roberto ferma à nouveau les yeux et Dom devina qu'il était temps de le laisser tranquille. Il avait besoin de dormir normalement, d'un vrai sommeil, sans rapport avec la léthargie dans laquelle il avait été plongé des semaines durant. Dom, quant à lui, devait contacter Max et téléphoner à Giada, mais il ne pouvait pas le faire dans la chambre sans risquer de déranger son père.

— Je vais te laisser te reposer un peu, papa, dit-il en se levant pour sortir. Max ne va pas tarder à t'examiner à nouveau. Il va bientôt faire jour et la nouvelle de ton réveil va en réjouir plus d'un.

Roberto lui répondit par un hochement de tête ténu.

— Cette personne très importante pour toi, murmura-t-il sans ouvrir les yeux. Est-elle prête à t'accompagner ? À être ta reine ?

— Je… ne crois pas que ce soit possible. Sa vie est ici. Elle est comme moi, papa. Son métier compte plus que tout pour elle.

Une ride se creusa entre les sourcils du roi.

— En es-tu bien sûr ? Il faut que tu sois sûr, Dom. C'est dur de vivre seul. Crois-moi, je sais de quoi je parle.

Dom était-il vraiment sûr de ce qu'il avait raconté au sujet d'Emilia, justement ?

Installé à son bureau, la tête entre les mains, il était en proie à une lassitude qui allait le submerger d'un instant à l'autre. Il ne pouvait même pas rentrer chez lui, puisqu'il avait pris ses dispositions pour qu'à 7 heures du matin, heure de Seattle, il passe un appel crypté au palais d'Isola Verde sur une ligne confidentielle fournie par l'hôpital. Il avait déjà envoyé un SMS à Giada pour l'avertir de la bonne nouvelle, mais aucune annonce officielle n'avait encore été faite. Les représentants du Palais devaient déjà être sur le pied de guerre, car de nombreuses décisions s'imposeraient sans tarder.

Alors qu'il frottait ses yeux fatigués, Dom se rappela qu'il avait déjà éprouvé ce même sentiment d'abattement. Ce jour-là, Emilia était entrée sans frapper dans son bureau et l'avait surpris sans cette armure qu'il revêtait toujours pour se protéger des autres. Il poussa un long soupir et nicha sa tête au creux de ses bras. Au cours de ses années d'internat, il avait appris à grappiller de précieuses minutes de sommeil ici et là et cette facilité à s'endormir lui avait permis de venir à bout de bien des nuits de garde interminables. Il lui suffisait de quelques secondes pour sombrer dans un état où son corps et son esprit parvenaient à se ressourcer assez pour lui permettre d'aller de l'avant.

Les paroles de son père lui revinrent. Oui, c'était vrai… Il aurait du mal à faire face à son nouvel avenir sans personne à ses côtés. Et puis, cette perspective ne lui disait rien. Et, même si Emilia l'avait toujours assuré du contraire, il n'était pas du tout sûr qu'elle soit vraiment plus heureuse seule. Elle était experte dans l'art de faire contre mauvaise fortune bon cœur, n'est-ce pas ? Et de dissimuler ses émotions… Évidemment, il se trompait peut-être en pensant cela. Il était possible qu'Emilia ne veuille pas renoncer à sa carrière et à sa vie à Seattle, mais elle méritait au moins de savoir qu'elle avait le choix, et qu'il respecterait ses décisions, quelles qu'elles soient.

Et surtout, de savoir qu'elle était aimée.

10.

Avec un peu de sommeil et beaucoup de café serré, Dom put s'acquitter sans problème de la téléconférence. Au terme de la réunion, il était même complètement alerte, et surtout rassuré par l'équipe d'experts qui planchaient sur la rédaction des déclarations et des communiqués de presse. Il s'était ensuite entretenu en privé avec Giada et cette conversation lui avait remonté le moral. Sa sœur devait prendre le premier avion, et elle serait là pour Noël. Ce serait la première fois depuis des années qu'ils seraient réunis tous les trois pour les fêtes.

Mais tout n'était pas réglé pour autant, et Dom ne pouvait pas encore se détendre totalement, même s'il était en congé aujourd'hui. Il lui restait un problème important à résoudre, un problème dont il devait s'occuper séance tenante. Il n'était pas loin de 8 heures et Emilia devait être arrivée au travail. Il fallait absolument qu'il lui parle. Fort de cette résolution, Dom vida sa tasse de café, se peigna avec les doigts pour mettre un peu d'ordre dans ses cheveux, puis il se frotta le menton et décida de ne pas se soucier de la barbe naissante qui assombrissait son visage. Il ouvrit la porte et se retrouva nez à nez avec Ayanna. Elle avait un ordinateur portable sous le bras et le moins que l'on puisse dire, c'était qu'elle n'avait pas l'air heureuse.

— Veuillez m'excuser, docteur, mais il faut absolument que je vous montre quelque chose.

Max faisait l'objet d'une attention médiatique dont il se serait bien passé. Il avait été reconnu et quelqu'un avait cherché à se renseigner sur ce qui pouvait bien motiver la présence au Seattle General d'une telle sommité en neurologie et pourquoi son séjour prolongé était nimbé d'un tel mystère. Des articles le montraient quittant l'hôpital, ou en compagnie d'Ayanna au sortir du gala. L'un comportait même une photo de sa femme, décédée deux ans plus tôt d'un anévrisme cérébral dont il n'avait pas pu la sauver.

— C'est ma faute, dit Ayanna d'un air malheureux. Je cherchais à tout prix à ne pas laisser fuiter des infos concernant votre famille et je n'ai pas songé une seconde que la presse risquait de se rabattre sur Max.

— Oui, en effet, c'est fâcheux. Je suis vraiment navré que Max soit ainsi ciblé, mais allons, ça aurait pu être pire, ajouta-t-il avec un sourire. Vous vous êtes acquittée de votre travail à la perfection. D'après ce que je vois, aucun journal ne parle de mon père ou d'Isola Verde. Une déclaration publique est prévue pour bientôt, le temps de nous organiser. Giada ne sera pas de retour avant demain soir, et nous voulons que la famille soit au complet pour l'annonce. Normalement, elle doit avoir lieu le matin du 26 décembre.

Ayanna hocha la tête.

— Je serai prête. Je vous réserve la salle de conférences ?

— Oui, merci.

Dom consulta sa montre.

— Il faut que je me rende au chevet de mon père. Max ne devrait pas tarder. Au fait, vous êtes au courant de la bonne nouvelle ? Mon père est réveillé, il va bien.

— Oui, Max me l'a dit. Je suis très heureuse pour vous.

— Venez donc avec moi. Je vous présenterai à mon père. Il aura besoin de savoir comment la conférence de presse sera organisée.

Mais ces présentations ne devraient pas s'éterniser, car Dom était de plus en plus impatient de retrouver Emilia. Pourvu qu'elle ne soit pas retenue au bloc pendant des heures !

Telle était sa hâte que Dom prit à peine le temps de s'arrêter pour témoigner de la sympathie à Max au sujet de l'intrusion médiatique dont il était victime, lorsqu'il le croisa en sortant de la chambre de Roberto avec Ayanna, quelques instants plus tard. Il se contenta de lui serrer la main chaleureusement.

— Merci, Max, pour tout ce que vous avez fait pour mon père. Nous vous sommes redevables à jamais, ma famille et moi. Vous m'excuserez, mais je ne peux pas m'attarder... Une urgence, vous comprenez ?

Une urgence si pressante, même, que Dom dut se retenir de courir lorsqu'il s'engagea dans le dernier couloir qui menait au service d'orthopédie. La réceptionniste n'avait pas vu le Dr Featherstone ce matin, mais il pouvait tenter sa chance en salle d'examen. La salle en question bruissait d'activité, mais Emilia n'était pas là non plus.

— Non, elle a pris un jour de congé, l'informa un technicien. Cela faisait dix jours qu'elle travaillait sans interruption, on a dû pratiquement la forcer pour qu'elle s'arrête un peu. Et encore, elle y a consenti seulement parce qu'elle est de garde le jour de Noël. Ah, les voilà...

L'homme venait d'ouvrir un tiroir dont il sortit un sac de branches aux baies rouges en plastique.

— Je croyais qu'on avait épuisé le stock de branches de houx. Vous savez, pour décorer les plâtres.

Dom ne voyait pas trop l'intérêt de ce genre de babioles, mais il s'abstint de tout commentaire. Il réfléchissait déjà à comment procéder pour obtenir l'adresse d'Emilia auprès de la secrétaire de celle-ci. Bien sûr, il aurait pu lui envoyer un texto, mais il n'avait pas envie. Ce qu'il avait à lui dire devait se dire de vive voix.

— OK, merci.

— Attendez, ne partez pas si vite...

Avec un grand sourire, le technicien lui déposa une branche en plastique dans le creux de la main.

— On ne sait jamais, ça peut vous être utile. Joyeux Noël !

Ne voulant pas paraître grossier, Dom lui sourit et fourra le gadget dans la poche arrière de son jean. Le bureau d'Emilia se trouvait juste à côté et sa secrétaire ne vit guère de problème à lui fournir son adresse. Quelques instants plus tard, Dom se hâtait vers la sortie la plus proche. La matinée avait à peine commencé, mais il avait l'impression de manquer de temps pour faire ce qu'il avait à faire.

L'appartement d'Emilia était accessible à pied à partir de l'hôpital. Les trottoirs étaient mouillés et de la neige sale s'amoncelait dans les caniveaux, mais le ciel était dégagé. Dom aspira une grande goulée d'air froid et, les mains enfoncées dans les poches de sa veste, il allongea le pas pour traverser les rues et se faufiler entre les passants. Il pénétra dans le hall de l'immeuble d'Emilia et, sans perdre de temps à chercher son nom et son Interphone sur le mur tapissé de boîtes aux lettres, il s'adressa directement à un vieux concierge dans une loge, près de la porte automatique.

— Pourriez-vous me dire où se trouve la boîte du Dr Featherstone, s'il vous plaît ?

— C'est la troisième à gauche dans la deuxième rangée en partant du bas.

Dom appuya sur le bouton et s'approcha de l'Interphone.

— Elle ne répondra pas, remarqua le concierge.

— Ah bon ? Pourquoi ?

— Elle est partie très tôt ce matin.

— Oh…

Ces quelques mots firent à Dom l'effet d'une douche froide. À la déception se mêlait de l'anxiété, et il avait le sentiment terrible qu'il arrivait trop tard. Que tout était fichu.

— Et… Enfin, elle n'a pas dit quand elle allait rentrer, je suppose ?

— Non.

Le vieil homme se gratta le menton d'un air pensif.

— Mais elle portait tout un attirail. On aurait dit qu'elle partait camper ou un truc du genre. Elle avait même des raquettes à neige, vous vous rendez compte ? Je le sais, parce que je lui ai demandé ce que c'était.

Que faire ? Retourner à l'hôpital pour réfléchir à un plan B ? Au coin d'une rue, Dom aperçut les montagnes entre les immeubles du centre-ville. Le soleil qui se reflétait sur les pics enneigés donnait l'impression qu'ils étaient illuminés de l'intérieur. C'était justement le genre de vue splendide dont on pouvait profiter sur le toit de l'hôpital, avec en outre un magnifique point de vue sur la baie Elliott. Un jour, il y avait emmené Emilia pour discuter tranquillement avec elle. Il se rappela alors qu'un autre jour, alors qu'ils étaient allés courir à Discovery Park, Emilia lui avait montré les montagnes.

« Là-bas, tout là-bas, c'est le parc national Olympique. Si tu as besoin de t'aérer l'esprit et de remettre les choses en perspective, c'est là qu'il faut aller… C'est l'endroit que je préfère au monde. »

Elle lui avait aussi parlé du temps qu'il fallait pour s'y rendre : trois heures en voiture, même en prenant le ferry pour abréger le trajet. Dom sortit son portable et, le temps qu'il revienne à l'hôpital, il avait déjà trouvé ce dont il avait besoin : une agence de transport en hélicoptère qui l'emmènerait dans la plus grande discrétion où il voudrait, quand il voudrait. Dom n'avait jamais utilisé sa richesse ou son statut pour satisfaire des caprices, mais aux grands maux les grands remèdes. Il s'agissait bien plus que d'une urgence. Dom avait de plus en plus l'impression que son avenir était dans la balance, et même sa vie.

À mi-chemin du sommet de la colline, Emilia s'arrêta et redressa la tête pour embrasser la vue spectaculaire. Quelle chance elle avait ! D'autant plus qu'elle avait redouté de ne pas pouvoir accéder aux pistes à cause des conditions météo. Elle avait d'ailleurs dû marcher un bon moment pour atteindre celle-ci parce que la route était en partie bloquée. Or, non seulement le parc était resté ouvert, mais à l'avant-veille de Noël, il était peu probable qu'elle tombe sur d'autres randonneurs. Autrement dit, elle avait le parc quasiment pour elle toute seule. Alors qu'elle emplissait ses poumons d'un air pur et glacial, elle promena le regard sur un grand pré d'un blanc immaculé que délimitait une forêt de sapins dont les branches ployaient sous le poids de la neige. Au-delà, la ligne des montagnes se détachait en dents de scie contre un ciel du bleu le plus éclatant qu'Emilia eût jamais vu. Elle aurait voulu que ce moment dure toujours.

Ou plutôt, non… Elle aurait voulu le partager avec quelqu'un, car c'était cela qui rendait vraiment parfaits des instants comme celui-ci, n'est-ce pas ? Et ce quelqu'un ne devait pas être n'importe qui. Non, ce devait être la bonne personne, celle qui comprenait pourquoi une telle vue pouvait l'émouvoir autant, pourquoi la beauté de la nature et le privilège d'en profiter l'emplissaient d'un sentiment qui lui nouait la gorge et lui mettait les larmes aux yeux. Non seulement cela, mais cette personne savait donner du sens et du relief à n'importe quelle expérience. Elle ne reculait pas devant des défis qui relevaient de l'impossible, et chaque fois qu'une bataille était gagnée, elle éprouvait un bonheur absolu, ce bonheur d'exercer le plus beau métier du monde.

Tout à coup, le paysage idyllique qui s'étalait devant elle se brouilla, et Emilia se rendit compte avec stupeur que ses yeux débordaient de larmes. Pour la première fois depuis qu'elle était une toute petite fille, elle pleurait. Parce qu'elle n'avait pas juste besoin de « quelqu'un », mais d'une personne en particulier : un homme qu'elle aimerait à jamais, même sans espoir.

Dom…

Son cœur se serrait tellement qu'elle étouffait. Elle aspira une longue goulée d'air qu'elle expira en un long cri qui déchira le silence. Au même instant, elle prit conscience d'un autre son. Elle reconnut dans le lointain le battement sourd des pales d'un hélicoptère. Il semblait arriver dans sa direction…

— Impressionnant, n'est-ce pas ?

La voix du pilote résonnait dans le casque de Dom.

— J'adore venir par ici à cette époque-ci.

— Vous connaissez bien le coin ?

— Oh que oui ! Je suis un enfant du pays. J'ai grandi dans la région et je connais le parc comme ma poche. J'adore la boucle du Loup Gris et celle de Klahane Ridge. Là-bas, regardez à votre gauche… C'est le Rocher du Clocher. Je n'ai pas besoin de vous expliquer son nom, n'est-ce pas ?

— Et là-bas, quel est ce bâtiment ?

— C'est le bureau d'accueil des visiteurs de Hurricane Ridge. Je suppose que votre amie aura emprunté la piste de Hurricane Hill. C'est la randonnée idéale par un temps comme celui-ci. Le chemin passe par des forêts, il grimpe bien et la vue du sommet est juste à couper le souffle.

— Mais vous aurez la place pour atterrir ? Même dans la neige ?

— Pas de souci. Par contre, vous devrez sans doute marcher un peu. Je ne peux pas me poser trop près des arbres.

— Je marcherai aussi loin qu'il le faudra.

Le pilote se tourna vers lui avec un grand sourire.

— Elle sait que vous êtes venu la chercher ?

— Comment savez-vous qu'il s'agit d'une femme ?

Le pilote sourit de plus belle.

— Oh ! pour rien… Comme ça.

Dom observa à nouveau le panorama qui s'étalait en dessous d'eux.

— Ce parc est immense. J'espère qu'on parviendra à la localiser.

— Si elle n'est pas dans la forêt, ce ne sera pas bien difficile. Vous verrez… On repère facilement les gens sur la neige.

Surtout, aussi, lorsque le randonneur était vêtu de couleurs vives comme c'était le cas de la silhouette solitaire qu'il discernait au loin, sur une piste à flanc de colline. Le promeneur, ou plutôt la promeneuse, portait un anorak écarlate, du même rouge que la robe de bal d'Emilia.

— C'est bon, vos recherches s'arrêtent là, dit le pilote.

Dom riva son regard à la petite tache rouge, même lorsqu'elle disparut derrière les nuages de neige soulevés par les pales de l'hélicoptère. Il ne voulait pas perdre Emilia des yeux ne serait-ce qu'une seconde.

Alors que l'appareil redécollait, Emilia suivit du regard la silhouette qui traversait le pré à sa rencontre. Elle avait deviné qui c'était, bien sûr. Qui pouvait bien se faire déposer par un hélicoptère au milieu de nulle part, si ce n'était une star ou un prince ? Mais au fond, quelle importance ? Celui qu'elle voyait s'approcher n'était pas une star, pas même un prince : non, c'était juste un homme, une personne comme elle, ordinaire. Et qui plus était, c'était l'homme dont elle était tombée amoureuse. Voilà plus de dix ans qu'elle attendait l'occasion de vivre cet amour. Elle ne pouvait pas patienter davantage.

Courir avec des raquettes n'était pas chose facile, mais au bout d'un moment, n'y tenant plus, elle s'élança quand même. Dom en fit autant, allongeant le pas autant qu'il le pouvait. Il ne leur restait que quelques enjambées pour se retrouver, mais dans leur hâte, ils perdirent l'équilibre et s'écroulèrent en même temps dans la neige. Ils roulèrent l'un vers l'autre, les bras tendus, et leurs mains se joignirent, s'entrelacèrent, des murmures s'échangèrent.

— Je t'aime…

— Moi aussi… Je t'aime tant…

— J'ai eu si peur de te perdre…

Seigneur, quels baisers ! L'avait-on jamais embrassée de la sorte ? Aussi longtemps ? Les lèvres de Dom étaient douces et tièdes contre les siennes, et Emilia finit par oublier le froid, jusqu'à ce qu'un frisson la saisisse.

— Tu es frigorifiée, dit-il en s'écartant. Tiens, prends mon manteau.

— Ne sois pas bête, voyons. Tu en as besoin. Il faut juste que je bouge un peu.

Dom l'aida à se relever en souriant.

— Où veux-tu qu'on aille ?

— Il y a une vue magnifique du sommet de la colline.

Ils se dévisagèrent comme pour se jauger. Dom n'avait qu'un geste à faire pour qu'ils se lancent dans une course à qui progresserait le plus vite dans la neige. Emilia était prête à relever le défi, et comme elle était sûre de la victoire, elle lui adressa un sourire provocant. Mais Dom se contenta de rire.

— J'aime beaucoup la vue que j'ai actuellement.

Il se pencha vers elle pour l'embrasser à nouveau jusqu'à ce qu'Emilia s'écarte pour reprendre son souffle.

— On pourrait rentrer, mais la route est longue. Tu comptais sur ton hélico pour le retour ?

— Pour te laisser faire le trajet en voiture toute seule ?

Il lui prit le visage dans les mains.

— S'il ne tenait qu'à moi, je ne te laisserais plus jamais seule.

Emilia cligna les paupières pour retenir ses larmes.

— C'est déjà le cas. Même quand tu n'es pas là, tu es ici…

Elle posa sa main gantée sur son cœur en un geste qu'affectionnait Dom.

— Toujours. Mais…

— Mais ? dit-il en fronçant les sourcils.

— Mais je sais que tu as des problèmes importants à régler. Des histoires de famille.

— Ah… La famille. *Sì*… Je voulais t'en parler, *amore mio*.

Par accord tacite, ils s'étaient mis à descendre la colline, main dans la main, pour regagner la route.

— Tu avais raison.

— Comme toujours, répliqua-t-elle en souriant. À quel sujet, cette fois-ci ?

— Eh bien, quand tu affirmais que la famille, c'était l'essentiel.

Emilia sentit sa gorge se serrer. Elle se tourna vers lui, suspendue à ce qu'il allait dire. Il n'avait pas fait le déplacement pour lui faire ses adieux et lui annoncer qu'il restait avec les siens… Même au travers de son gant, elle sentait la chaleur de sa main dans la sienne. Elle ne décelait que de la sincérité dans sa voix et ses beaux yeux noirs n'exprimaient rien d'autre qu'un amour pur. Il s'arrêta de marcher et elle l'imita.

— Je voudrais que tu fasses partie de ma famille. Qu'on fonde une famille ensemble, toi et moi. Surtout, je voudrais vivre avec toi, le reste de mes jours. J'aimerais qu'on continue à se chamailler, à se lancer des défis pour donner le meilleur dans tout ce que nous faisons. Je veux danser avec toi, je veux te faire l'amour…

Il l'embrassa encore, avec une telle tendresse qu'Emilia sentit son cœur près d'exploser. Elle aurait voulu lui dire qu'elle éprouvait exactement la même chose, mais il reprit la parole.

— Longtemps, j'ai été persuadé que le simple fait d'être médecin me suffisait pour m'accomplir, mais ce n'est pas vrai. Du moins, plus maintenant. À présent, je sais que je n'arriverai à rien sans toi à mes côtés. Je sais que tu risques d'avoir du mal à faire face à des changements aussi radicaux, mais il y a un hôpital flambant neuf à Isola Verde, donc tu pourrais continuer à travailler. Et tous les soirs, tu me raconterais tes journées. Je t'attendrai, si tu es d'accord. Emmy… Veux-tu m'épouser ?

Les paroles, les pensées se bousculaient dans la tête d'Emilia, mais il y aurait le temps pour tout cela plus tard. Ils avaient toute la vie devant eux. Pour l'heure, elle n'avait qu'une seule chose à dire :

— Oui…

Une boule d'émotion lui bloquait la gorge et des larmes de joie lui montaient aux yeux. Aucune parole n'était assez forte pour transmettre ce qu'elle éprouvait en cet instant. Mais un tout petit mot renfermait en lui seul un infini de possibilités, son avenir tout entier. *Leur* avenir.

— Oui, oui… Oui…

TRACI DOUGLASS

Le secret du Seattle Hospital

Traduction française de
VIRGINIE CANTIN

BLANCHE

HARLEQUIN

Titre original :
NEUROSURGEON'S CHRISTMAS TO REMEMBER

1.

Un chaos organisé.

Ces mots décrivaient à la fois la scène qui se déroulait sous les yeux d'Ayanna Franklin et son premier jour en tant que responsable des relations publiques du Seattle General Hospital.

Bien sûr, elle s'attendait à la pagaille dans laquelle elle s'était retrouvée dès ce matin à la première heure. Après tout, elle avait été engagée pour remplacer au pied levé l'ancienne responsable, qui, surmenée, avait démissionné brusquement, laissant Ayanna s'occuper de la préparation du gala organisé par l'hôpital, qui devait avoir lieu dans trois semaines.

Ayanna était chargée d'organiser le plus grand événement de collecte de fonds de l'année avec un budget limité, dans un temps plus limité encore. Mais elle ne s'attendait pas à ce que l'infirmière en chef des urgences lui annonce qu'un patient, grand donateur de l'hôpital, avait été admis au Seattle General à la suite d'un grave accident de voiture. Gravement blessé et inconscient, il était actuellement aux urgences, où régnait un chaos indescriptible. Si Ayanna échouait à jouer son rôle, la situation pouvait dégénérer.

OK. Calme-toi et gère la situation…

Gérer les problèmes était sa spécialité. Grandir avec cinq frères et sœurs plus jeunes, dont elle devait s'occuper pendant que ses parents travaillaient, avait préparé Ayanna à tout. Ou presque…

Après avoir pris une profonde inspiration pour rassembler

ses esprits, elle se fraya un chemin dans le hall encombré de médecins, d'infirmières, de brancards et de patients, jusqu'au poste de travail principal. Elle n'avait rencontré que brièvement la plupart des membres du personnel, mais elle repéra quelques visages familiers – Emilia Featherstone, chef du service d'orthopédie, et Lucas Beaufort, l'un des urgentistes. Elle les avait rencontrés tous les deux lors d'une visite de l'établissement, en début de semaine. Ils s'occupaient maintenant du patient VIP du Seattle General, Roberto Baresi, roi d'Isola Verde, qui, malgré leurs tentatives répétées pour le réveiller, ne répondait pas aux stimuli.

Le drap qui recouvrait les jambes du roi était taché de sang, mais Ayanna n'était pas impressionnée. Entre les genoux écorchés de ses jeunes frères et sœurs lors d'accidents de vélo et les petites blessures subies durant les entraînements sportifs, elle avait tout vu. De plus, leur mère était une ancienne infirmière qui l'avait initiée au quotidien du métier.

Elle évita une civière sur laquelle était assise une patiente aux cheveux noirs bouclés et aux traits semblables à ceux du roi : Giada Baresi, princesse d'Isola Verde et fille de Roberto. Tous deux étaient mentionnés dans le dossier qu'elle avait reçu ce matin. Les agences de relations publiques préparaient généralement des dossiers confidentiels pour leurs clients célèbres afin de respecter le protocole de sécurité et garantir la confidentialité des admissions. Mais ces nouveaux patients, en plus d'être très connus, étaient des membres de la famille royale.

Ayanna aperçut le Dr di Rossi, l'air étrangement choqué alors qu'il observait leur patiente.

— Heureusement que vous êtes là ! dit l'infirmière en chef, détournant l'attention d'Ayanna. C'est la pagaille, aujourd'hui.

D'un geste impatient, la jeune femme lui fit signe de s'approcher du comptoir d'accueil.

Ayanna devait se concentrer sur son rôle au sein de cet

hôpital et non sur les drames qui se jouaient autour d'elle et qui faisaient partie du quotidien. Il était de son devoir de s'assurer que la presse n'apprenne pas l'accident du roi, et elle avait bien l'intention d'honorer cet engagement, malgré les difficultés. Ayanna détestait échouer, alors elle évitait de le faire. Du moins professionnellement. Dans sa vie personnelle, en revanche, c'était une autre histoire…

Elle secoua la tête pour chasser ces pensées troublantes et jeta un coup d'œil au Dr di Rossi, avant de se tourner vers l'infirmière.

— Y a-t-il eu des appels de journalistes ? demanda-t-elle.

Pas encore.

L'infirmière se leva et contourna le comptoir pour s'approcher d'elle.

— Mais j'ai entendu dire que des paparazzi avaient capté l'appel du répartiteur à l'ambulance et à la police, murmura-t-elle à son oreille.

— Je comprends.

Ayanna sentit sa gorge se serrer et l'adrénaline déferler dans ses veines. Elle répondit d'un ton ferme :

— Priorité absolue : il faut brouiller la piste de l'accident de Roberto Baresi jusqu'à ce que j'aie élaboré une stratégie adaptée à la situation. Si un journaliste appelle, envoyez-le dans mon bureau, d'accord ?

— Comptez sur moi, répondit l'infirmière en hochant la tête. J'ai également contacté le neurochirurgien, selon le protocole établi par le Dr di Rossi. Il a quitté sa conférence à Vancouver et est en train de prendre l'avion.

— Parfait.

Parmi ses nombreuses attributions, Ayanna avait été chargée d'aller chercher ledit neurochirurgien, le Dr Max Granger, à l'aéroport. L'opération du roi était prévue le 15 décembre, soit dans un peu plus de trois semaines, mais cet accident avait précipité les choses et elle consulta le calendrier de son téléphone pour essayer de l'intégrer dans son emploi du temps déjà surchargé.

— À quelle heure atterrit son vol ?

— Dans une heure environ, dit l'infirmière en lui tendant un papier avec les coordonnées.

— Je prends note.

Ayanna tapa tous les détails sur le clavier de son téléphone puis jeta un nouveau regard au roi.

Elle était de tout cœur avec lui et sa fille. Ils avaient subi un traumatisme et étaient blessés. De plus, ils se trouvaient dans un pays étranger et tout cela devait être terrifiant. La proximité des fêtes de fin d'année, souvent marquées par des événements officiels, rendrait les choses encore plus difficiles à gérer pour leur entourage.

— Est-ce qu'il va bien ?

— Il tient le coup. Pour l'instant.

L'infirmière s'éloigna pour aller s'occuper d'un autre patient et lança par-dessus son épaule :

— Je vous enverrai un texto s'il y a du nouveau.

— Merci.

Au moment où Ayanna glissait son téléphone dans la poche de sa veste, le Dr di Rossi la rejoignit. À son expression inquiète, elle devina qu'il avait besoin d'un moment de calme. Obéissant à son instinct, elle le guida à travers le hall jusqu'à une petite salle de conférences privée. La porte se referma sur eux, les isolant du brouhaha environnant, et Ayanna se détendit un peu.

— Tout va bien, assura-t-elle. Personne ne sait que des membres de la famille royale sont ici. Leur séjour doit rester secret, et le personnel de l'hôpital a pour consigne stricte de ne révéler aucune information, ainsi que l'a demandé le roi.

Le Dr di Rossi se passa la main dans les cheveux.

— Mais pourquoi sont-ils arrivés si tôt ? L'opération est prévue dans plus de trois semaines.

— Je ne sais pas. Il avait peut-être besoin de prendre ses marques dans la ville avant son opération ?

En voyant le médecin froncer les sourcils, elle se dit qu'elle se trompait peut-être sur toute la ligne. Honnêtement, elle n'avait aucune idée de la manière dont vivaient les membres de la famille royale.

— Heureusement, tout est déjà en place. On a également contacté son neurochirurgien, Max Granger. Il participait à une conférence à Vancouver, mais il a tout laissé tomber pour venir. Il était très inquiet en apprenant que le roi risquait une commotion cérébrale. Je vais aller le chercher à l'aéroport et l'amener ici.

— Bien. Merci, mademoiselle Franklin. Je dois y aller. Excusez-moi…

Après un bref signe de tête, le Dr di Rossi quitta la pièce.

De nouveau seule, Ayanna attendit quelques instants avant d'ouvrir la porte. L'odeur d'antiseptique et de chlore la prit à la gorge, et elle entendit ses hauts talons claquer sur le linoléum alors qu'elle se hâtait de sortir des urgences et de retourner vers son bureau.

Au moins, je ferai de l'exercice en travaillant ici !

Tandis qu'elle longeait le couloir, Ayanna repoussa la fatigue qui menaçait de la submerger. Elle adorait les défis. Plus elle était occupée, mieux c'était. C'était une des raisons pour lesquelles elle était si efficace dans son travail… et si malheureuse en amour. Du moins, c'est ce que son ex, Will, avait prétendu lorsqu'il avait rompu leurs fiançailles et quitté Ayanna pour sa meilleure amie, six mois auparavant.

« Peut-être que si tu t'étais autant intéressée à moi qu'à ta carrière, je ne t'aurais pas trompée. »

Les mots de Will la hantaient encore, quand elle était fatiguée, ou la nuit, quand elle se sentait seule. Comme si c'était sa faute s'il avait séduit sa meilleure amie !

Honnêtement, Ayanna pensait s'être bien comportée avec Will, et c'était bien là le problème : elle ne pouvait plus se faire confiance, ni se fier à ses émotions pour se protéger. Or elle ne voulait plus jamais avoir le cœur brisé et n'avait pas l'intention de s'ouvrir à nouveau à quiconque avant très longtemps – voire jamais.

Ayanna se raisonna. Will l'avait trahie sans vergogne et elle était mieux sans lui. Le seul responsable dans cette malheureuse histoire, c'était lui. Il avait su dès le début qu'elle travaillait beaucoup et que son métier comptait pour elle. Se servir de ce prétexte pour justifier son comportement déplorable était absurde.

Peut-être que si elle se répétait ça assez souvent elle finirait par y croire ?

Hélas, elle n'avait pas le temps de s'attarder sur le passé. Il y avait trop de choses à faire aujourd'hui, à commencer par donner la priorité à sa mission, maintenant qu'elle devait se rendre à l'aéroport pour récupérer le Dr Granger.

Une image des piles de dossiers qu'elle devait trier avant le prochain gala organisé par le Seattle General s'imposa à son esprit. Cette année, il se déroulerait au luxueux hôtel Polar Club, un établissement cinq étoiles. Le bâtiment était classé monument historique et son prédécesseur avait réussi à en réserver la grande salle de bal avant de quitter son poste. Le lieu offrait à Ayanna une bonne toile de fond pour travailler, mais il lui restait moins d'un mois avant l'événement et le menu et le décor étaient encore en suspens, sans parler des musiciens. Il y avait beaucoup à faire en peu de temps. Et son personnel, occupé à essayer d'empêcher les informations sur l'accident du roi de fuiter, ne lui serait pas d'une grande aide non plus.

Mais d'une manière ou d'une autre, tout s'arrangerait. Elle n'avait pas le choix. D'ailleurs, elle avait géré des situations bien pires au cours de sa carrière. En fait, c'est sa capacité à réfléchir rapidement qui lui avait valu de figurer sur la liste des « meilleurs professionnels des relations publiques de moins de quarante ans », selon le *Washington Post*. Elle travaillait dur et ne s'en laissait pas conter.

Concentrée sur sa mission, Ayanna emprunta un ascenseur pour rejoindre son bureau du quatrième étage. La cabine s'arrêta une fois, et elle prit de nouveau son téléphone pour vérifier l'application qui suivait le vol du Dr Granger en temps réel. Les bons jours, il fallait vingt minutes pour se rendre à l'aéroport depuis le Seattle General, mais à moins d'une semaine de Thanksgiving, il y avait plus de touristes que d'habitude dans la ville. Elle allait prendre son sac à main et partir sans tarder, juste pour être sûre d'arriver à temps. La dernière chose dont elle avait besoin aujourd'hui, c'était qu'on lui reproche d'avoir fait attendre le neurochirurgien du roi.

— Veuillez relever vos tablettes et rattacher vos ceintures avant l'atterrissage. Merci.

La voix du pilote crépita dans les haut-parleurs tandis que les voyants s'allumaient au-dessus de la tête des passagers. Le Dr Max Granger éteignit son ordinateur portable et regarda la ville par le hublot. La lumière du soleil faisait scintiller la Space Needle au loin, mais il n'avait ni le temps ni l'envie d'apprécier la beauté de Seattle.

Depuis la mort de sa femme, deux ans auparavant, Max préférait rester occupé. Occupé et célèbre, si l'on en croyait ces ridicules reportages télévisés qui l'avaient récemment surnommé le « chirurgien des stars ». Il soupira et bougea sur son siège. Oui, nombre de ses patients étaient des célébrités et des dignitaires, y compris celui qu'il venait voir aujourd'hui – Roberto Baresi, le roi d'Isola Verde. La raison en était simple : il était un neurochirurgien de renommée mondiale, et le meilleur dans son domaine. Cependant, il ne s'en attribuait pas tous les mérites, et avait conscience de la chance qu'il avait eue de recevoir une excellente formation. Savoir que ses défunts parents auraient été fiers de tout ce qu'il avait accompli lui apportait peu de joie, cependant, car il aurait pu compter sur les doigts d'une main les fois où ils avaient passé du temps avec lui pendant son enfance et son adolescence.

Dans son cas, l'excellence avait un prix.

C'était ce que ses parents lui répétaient lorsqu'il était plus jeune. Ils l'avaient laissé à la charge de nounous censées l'élever, puis en pension. Et pendant longtemps, Max l'avait cru. Jusqu'à ce qu'il rencontre sa femme, Laura. Hélas, Laura n'était plus là…

La solitude lui pesait, aujourd'hui. Deux ans sans personne à ses côtés, c'était long ! Mais ce n'était pas le moment de s'apitoyer sur lui-même ou de ressasser le passé. Il avait une intervention à préparer, un cas qui s'était beaucoup compliqué à cause de l'accident. À l'origine, la tumeur du roi n'avait pas nécessité d'intervention chirurgicale immédiate. Les méningiomes étaient généralement bénins et à croissance lente. Le seul facteur vraiment inquiétant était sa localisation près du sinus sagittal, qui, s'il était infiltré par la tumeur, pouvait compromettre l'irrigation du cerveau. Max avait suivi son patient par scanner et avait prévu de procéder à l'ablation du méningiome le 15 décembre, soit dans presque un mois.

L'accident d'aujourd'hui, cependant, le forçait à modifier ses plans. Selon les dernières informations qu'il avait reçues de l'équipe des urgences, le score de Glasgow de son patient était de 7. Le roi n'avait aucune réponse visuelle ou verbale, mais il faisait des mouvements volontaires en réponse à des stimuli douloureux. Un scanner cérébral réalisé en urgence avait montré un saignement dans l'espace épidural et Max suspectait un hématome. Étant donné l'âge de l'homme et le fait que le roi avait déjà une pression intracrânienne légèrement accrue en raison de sa tumeur, le temps était compté pour rétablir une circulation sanguine normale et éviter des dommages permanents aux tissus.

Plus vite Max descendrait de cet avion et se rendrait au Seattle General, plus vite il pourrait se préparer pour l'opération.

— Joyeuses fêtes ! lui dit une hôtesse de l'air en lui tendant un pin's du Père Noël.

Il le prit machinalement et le fourra dans sa poche sans le regarder. Il n'avait pas le temps de s'occuper des fêtes de Noël. Il ne les célébrait pas, de toute façon. Pas depuis qu'il avait perdu Laura.

Alors que l'avion descendait, ses souvenirs resurgirent malgré lui. La mort de sa propre femme d'un anévrisme – cruelle ironie du sort – était un drame qui l'avait profondément ébranlé. D'un point de vue rationnel, il savait qu'il y avait peu de chances que quelqu'un ait pu connaître l'existence du vaisseau sanguin affaibli dans le cerveau de Laura. Mais cela ne l'avait pas empêché de se torturer en se répétant qu'il n'avait pas été là pour elle, la seule patiente qu'il aurait dû essayer de sauver de toutes ses forces.

Maintenant, il vivait seul. Mais c'était mieux ainsi, de toute façon, car il était trop occupé pour s'engager dans une relation sérieuse. Entre ses conférences, ses séminaires et ses patients, Max ne se souvenait pas de la dernière fois qu'il avait passé plus d'une nuit dans son appartement de New York.

Le train d'atterrissage toucha la piste, et Max se passa la main dans les cheveux. Alors que l'avion roulait vers la porte de débarquement, il récupéra son bagage à main dans le compartiment supérieur, puis vérifia son téléphone pour voir s'il y avait de nouvelles informations sur l'état de santé du roi. Rien pour le moment.

Finalement, le steward ouvrit la porte et Max débarqua. Ses pas martelant la rampe d'accès, il déboucha sur le hall d'arrivée très fréquenté de l'aéroport international de Seattle-Tacoma, cherchant du regard la personne que l'hôpital avait envoyée pour venir le récupérer. Malheureusement, nul n'établit de contact visuel avec lui, à l'exception d'un type guilleret déguisé en elfe. Certainement pas celui ou celle qu'il cherchait ! L'hôpital était censé envoyer quelqu'un brandir une pancarte portant son nom, mais il ne vit personne.

On annonça dans les haut-parleurs que l'hélicoptère du Père Noël allait bientôt atterrir et que le village du pôle Nord allait ouvrir dans la galerie située à l'extrémité du terminal B. Max leva les yeux vers le panneau suspendu au-dessus de la passerelle et sentit une crainte l'envahir. Bientôt, parents et enfants envahiraient le hall où il se trouvait pour voir le vieil homme à la barbe blanche et son traîneau…

Très vite en effet, il vit des familles s'affairer, des enfants crier qu'ils voulaient voir le Père Noël. Des airs entraînants résonnèrent dans les haut-parleurs, ajoutant à la mauvaise humeur de Max.

Pressé d'échapper à cette frénésie, il fendit la foule en direction du panneau de sortie lumineux, puis envoya un message rapide à l'hôpital pour faire savoir au personnel des urgences que sa voiture n'était pas arrivée et qu'il allait prendre un taxi.

Il avait échoué une fois à sauver un patient à cause d'une arrivée tardive. Il refusait de réitérer cette erreur.

2.

« Le Père Noël est en train d'atterrir, les enfants ! Faites la queue et attendez-le patiemment ! »

Ayanna regarda avec crainte la foule croissante entre elle et la porte de débarquement. La circulation avait été encore plus dense que prévu et elle était arrivée avec vingt minutes de retard. Puis elle avait dû trouver une place dans un parking et, comme elle n'avait pas eu le temps de réserver assez tôt, elle s'était retrouvée très loin du terminal. Elle avait couru jusqu'ici aussi vite que ses talons hauts le lui permettaient, mais l'avion du Dr Granger avait déjà atterri et les passagers avaient débarqué.

L'arrivée du Père Noël était la goutte d'eau qui faisait déborder le vase. C'était comme un film comique, sauf que rien de tout ça n'était drôle. Pas pour elle, en tout cas.

Son téléphone émit un bip pour signaler l'arrivée d'un texto : l'état du roi ne s'était pas amélioré, et la présence du Dr Granger était requise immédiatement. Après avoir essayé sans grand succès de se frayer un chemin à travers la foule, Ayanna réussit finalement à interpeller un agent de billetterie.

— Pouvez-vous faire appeler quelqu'un pour moi, s'il vous plaît ? C'est une urgence.

— Désolé, il faut vous adresser au guichet d'information, répondit l'employé en désignant la direction d'où Ayanna était venue.

Super !

Elle qui avait l'habitude d'être en avance avait failli à

sa réputation, et cela au pire moment ! Le cœur battant la chamade, elle rebroussa chemin. Elle devait à tout prix trouver le Dr Granger et l'emmener au Seattle General ! Elle pourrait repenser à cet incident plus tard, une fois que cette horrible journée serait terminée.

Esquivant les passagers et leurs valises à roulettes pendant que Bing Crosby chantait *White Christmas*, elle se posta derrière une femme avec une poussette et trois jeunes enfants. Normalement, Ayanna aimait Noël, mais en cet instant, elle ne se sentait pas du tout d'humeur joyeuse.

Après ce qui lui parut une éternité, elle finit par atteindre le comptoir.

— J'ai besoin de faire appeler quelqu'un, s'il vous plaît.

— Son nom ? demanda l'hôtesse.

Comme son téléphone sonnait dans sa main, Ayanna vit s'afficher sur l'écran un nouveau message des urgences.

Neurochirurgien en route dans un taxi. Où êtes-vous ?

— Mademoiselle ? répéta l'hôtesse. Quel est le nom du passager que vous recherchez ?

— Euh, je suis désolée. Il a été retrouvé… Merci.

Elle quitta la file pour répondre au texto, à la fois soulagée et agacée. Au lieu d'attendre qu'elle vienne le chercher, le chirurgien avait trouvé le moyen de rejoindre rapidement l'hôpital, ce qui était une bonne chose. Mais cela signifiait qu'elle avait échoué à remplir l'une de ses premières missions d'importance en tant que responsable des relations publiques. Ce n'était pas bon du tout…

Toujours à l'aéroport. Longue histoire. Je me mets en route maintenant.

Son téléphone bipa de nouveau mais, furieuse contre elle-même, elle était déjà sortie de l'aéroport. Jamais elle n'avait fait défaut à quelqu'un comme ça !

Le visage de Will surgit de nouveau dans son esprit.

« Tu fais toujours beaucoup pour les autres, mais pour moi ? »

La dernière chose dont elle avait besoin était de penser à son ex et aux vilains mots qu'il lui avait adressés. Et le fait qu'il ait été assez proche de la vérité ne l'aidait guère. Oui, elle aidait les autres, et se sentait utile dans ce rôle. Ce n'était pas une mauvaise chose, n'est-ce pas ?

De plus, cette vocation lui avait permis d'obtenir un MBA de l'université de Washington à seulement vingt-quatre ans et de décrocher des stages et des emplois auprès des meilleures entreprises et des personnes les plus brillantes du monde du marketing. Oui, elle avait peut-être négligé sa relation avec Will à cause du travail, mais cela ne signifiait pas qu'il était libre de la tromper…

La déception lui serra le cœur alors qu'elle se dirigeait vers le parking. Elle avait ses problèmes, mais Will n'était pas parfait non plus. Loin de là, même. Et il n'avait jamais compris ou apprécié les efforts qu'elle faisait pour rendre la vie des autres plus facile.

Elle prit l'ascenseur, puis traversa une allée en direction de sa voiture. Après avoir jeté son sac à main sur le siège passager et bouclé sa ceinture, elle démarra et s'inséra dans la circulation en direction du centre-ville de Seattle, répondant à des appels via son kit mains libres alors qu'elle roulait en direction du nord.

L'opération du roi étant prévue dans quelques semaines, les réservations de la chambre du Dr Granger devaient être modifiées et elle n'avait pas eu le temps de le faire avant de quitter le bureau. Elle appela le Polar Club.

— Merci de votre appel. Comment puis-je vous aider ? demanda l'employé.

— Bonjour, mon nom est Ayanna Franklin et je dois modifier les réservations faites au nom du Seattle General pour le Dr Maxwell Granger. Il est arrivé en ville plus tôt que prévu et aura besoin de la chambre ce soir jusqu'au 25 décembre au moins, s'il vous plaît.

— Bien sûr, madame Franklin. Oui, j'ai enregistré cette réservation. Une chambre simple avec un grand lit.

— C'est cela.

— Malheureusement, avec les vacances de fin d'année, je crains que nous ne soyons complets.

Mince ! Décidément, rien ne fonctionnait, aujourd'hui !

Ayanna changea de voie, puis ralentit car d'autres véhicules étaient presque à l'arrêt. Au loin, la lumière du soleil scintillait sur les gratte-ciel de Seattle, mais elle n'était guère en mesure d'apprécier ce spectacle.

— Est-il possible de réserver un autre type de chambre ?

L'employé tapa sur son clavier.

— Non. Je suis désolé. C'est complet jusqu'à Noël. À moins que…

Ayanna retint son souffle et attendit. L'une de ses plus grandes forces était de trouver des solutions à des problèmes apparemment insurmontables. Elle pouvait essayer un autre hôtel, mais si le Polar Club était complet, il y avait de fortes chances qu'ils le soient tous. Peut-être que le Dr Granger pourrait loger chez elle ? Mais non, ça ne marcherait pas non plus. Son appartement était trop petit, et de plus, le propriétaire s'apprêtait à faire des travaux d'électricité, ce qui signifiait qu'elle-même allait devoir trouver un logement pendant quelques semaines. Peut-être une location temporaire ou…

— Madame Franklin ? dit le réceptionniste, la tirant brusquement de ses pensées, je vois que notre suite Denali est disponible pour la période que vous avez spécifiée. Elle est un peu plus grande, cependant, avec deux chambres, et plus chère que la chambre initialement réservée pour le Dr Granger.

Il lui indiqua le prix tandis qu'elle tentait de se remémorer le budget alloué pour loger le chirurgien. C'était plus que ce que l'hôpital voulait dépenser, mais si c'était la seule chambre disponible, elle n'avait pas vraiment le choix.

— Bien. Je la prends, dit-elle, en fixant les feux arrière du véhicule devant elle.

Un problème en moins !

— Merveilleux. Je peux faire autre chose pour vous, madame Franklin ?

— Non, merci.

Elle mit fin à l'appel et laissa échapper un soupir de soulagement. Pour l'instant, elle devait retourner à son bureau et se présenter au Dr Granger.

Elle passa devant un panneau indiquant la sortie Redmond et sentit sa gorge se serrer. Ses parents vivaient à Redmond. Ils lui avaient proposé de séjourner dans son ancienne chambre pendant les travaux dans son appartement, mais être à la maison pendant les fêtes avec ses cinq frères et sœurs était trop stressant pour elle.

Elle trouverait une autre solution.

— Aspiration, s'il vous plaît, dit Max en plaçant la dernière petite vis dans la plaque osseuse de la région temporale. Et demandez une radio dans trente minutes, je vous prie…

— Oui, docteur, répondit l'une des infirmières, tandis qu'une autre effectuait le geste demandé.

Max contrôla le drain qu'il avait placé.

— Comment sont les constantes du patient ?

— Bien, assura l'anesthésiste. Fréquence cardiaque stable et taux d'oxygène normal.

— Excellent, merci.

Il remit le dernier de ses instruments à l'infirmière de bloc, puis s'éloigna de la table où était étendu le roi.

— Nous avons terminé. Merci à toute l'équipe. On ramène le patient au scanner pour s'assurer que l'hématome a été résorbé.

Les infirmières prirent le relais, nettoyant la zone avant de conduire le patient en salle d'examen. Une fois la salle d'opération vide, Max sortit et gagna la petite pièce attenante où il ôta sa blouse et ses gants souillés, puis se lava les mains.

Le roi était stable, songea-t-il en sentant se relâcher la tension accumulée pendant l'intervention. C'était probablement dû à la fatigue du voyage, mais il se sentait très agité, les nerfs à vif. Il ne supportait pas de se sentir vulnérable. Pas depuis qu'il avait huit ans et que ses parents étaient rentrés à l'improviste d'un voyage en Chine. Il les aimait tant qu'il était impatient de leur parler des amis qu'il s'était faits à l'école et de leur annoncer les bonnes notes obtenues à son contrôle de mathématiques. Hélas, ce qui les intéressait avant tout, c'était de savoir s'il avait été accepté ou non dans le pensionnat chic où ils voulaient l'inscrire. Après le nouvel an, ils étaient repartis courir le monde. Ils l'avaient par la suite envoyé en pension, jusqu'à ce qu'il obtienne son bac et parte à Harvard. Au moins, ses parents avaient assisté à la cérémonie de remise de diplôme. Il aurait sûrement dû leur en être reconnaissant…

Max laissa échapper un soupir. Peut-être que c'était Noël qui le rendait nerveux ? En fait, les seules fois où il avait apprécié cette période de l'année, c'était avec Laura. Elle adorait Noël et avait l'habitude de décorer chaque pièce de leur maison de Long Island. Aujourd'hui encore, il ne pouvait pas voir des rennes et des lumières scintillantes sans penser à elle. En y réfléchissant, c'était aussi à la période des fêtes qu'il avait vu ses parents pour la dernière fois, il y a des années…

Il finit de se laver les mains et les bras avant de prendre quelques serviettes en papier dans le distributeur. Ses épaules étaient douloureuses et il fit rouler sa tête pour tenter de soulager la tension dans ses muscles. Bon sang, qu'est-ce qu'il ne donnerait pas pour une douche chaude et une longue sieste ! Entre le travail et les séminaires, cela faisait des jours qu'il n'avait pas dormi plus de quelques heures d'affilée.

Étouffant un bâillement, il sortit dans le couloir, et heurta quelqu'un de plein fouet.

— Désolé, dit-il en pivotant, je ne vous avais pas vue.

— Cela ne m'étonne pas… À moins que vous ayez des yeux derrière la tête, répondit une jeune femme en lui souriant.

Elle portait un élégant tailleur bleu et des talons hauts. Sa première pensée fut qu'elle était charmante. Vraiment séduisante. En fait, elle lui rappelait une actrice qu'il avait vue dans un film récemment, lors d'un de ses nombreux vols. Même peau éclatante, même sourire, mêmes fossettes adorables…

Max secoua la tête pour chasser ces pensées déplacées. Ce n'était pas pour ça qu'il était ici. Il était ici pour travailler. Point final.

Leurs regards se rivèrent un instant l'un à l'autre, puis, avant qu'il puisse se demander pourquoi, une des infirmières de bloc l'appela depuis l'autre bout du couloir.

— Les radios sont prêtes, docteur Granger.

— Bien.

Il se retourna. La jeune femme se tenait toujours là, la tête inclinée et les bras croisés, et le regardait comme s'il était un vilain garnement qui venait de faire une bêtise.

— Excusez-moi, dit-il. Encore désolé.

Mais au lieu de poursuivre son chemin, elle lui emboîta le pas jusqu'au poste des infirmières.

— Je suis désolée, moi aussi, docteur Granger, mais vous ne m'échapperez pas si facilement.

Décontenancé, il lui lança un regard interrogateur.

— Écoutez, j'ai un patient à traiter, mademoiselle… ?

— Franklin, acheva-t-elle. Je vous en prie, faites votre travail, je vous attendrai.

Comme elle s'appuyait contre le mur, il jeta un coup d'œil autour de lui pour voir si quelqu'un d'autre avait surpris cette étrange conversation, mais les infirmières étaient toutes occupées. L'une d'entre elles lui fit signe de se diriger vers un ordinateur, et il s'assit pour examiner le scanner cérébral du roi. Heureusement, tout semblait bon. Il fit un signe de tête à l'infirmière qui l'avait assisté au bloc.

— Tout a l'air d'aller bien, lui dit-il. Merci pour votre aide.

— Merci à vous, docteur Granger, répondit-elle en souriant. Tout le monde n'est pas aussi reconnaissant que vous.

— Je vous en prie, dit-il en lui laissant son siège pour qu'elle y prenne place.

Les infirmières étaient le cœur et l'âme de l'hôpital et pouvaient se révéler les plus précieuses alliées d'un médecin ou son pire cauchemar. Il préférait le premier cas et s'efforçait toujours d'être bienveillant et courtois, quelle que soit la situation. Il s'isola dans un coin de la pièce pour téléphoner au Dr di Rossi et l'informer de l'état de santé du souverain. Max était l'une des rares personnes de l'hôpital à savoir que le chef des urgences était en fait le fils du roi Roberto et donc le prince d'Isola Verde, héritier présomptif du trône. Il ne pouvait pas soigner le roi correctement sans une histoire médicale et familiale complète et précise. Alors qu'il parlait à voix basse au Dr di Rossi, Max sentit le regard de la jeune femme sur sa nuque, et il porta la main à son cou comme pour faire disparaître la sensation de gêne qu'il provoquait en lui.

Finalement, il se retourna, bien décidé à la congédier, quand elle dit :

— Désolée de vous déranger, mais je suis la responsable des relations publiques de cet hôpital et j'étais censée venir vous accueillir à l'aéroport. Mais vous êtes parti sans moi et cela fait plus de deux heures que je vous cherche. Une fois que vous vous serez changé, je vous emmènerai à votre hôtel pour la nuit, si cela vous convient. Ensuite, je viendrai vous chercher chaque matin et chaque jour suivant pour vous amener ici au chevet de votre patient, en toute discrétion, puis je vous reconduirai à la fin de la journée. Cela durera jusqu'à ce que nous ayons détourné l'attention de la presse, ce qui signifie que nous serons amenés à nous croiser souvent dans un avenir proche. Des questions ?

3.

Plusieurs infirmières jetèrent des regards curieux dans leur direction, et Ayanna se mordit la lèvre. Elle n'avait pas eu l'intention d'être aussi agressive, mais c'était trop tard maintenant. Quelque chose chez cet homme l'irritait, et elle n'aimait pas cela. Pas du tout.

Il posa sur elle son regard gris acier.

— Oui, j'ai une question. À qui dois-je parler pour sortir du confinement ? Je n'ai pas besoin d'une baby-sitter. Surtout quand il s'agit d'une inconnue.

— Vous auriez peut-être dû y penser avant de me planter là, à l'aéroport !

Elle n'avait pas réussi à tenir sa langue. Elle croisa les bras et attendit qu'il la rejoigne, prenant une profonde inspiration pour se calmer et éviter d'attirer davantage l'attention du personnel, qui chuchotait maintenant derrière son dos. Pour son premier jour, la dernière chose dont elle avait besoin était d'un conflit ouvert avec un collègue !

Le Dr Granger fronça les sourcils, puis sortit de la pièce et lui tourna le dos pour se diriger vers le vestiaire du personnel, situé au bout du couloir.

— Vous planter là ! répéta-t-il, outré. Mon patient avait besoin d'un traitement immédiat. Il n'y avait pas de temps à perdre.

Il s'arrêta au milieu du couloir et lui lança un regard glacial.

— Pardonnez-moi si je me soucie plus de la vie des gens que de votre précieux emploi du temps, mademoiselle Franklin.

Consternée, Ayanna demeura un instant immobile, puis

lui emboîta le pas. Il lui faisait clairement des reproches, alors qu'elle avait fait de son mieux pour l'accueillir dans de bonnes conditions !

— Excusez-moi, docteur Granger, mais je me préoccupe de la vie des gens, en particulier de celle des patients très médiatisés du Seattle General, dont je suis chargée de protéger la vie privée. Et quant au fait que nous ne nous connaissions pas, cela devrait changer puisque nous serons bientôt amenés à nous voir au quotidien.

Elle s'arrêta une nouvelle fois pour tenter de calmer les battements désordonnés de son cœur et maîtriser sa colère.

— Je vous assure que pour moi aussi cette situation est loin d'être idéale, mais jusqu'à ce que votre mission ici soit terminée, mon travail est de vous suivre comme votre ombre…

Elle sentit ses joues rougir quand son regard se riva au sien. Elle se tenait désormais à quelques mètres de lui, et ne put s'empêcher de détailler son physique : grand, athlétique, cheveux noirs, yeux gris-vert… Si cet homme n'avait pas été d'une insolence folle, il aurait été tout à fait son genre. Même avec ces cernes sous les yeux, il était superbe… et incroyablement sexy !

Mais il ne fallait pas qu'elle le regarde. Surtout pas lui !

Will était très séduisant lui aussi, et leur histoire s'était mal terminée. Très mal, même. Non. Cet homme avait beau l'attirer comme un aimant, elle refusait de se laisser distraire ! Cela ne pourrait lui apporter que des ennuis, de toute façon.

— Encore une fois, je n'ai pas besoin qu'on regarde constamment par-dessus mon épaule, mademoiselle Franklin, dit-il en pénétrant dans le vestiaire. Je suis un neurochirurgien réputé, et j'opère dans le monde entier. Je suis parfaitement capable de me débrouiller tout seul, je vous remercie.

— Parfait, répondit-elle d'un ton qu'elle espérait neutre, dans ce cas, ma présence ne devrait pas vous gêner. Je saurai me montrer discrète, ne vous inquiétez pas.

Elle le suivit à l'intérieur de la pièce réservée au personnel, complètement indifférente à sa mauvaise humeur. L'endroit était désert, ce qui était une bonne chose, car leur dispute avait déjà suscité plus d'attention qu'elle ne le souhaitait. Mais pour une raison quelconque, cet homme avait le don de l'agacer, même malgré lui.

— De plus, les ordres du Dr di Rossi sont très clairs : vous devez être disponible à tout moment si le roi a besoin de vos services. Après votre disparition, à l'aéroport, le seul moyen pour moi de m'en assurer est de rester auprès de vous jusqu'à ce que l'opération du roi soit effectuée. Donc, plus tôt vous l'accepterez, plus facile ce sera pour nous deux. Maintenant, si vous pouviez vous changer pour que nous puissions aller vous enregistrer à votre hôtel…

Sans même daigner la regarder, il ouvrit avec fracas l'un des casiers métalliques qui claqua contre le mur, avant de lancer :

— Tout d'abord, je n'ai pas disparu, mademoiselle Franklin. Comme je vous l'ai déjà expliqué, l'état du roi était critique et nécessitait mon intervention en urgence. Je n'ai pas eu le temps de partir à votre recherche. J'apprécierais que vous ne me fassiez pas donner cette explication une troisième fois.

Les dents serrées, il prit une valise à roulettes, la posa sur un banc, puis l'ouvrit d'un clic avant de retirer sa blouse de chirurgien. Troublée, elle se détourna, non sans avoir eu le temps d'apercevoir son torse musclé, à la peau lisse et dorée…

— De plus, vous n'avez pas besoin de jouer les chauffeurs. Je peux me rendre à l'hôpital et rentrer chez moi tout seul, je suis un adulte !

En effet, il avait tout d'un homme en pleine possession de ses moyens…

De plus en plus troublée, elle résista à l'envie de s'éventer et décida de fixer plutôt le mur blanc en face d'elle.

Ressaisis-toi ! Ce n'est qu'un homme, après tout.

Un homme qui, de toute évidence, se maintenait en excellente condition physique malgré son emploi du temps chargé.

— Pourquoi avez-vous besoin de surveiller mes moindres faits et gestes, mademoiselle Franklin ? reprit-il en enfilant une chemise.

Le ton tranchant de son interlocuteur la tira de ses pensées. Elle n'osait pas se retourner, et s'efforçait de ne pas l'imaginer en train de retirer son pantalon d'hôpital… C'était ridicule ! Ces fantasmes étaient totalement déplacés. Certes, elle n'avait pas été avec un homme depuis Will, et peut-être que six mois de célibat étaient trop longs pour elle. Oui, cela devait être la raison pour laquelle cet homme la troublait tant.

— Je vous en prie, ne me dites pas que vous faites partie de ces gens qui veulent toujours tout contrôler !

Il venait de toucher une corde sensible, songea-t-elle en se remémorant l'attitude méprisante de Will, qui lui reprochait de prendre son travail trop à cœur. Non, elle ne voulait pas tout contrôler, mais on comptait sur elle pour gérer les choses, et c'est ce qu'elle faisait. Avec beaucoup de soin.

Mais elle n'avait pas l'intention de rester ici et de se défendre contre cet homme qui ne prenait même pas la peine de suivre les instructions les plus simples. Désormais, la meilleure chose à faire était de le conduire à son hôtel et de prendre congé. Peut-être qu'après une bonne nuit de sommeil ils pourraient repartir sur de meilleures bases.

Elle s'éclaircit la voix et redressa les épaules.

— Je vous attends dehors.

— Vous êtes sûre que vous ne voulez pas rester et m'aider à lacer mes chaussures ? lança-t-il dans son dos. Qui sait, je pourrais tenter de m'échapper en passant par les toits !

Ayanna ne put s'empêcher de se retourner pour lui jeter un regard furibond, avant de se radoucir et de rétorquer dans un demi-sourire :

— Je prends le risque… À tout de suite.

Quand elle sortit de la pièce, elle sentit son regard sur sa nuque. Elle avait la gorge serrée et pour une raison étrange, l'image de ses longs doigts attachant les boutons de sa chemise était gravée dans son cerveau. C'étaient de belles mains, robustes et fines à la fois. Des mains faites pour caresser…

Qu'est-ce qui n'allait pas chez elle ?

Sentir l'air frais sur ses joues lui fit du bien. Adossée au mur du couloir, elle ferma les yeux, cherchant en vain à recouvrer son calme. Céder ainsi à ses émotions n'était pas du tout son genre. Elle était toujours celle à qui l'on s'adressait en cas de crise parce qu'elle perdait rarement son sang-froid. Pourtant, une seule rencontre avec le Dr Granger semblait avoir fait basculer son univers bien ordonné.

Ayanna prit une profonde inspiration, se redressa et lissa la veste de son tailleur bleu nuit. Elle l'avait acheté récemment et s'était réjouie de le porter pour la première fois aujourd'hui… La vendeuse avait affirmé que cette couleur faisait ressortir la fraîcheur de son teint et lui donnait une allure de mannequin. Or elle avait grand besoin d'être rassurée, en cet instant !

Oui, elle et le Dr Granger avaient eu des débuts difficiles, mais ils étaient tous deux des professionnels, et même si les circonstances actuelles n'étaient pas idéales, ils allaient tenter de s'en accommoder au mieux.

Le Dr Granger sortit du vestiaire quelques instants plus tard. L'air renfrogné, il se dirigea vers les ascenseurs, tirant sa valise derrière lui, et fit mine de ne pas l'avoir vue. Sans se laisser décourager, Ayanna le rattrapa et se planta devant la porte de la cabine. Il s'arrêta si près d'elle qu'elle sentit la chaleur de son corps lorsque leurs bras se frôlèrent. Avec sa mâchoire volontaire et ce regard un peu farouche, il incarnait le mâle alpha dans toute sa splendeur…

— Nous vous avons réservé une suite au Polar Club, dit-elle, une fois dans la cabine, à la fois pour chasser ses pensées inconvenantes et rompre le silence presque étouffant qui s'était installé entre eux.

Comme il ne répondait pas, elle ajouta avec un regard en coin :

— Comme vous êtes arrivé plus tôt que prévu, j'ai pu obtenir un surclassement…

— Une chambre standard m'aurait parfaitement convenu, vous savez.

Il expira lentement, comme s'il faisait appel à ses dernières réserves de patience. Puis il secoua la tête et ses larges épaules se détendirent quelque peu.

— Mais merci quand même, dit-il avec un demi-sourire.

— Je vous en prie.

Elle avait perçu de la réticence dans sa voix, comme si cette concession lui avait coûté cher. Il était fatigué, c'était évident, et elle aussi. Pourtant, elle ne pouvait s'empêcher de se demander si son comportement irritable n'était pas dû à autre chose que le manque de sommeil.

— Cette suite était la seule chambre qu'il leur restait. Tous les hôtels sont complets en ce moment.

L'ascenseur sonna et la porte s'ouvrit rapidement. Dès qu'il fut sorti, il se tourna vers elle et lança :

— Si j'ai bien compris, nous sommes coincés l'un avec l'autre, alors ?

— En quelque sorte…

Pendant qu'ils marchaient vers la sortie, elle lui montra différents endroits intéressants, notamment la cafétéria.

Ils se dirigèrent vers le parking où sa voiture était garée. Le Dr Granger n'avait pas dit grand-chose pendant cette brève visite et lorsqu'elle leva les yeux vers lui, elle lui trouva l'air triste. Étrangement émue, elle dit avant d'avoir pu s'en empêcher :

— Nous sommes partis du mauvais pied tout à l'heure, au poste des infirmières, et j'en suis désolée…

Ils traversèrent la rue. L'air de cette fin novembre était vif, et le ciel étonnamment clair pour la saison. Le temps à Seattle était imprévisible, à cette époque de l'année. Comme il ne répondait pas, elle continua, ressentant le besoin de lui faire comprendre son attitude sans pouvoir s'expliquer exactement pourquoi.

— Je suis un peu plus stressée que d'habitude car c'est mon premier jour au Seattle General, et je m'excuse d'avoir passé mes nerfs sur vous. Mon intention n'était pas de vous surveiller, mais les ordres du Dr di Rossi sont clairs. Ma seule préoccupation est de m'assurer que vous êtes toujours joignable, et de vous faciliter la vie au sein de l'hôpital. C'est cela, l'essentiel de ma mission.

Il la regarda. La lueur orange d'un réverbère projetait des ombres sur son visage et l'espace d'un instant, elle craignit qu'il s'énerve à nouveau, mais il laissa échapper un soupir avant d'avouer :

— Je suis désolé, moi aussi. J'aurais dû vous chercher davantage à l'aéroport, mais comme je l'ai dit, l'état de mon patient étant ma priorité, je devais me rendre au plus vite au Seattle General.

Après avoir chargé son bagage, ils sortirent du parking, et Ayanna s'engagea dans la rue. Pour briser le silence tendu qui s'était installé entre eux, elle demanda :

— Est-ce votre première visite à Seattle, docteur Granger ?

— Non, répondit-il, je suis déjà venu ici il y a quelques mois pour assister à un séminaire sur la radiothérapie en conditions stéréotaxiques.

— Oh…

Ayanna n'avait aucune idée de ce que cela signifiait, mais elle avait envie qu'il continue de parler.

— Les séminaires ne laissent probablement pas beaucoup de temps pour faire du tourisme, n'est-ce pas ?

Il acquiesça de la tête, puis tourna son regard vers elle.

— Puisque nous sommes amenés à nous voir souvent, je propose que vous m'appeliez Max, dit-il simplement.

Elle répondit, sans quitter la route du regard :

— D'accord, Max. Et s'il vous plaît, appelez-moi Ayanna.

Quelques minutes plus tard, ils s'arrêtèrent devant le Polar Club. Après avoir remis ses clés au voiturier et récupéré la valise de Max, ils entrèrent dans l'hôtel. Ayanna avait toujours aimé cet endroit, avec son hall au décor délicieusement désuet, tout en bois sombre et velours, avec d'épais tapis d'Orient et un feu qui crépitait dans la cheminée. Près du comptoir de la réception, des guirlandes rouges et or décoraient un grand sapin ventru.

Elle sentit que Max était agréablement surpris. Peut-être qu'elle avait finalement réussi à le dérider ? La pensée qu'elle l'avait satisfait, ne serait-ce qu'un instant, provoqua en elle un élan de joie inattendu, qu'elle s'empressa de briser. Elle n'avait fait que son travail. Rien de plus.

Ils s'approchèrent du grand comptoir de bois sculpté et elle sourit à l'employé.

— Bonjour, nous avons une réservation pour le Dr Maxwell Granger. J'ai appelé tout à l'heure.

— Ah, oui. Madame Franklin, dit l'employé, je me souviens.

— Merci pour votre geste…

— Tout le plaisir est pour moi. Allez-vous séjourner vous aussi dans la suite, madame Franklin ?

— Non ! répondirent-ils à l'unisson, un peu plus fort que nécessaire.

Ayanna s'éclaircit la gorge pour expliquer :

— La chambre est pour le Dr Granger. Il séjournera à Seattle pendant les prochaines semaines, pour motifs professionnels.

— Très bien.

L'employé imprima les documents et Ayanna les signa au nom du Seattle General, puis elle attendit qu'on fournisse à Max sa carte magnétique et un plan de l'hôtel.

— Les ascenseurs se trouvent au bout du couloir. Profitez de votre séjour parmi nous, docteur Granger. Bonnes fêtes de fin d'année !

Max hocha brièvement la tête et s'éloigna sans répondre.

— Merci. Joyeuses fêtes à vous aussi ! répondit Ayanna, avant de lui emboîter le pas.

Elle ne savait pas ce que ce type avait contre Noël, mais l'idée de le découvrir l'intriguait plus que de raison.

Max posa sa valise contre le mur et parcourut d'un regard circulaire la suite spacieuse. De grandes baies vitrées courant sur toute la longueur de la pièce donnaient sur une terrasse offrant une vue spectaculaire sur le centre-ville de Seattle. Du papier peint au parquet impeccablement ciré, la pièce était étonnante et décorée dans le style de la région.

— C'est encore plus beau que ce à quoi je m'attendais, dit Ayanna, en découvrant avec lui la cuisine joliment aménagée.

Comme elle posait son sac sur le comptoir, il remarqua que le cuir noir était assorti à ses chaussures. En fait, tout dans son apparence était précis et parfaitement coordonné, de la pointe de ses escarpins à son maquillage à la fois sophistiqué et discret. S'il en jugeait par ce qu'il avait vu jusqu'à présent, il semblait qu'Ayanna Franklin laissait peu de place au hasard dans sa vie. Non qu'il s'en souciât, d'ailleurs. La manière dont elle vivait ne le regardait pas le moins du monde. Il était ici pour prendre soin du roi, rien de plus.

Ayanna ouvrit le réfrigérateur, puis le minibar rempli d'en-cas et de boissons diverses.

— Qu'est-ce que vous en pensez ? demanda-t-elle en le regardant par-dessus son épaule.

— C'est très bien…

La chambre était plus qu'agréable, mais il n'en profiterait probablement pas beaucoup. Il était ici pour travailler, pas pour se prélasser dans son luxueux logement.

Comme elle se retournait, Max perçut une lueur de déception dans son regard, et sentit aussitôt la culpabilité s'emparer de lui. Bon sang ! Elle avait interprété sa distance comme de l'impolitesse, mais il n'y avait rien de personnel dans cette attitude. Il tenait tout le monde à distance, en ce moment. Son métier était difficile, et exigeait beaucoup de calme et une concentration extrême. Un instant d'inattention pouvait avoir des conséquences graves, alors il évitait le plus possible de se laisser distraire. Pourtant, pour une raison quelconque, Ayanna Franklin semblait s'être immiscée plus profondément dans sa vie en quelques heures que quiconque depuis la mort de sa femme.

C'était déroutant. C'était déconcertant. C'était très mauvais signe…

Normalement, il faisait de son mieux pour se montrer cordial avec tout le monde. Et même s'il voyageait souvent pour son travail, ne restant jamais assez longtemps au même endroit pour nouer de véritables liens, la plupart des gens l'appréciaient. Max Granger passait pour quelqu'un de facile à vivre. Il avait le sens du travail en équipe. Mais quelque chose chez cette femme mettait ses nerfs à vif.

Elle referma le minibar et attrapa son sac sur le comptoir.

— Eh bien, vous avez l'air épuisé ! Si vous n'avez besoin de rien, je vais vous laisser.

Une bouffée de son parfum – épices, clou de girofle et un soupçon de rose – lui parvint alors qu'elle passait devant lui, affolant ses sens. L'espace d'une seconde, il fut tenté de lui demander de rester, mais à quoi bon ? Ils étaient tous deux fatigués et passer plus de temps avec elle le priverait d'un repos dont il avait cruellement besoin. Alors il s'entendit déclarer :

— Oui, si vous voulez bien m'excuser, j'aimerais prendre une douche et dormir un peu.

— Très bien.

— Merci pour tout.

Ayanna hésita un instant près de la porte, puis finit par annoncer :

— Je serai de retour à 7 heures demain matin pour vous accompagner à l'hôpital.

Après son départ, Max renonça à défaire sa valise. Cela ne lui ressemblait pas, de s'enflammer ainsi, mais quelque chose chez Ayanna le troublait au plus haut point. Ce qui était extrêmement gênant car il n'avait pas besoin de ça dans sa vie en ce moment. Il était plus qu'heureux de vivre dans sa bulle, loin de toute sollicitation, de toute émotion. Cela lui facilitait les choses.

Déterminé à oublier cette journée, il se rendit dans la salle de bains attenante pour prendre une douche. La vapeur remplit la pièce pendant qu'il se déshabillait, puis s'avançait sous le jet d'eau chaude qui soulageait la tension de ses muscles raidis.

Oui, songea-t-il, la meilleure chose à faire était d'ignorer ce qu'il avait ressenti en présence de cette jeune femme. Il avait d'autres sujets plus importants à traiter, et en premier lieu celui qui l'avait amené à Seattle : l'opération du roi.

4.

Une heure plus tard, Ayanna se laissa tomber sur le canapé confortable de son appartement et retira ses escarpins. Traiter avec Max Granger avait été un défi inattendu dans une journée déjà difficile.

Avec un soupir, elle enleva sa veste et sortit son ordinateur portable pour consulter des documents qu'elle avait copiés un peu plus tôt. Il était tard et elle aurait vraiment dû essayer de dormir, mais elle avait trop de choses à faire. Elle devait aussi commencer à emballer certaines de ses affaires pour quitter son appartement avant la fin de la semaine, car le propriétaire y réalisait des travaux. De plus, elle était bien trop troublée par sa rencontre avec Max pour trouver le sommeil. Elle espérait que le travail l'aiderait à réduire son niveau de stress.

Elle commença à passer en revue la liste des décorations nécessaires pour la salle de bal, les différents menus et les sélections musicales, mais son esprit revenait sans cesse à Max Granger. Curieusement, leurs joutes verbales l'avaient un peu excitée et même maintenant, si elle fermait les yeux, elle pouvait se rappeler l'odeur de savon et de cèdre de sa peau, et entendre le ton sec de sa voix dans les vestiaires. Quant à ses yeux gris-vert, ils étaient tantôt doux et enjôleurs, tantôt perçants, presque cruels. Pourquoi ?

Elle refusait de chercher à comprendre le Dr Granger, de ressentir une telle attirance pour lui. Elle ne cherchait pas à nouer de relation sentimentale. Pas après Will. Après sa trahison, elle ne croyait plus aux histoires heureuses.

Ces temps-ci, elle ne pensait qu'à sa carrière et avait bien l'intention de poursuivre sur cette lancée. Pour cela, il convenait d'ignorer les sentiments que le Dr Max Granger provoquait en elle. Leurs relations devraient rester strictement professionnelles. Le Dr di Rossi s'attendait à ce qu'elle accompagne le neurochirurgien pendant toute la durée de sa mission et c'est exactement ce qu'elle avait l'intention de faire, que Max le veuille ou non.

Prenant une profonde inspiration, elle se concentra sur son écran, déterminée à penser à autre chose qu'au séduisant médecin. Elle allait lancer le plus grand événement caritatif que le Seattle General ait jamais connu !

Les doigts volant sur son clavier, Ayanna se perdit dans son travail et lorsqu'elle s'arrêta, il était presque 5 heures du matin. Dehors, l'horizon était strié de rose et de violet, mais pas question de dormir maintenant ! Elle se leva et s'étira, puis se figea en entendant son téléphone vibrer sur la table basse. C'était un numéro inconnu et elle fronça les sourcils en découvrant un texto signé… Max.

Elle lui avait laissé son numéro, mais elle ne s'attendait pas à ce qu'il l'utilise aussi vite, songea-t-elle, son cœur battant la chamade. Et si l'état de santé du roi s'était dégradé ? Et si Max avait quitté précipitamment la suite sans l'en informer, que devait-elle faire ?

Son inquiétude se mua en surprise quand elle lut son message. Ce n'était pas du tout une urgence.

Merci encore de m'avoir offert cette suite. Elle est ravissante et je l'apprécie beaucoup.

Stupéfaite, Ayanna sentit la tension entre ses omoplates se relâcher. Ses pouces tremblaient légèrement tandis qu'elle tapait une réponse.

Tout le plaisir est pour moi. À bientôt. A

Après avoir appuyé sur « envoyer », Ayanna s'allongea sur le canapé et regarda par la fenêtre un long moment. Elle avait vu Max très courtois et attentionné avec les infirmières de l'hôpital, mais c'était la première fois qu'il se comportait ainsi avec elle. Peut-être y avait-il une chance qu'ils s'entendent, après tout ? Peut-être que chacun d'eux traversait une période difficile et faisait de son mieux. Elle se promit de ne pas l'oublier tant qu'elle devrait travailler auprès de Max Granger.

Tôt le lendemain matin, Max prenait tranquillement son petit déjeuner quand il jeta un regard par-dessus son journal. Ayanna n'avait rien avalé depuis qu'elle était arrivée, à 7 heures pile, se contentant de travailler sur son ordinateur portable en buvant du café. Il ne put s'empêcher de demander :

— Tout va bien ?

— Oui, dit-elle sans lever les yeux de son écran, pourquoi ?

— Comme ça…

Quelques instants plus tard, il reçut un appel de l'infirmière de garde aux soins intensifs. Le roi était toujours stable et inconscient, mais ce n'était pas rare après une mauvaise commotion cérébrale. La chose la plus importante : sa pression intracrânienne n'avait pas augmenté, ce qui signifiait qu'aucun hématome ne s'était formé. Max reposa son portable.

— Vous n'avez pas faim ?

— Non. Je ne mange presque jamais le matin.

Quand elle le regarda et lui sourit, il sentit une digue se rompre. Les choses s'étaient finalement arrangées entre elle et lui et s'il voulait que cela continue, il devrait ignorer le trouble qu'elle provoquait en lui. Elle était la dernière personne sur Terre dont il devait s'enticher ! De plus, Ayanna était trop brillante, trop audacieuse, trop pétillante pour lui. Il préférait la tranquillité, dans sa vie comme au bloc opératoire.

— Le petit déjeuner me ralentit et me rend un peu léthargique. Je n'ai généralement pas le temps, de toute façon.

Ayanna jeta un coup d'œil à son assiette d'œufs et de viande.

— Vous suivez un régime cétogène ?

— Non, mais je tiens à manger suffisamment de protéines.

Cela me fournit de l'énergie pendant les longues journées chargées.

— Hum…

Elle ferma son ordinateur portable, puis prit un morceau de pain grillé dans l'assiette qu'il avait commandée pour elle.

— Merci encore pour votre message de ce matin, au fait. Je suis heureuse que nous soyons en meilleurs termes, désormais. Qu'est-ce qui ne va pas ? poursuivit-elle, comme il posait un regard contrarié sur son assiette.

— Oh ! tout va bien, répondit Max. C'est juste que ces œufs sont loin d'être aussi bons que ceux que je prépare moi-même.

— Vous cuisinez ? dit-elle d'un air surpris.

Pour une raison quelconque, les gens ne s'attendaient pas à ce qu'il s'y connaisse en cuisine, mais après la mort de sa femme, il avait dû apprendre à se débrouiller seul. Maintenant, il se considérait comme un cordon-bleu. Cuisiner était l'un de ses rares passe-temps et il adorait inventer de nouvelles recettes. Cela l'aidait à se détendre.

— Au début, j'ai appris par nécessité, puis j'y ai pris goût, expliqua-t-il.

— Eh bien, votre femme doit apprécier !

Il ne put retenir un rictus douloureux.

— Ma femme est morte.

— Oh… Je suis désolée, dit Ayanna en rougissant. J'ignorais…

— Ce n'est pas grave. Vous ne pouviez pas savoir.

Après un bref silence, il reprit :

— Et comme manger souvent à l'extérieur n'est pas sain, j'ai commencé à acheter quelques livres de cuisine et à tester certaines préparations…

Ayanna le regarda avec attention.

— Et comment cela s'est-il passé ?

Max sourit.

— Au début ? Pas bien. J'ai commencé par ruiner un jeu de casseroles coûteux parce que je brûlais tout ce que je touchais. Mais j'ai fini par m'améliorer. J'ai même pris des cours à New York, entre deux missions. Maintenant, je fais un excellent coq au vin et mes œufs brouillés sont les meilleurs de Manhattan !

— Impressionnant. J'ai hâte de goûter vos spécialités !

Le sourire d'Ayanna se figea et elle détourna rapidement le regard, comme si elle regrettait d'avoir été trop loin. Pour tenter de dissimuler son embarras, elle remplit sa tasse de café – pour la troisième fois. Il remarqua les cernes sous ses yeux et son air las, et se sentit soudain coupable. Et si leur dispute de la veille l'avait empêchée de trouver le sommeil ?

Elle croisa les jambes et poursuivit :

— Personnellement, je ne cuisine pas du tout, ce qui est un affront à ma mère qui prépare de délicieux repas dès qu'elle le peut.

— Vous venez d'une grande famille ? demanda-t-il, heureux d'avoir trouvé un nouveau sujet de conversation. Êtes-vous mariée ?

— Oui et non, répondit Ayanna. J'ai cinq frères et sœurs plus jeunes, deux frères et trois sœurs. J'ai été fiancée, mais les fiançailles ont été rompues.

Il aurait voulu en savoir plus, mais sentit qu'il serait inutile d'insister. Et c'était tant mieux, car il n'avait pas à s'impliquer davantage dans sa vie. Il se leva pour aller déposer le plateau du room service dans la cuisine. En vérité, ce genre de routine matinale lui avait manqué. Ces petites conversations étaient banales, mais elles rythmaient le quotidien et il en avait besoin.

Quand il avait rencontré Laura, elle l'avait sorti de la solitude et de l'isolement de sa jeunesse. Elle lui avait appris que l'amour et l'affection étaient des sentiments normaux, agréables et nécessaires. Maintenant qu'elle était partie, une part de lui avait peur de retrouver l'univers froid et morne dans lequel ses parents l'avaient laissé grandir…

— Si vous aimez cuisiner, je peux appeler aujourd'hui et faire livrer des provisions pour que vous puissiez utiliser la cuisine de la suite, proposa Ayanna. Donnez-moi juste une liste de ce dont vous avez besoin et je m'assurerai que tout soit là ce soir.

Il allait lui dire de ne pas se donner cette peine mais il se ravisa. La cuisine était son principal moyen d'évacuer le stress, et il en avait bien besoin en ce moment.

— D'accord, c'est une très bonne idée. Je vous remercie.

— Je vous en prie. Nous ferions mieux d'y aller. Il y a beaucoup de circulation ce matin et j'ai une pile de dossiers en retard…

— Bien sûr. Je serai prêt dans cinq minutes.

5.

Plus tard dans la matinée, après s'être assuré de l'état du roi et avoir fait part de ses conclusions au Dr di Rossi, Max regagna le bureau mis à sa disposition au Seattle General. Comme le pronostic du roi était encore incertain, il avait libéré son agenda jusqu'après le début de la nouvelle année et prévoyait de rester à Seattle jusqu'à cette date.

Heureusement, le chef du service de neurochirurgie était à court de personnel en raison de Thanksgiving. Beaucoup de médecins avaient pris des congés pour être avec leur famille, et on avait besoin de lui dans le service. En fait, il avait à peine fini de remplir quelques papiers destinés à l'administration et obtenu son badge définitif qu'on l'appela des urgences : un nouveau patient avait besoin d'une consultation neurologique.

Il se dirigea vers le labyrinthe de salles lumineuses, tout en observant les installations, autour de lui. Il ne s'était pas encore familiarisé avec les lieux, mais jusqu'à présent, il avait été impressionné. L'établissement disposait d'un équipement de pointe et participait à plusieurs essais cliniques importants, ce qui balayait les doutes sur le fait que le roi avait choisi cet établissement uniquement parce que son fils y exerçait.

Bien qu'il détestât l'admettre, il pensait sans cesse à Ayanna. Il ne savait pas exactement pourquoi, mais elle l'intriguait. Pris d'une idée soudaine, il sortit son téléphone pour ajouter quelques ingrédients à la liste de ceux qu'il lui avait demandé de commander pour lui.

Il avait hâte de cuisiner pour elle, et se faisait fort d'arriver à lui faire prendre un petit déjeuner chaque matin, quand elle viendrait le chercher. Il avait déjà réclamé les ingrédients nécessaires pour lui préparer demain sa fameuse *frittata* aux légumes grillés : courgettes, poivrons, oignons, ail, crème, œufs et parmesan…

Alors qu'il arpentait les couloirs bondés en direction des urgences, ces préoccupations culinaires cédèrent la place à une vision qui envahit son esprit : Ayanna gémissant de plaisir entre ses bras, alors qu'elle criait son nom…

Qu'est-ce qui lui arrivait ?

Max s'arrêta net, évitant de justesse plusieurs personnes qui venaient en sens inverse.

Penser à séduire Ayanna n'avait aucun sens. Ils se connaissaient à peine ! Ils étaient collègues, rien d'autre, et cela ne serait que provisoire. De plus, il ne cherchait pas l'intimité avec quelqu'un. Les choses étaient déjà assez compliquées dans sa vie et jusqu'à maintenant, il s'était contenté d'aventures sans lendemain, sans attachement ni engagement. Or Ayanna ne semblait pas être le genre de femme à s'accommoder de ce genre de relations.

Il contourna un groupe de visiteurs qui lui bloquait le passage, puis continua vers les urgences. Sa priorité numéro un était d'entretenir des rapports strictement professionnels avec Ayanna. Après avoir perdu Laura, il ne voulait pas se sentir vulnérable. Il était parfaitement heureux tout seul, et préférait gérer la solitude que d'avoir une nouvelle fois le cœur brisé. Ses parents avaient raison : les émotions ne causaient que des ennuis.

Il entra en trombe dans le service des urgences.

— Que se passe-t-il ? demanda-t-il au Dr Cho, l'interne qui l'avait appelé pour une consultation.

— Un garçon de dix-sept ans a perdu connaissance après avoir été percuté par un autre joueur pendant une partie de hockey, expliqua son confrère.

— Combien de temps est-il resté inconscient ?

— Environ trois minutes, selon les témoins.

Max s'approcha de l'écran pour consulter le dossier du patient, puis se dirigea vers le box où l'adolescent se trouvait avec ses parents, accourus auprès de lui. Il leur serra la main, puis se tourna vers le patient.

— Bonjour, je suis le Dr Granger. Comment t'appelles-tu ?

— Josh Whitaker, répondit le garçon. Pourquoi me gardez-vous ici ?

— Parce que tu t'es cogné la tête.

Max sortit une lampe stylo de la poche de sa blouse et vérifia les pupilles de l'adolescent – toutes deux égales et réactives à la lumière – avant d'examiner son crâne à la recherche de signes d'une éventuelle fracture. Il y avait une méchante coupure au-dessus de son sourcil gauche, mais rien d'inquiétant.

— Peux-tu me dire si tu as mal là où je palpe ?

— Non, je n'ai mal nulle part…

Josh grimaça lorsque son bras heurta la barrière du lit.

— Mais ma main est engourdie, et j'ai un peu la migraine…

— D'accord.

Max finit d'examiner Josh, puis nota ses conclusions dans le fichier électronique. Les blessures à la tête étaient toujours inquiétantes chez les sujets jeunes. Malheureusement, elles n'étaient pas rares, car les adolescents aimaient les sports de contact comme le hockey ou le soccer. Tout en pianotant sur le clavier, Max continua à questionner son patient.

— Josh, te souviens-tu exactement de ce qui s'est passé ?

— Euh…

Josh passa les doigts dans ses cheveux blonds en bataille.

— La dernière chose dont je me souviens est… Je ne sais pas. En fait, je ne me souviens de rien.

Max jeta un coup d'œil aux parents, visiblement très anxieux.

— A-t-il déjà eu des commotions cérébrales ?

— Oui, répondit la mère. Il y a environ deux ans, lors d'un entraînement de basket. Est-ce que mon fils va s'en sortir, docteur ?

Max aurait voulu pouvoir la rassurer, mais le fait que Josh

ait déjà subi plusieurs blessures à la tête n'était pas très encourageant. Pourtant, il se montra aussi optimiste que possible.

— Nous ferons tout ce que nous pouvons pour l'aider, madame Whitaker.

Elle ferma les yeux tandis que son mari passait un bras autour de ses épaules.

— J'ai vu mon fils tomber souvent, mais je ne pensais pas que c'était si grave, cette fois. Il est resté allongé sur la glace, sans bouger, et ils ont appelé l'entraîneur, puis les secours...

— Nous allons aider Josh, répéta Max pour la rassurer. Il est jeune et fort et il devrait s'en sortir.

C'est ce qu'il avait pensé aussi à propos de Laura.

Max toussa pour chasser ces pensées importunes et se concentrer sur son patient.

— Nous allons faire une IRM pour avoir une idée plus précise de ce qui se passe dans son cerveau mais pour l'instant, je peux vous dire avec certitude que votre fils a probablement une commotion cérébrale. Attendons les résultats pour établir un diagnostic définitif, d'accord ?

— Oui.

Mme Whitaker s'approcha de lui et lui serra la main.

— Merci, docteur.

— Mais je vous en prie, madame Whitaker.

Aider les autres était sa vocation, et la raison pour laquelle Max s'était orienté vers la neurochirurgie. Voir ces pauvres parents bloqués à l'hôpital alors qu'ils auraient dû préparer Thanksgiving avec leur fils ne faisait que renforcer sa détermination. Lui-même ne célébrait plus Noël, mais c'était une autre histoire...

— Je vais appeler la radiologie tout de suite.

Au poste des infirmières, Max demanda une IRM. En attendant les résultats, il monta aux soins intensifs pour voir comment allait le roi Roberto : il n'y avait aucun changement dans son état, ce qui était décevant mais pas décourageant, car les comas de courte durée étaient fréquents après une craniotomie.

Vingt minutes plus tard, Max reçut un SMS lui annonçant que l'IRM de Josh était terminée et les résultats prêts à être consultés. Il regagna les urgences et afficha les clichés sur le tableau lumineux de la salle de traumatologie.

Josh semblait être de meilleure humeur, ce qui était bon signe.

— Est-ce que j'ai un cerveau, Doc ? plaisanta-t-il.

— Oui, je crois qu'il est toujours là, répondit Max en souriant, avant de se tourner vers les parents inquiets. La bonne nouvelle, c'est qu'il n'y a aucun signe d'hémorragie interne dans le cerveau, et aucune fracture du crâne. Mais je confirme le diagnostic de commotion cérébrale.

Max éteignit l'ordinateur et s'approcha de son patient.

— Ce qui veut dire pas de hockey pendant un moment, Josh.

L'adolescent laissa échapper un soupir déçu.

— Je sais que c'est dur, mais tu as besoin de temps pour récupérer, expliqua Max. Quelques semaines au moins, ensuite tu feras un bilan avec ton médecin traitant. Et quand tu retourneras sur la glace, assure-toi de porter ton équipement de sécurité au complet. Compris ?

— Compris, Doc, dit Josh avant de se tourner vers son père. Est-ce qu'on a gagné le match, au moins ?

Celui-ci éclata de rire.

— Oui, fiston. Trois à zéro.

Soulagé d'un grand poids, Max quitta la salle de traumatologie pour signer les papiers de sortie de Josh. Des cas comme celui du roi Roberto, où les progrès étaient lents, donnaient lieu à de longues journées et à des nuits difficiles. Les cas comme celui-ci, à l'issue plus rapide et plus positive, permettaient de soulager la tension. Après avoir complété son dossier numérique, il confia son patient au Dr Cho et décida de faire une promenade.

Comme il marchait dans les rues grises de Seattle, une

image d'Ayanna avec son tailleur parfaitement repassé, son sourire lumineux et ses beaux yeux, surgit dans son esprit. C'était peut-être pour ça qu'il ne pouvait pas s'empêcher de penser à elle. Elle lui rappelait la vitalité qu'il avait perdue depuis la mort de Laura.

Soudain, une délicieuse odeur de pain frais et de cannelle lui flatta les narines, et les souvenirs des pâtisseries qu'il préparait avec Laura le matin de Noël envahirent son esprit. L'espace d'un instant, il eut l'impression qu'elle lui envoyait un signe depuis l'au-delà, et il cligna des yeux pour chasser la nostalgie qui s'emparait de lui. Il était heureux seul. Il n'avait besoin de personne d'autre dans sa vie.

Il ne voulait plus jamais avoir besoin de quinconque. À travers les vitres de la boulangerie, des lumières dorées l'invitaient à entrer. Un menu rédigé à la craie, près de la porte, proposait toutes sortes de délicieux sandwichs, et Max entra. Alors qu'il attendait sa commande, des chants de Noël résonnèrent dans les haut-parleurs ; il consulta ses messages et fut pris d'un délicieux frisson en voyant le nom d'Ayanna s'afficher sur son écran. Elle était en retard, submergée de travail, et elle ne pourrait pas être prête à 17 heures, comme prévu initialement. Elle lui confirmait également que la commande qu'elle avait passée dans un supermarché en ligne l'attendrait dans sa suite.

Parfait. En tant que médecin, il connaissait l'importance d'une bonne alimentation pour garder un système immunitaire sain. Avec l'hiver qui approchait, l'idée qu'Ayanna négligeait sa santé le dérangeait plus qu'il ne voulait l'admettre. Elle avait déjà sauté le petit déjeuner. Il refusait qu'elle fasse de même pour le déjeuner, comme le suggérait son texto…

Il prit finalement deux sandwichs à la dinde au lieu d'un, et une salade de chou à emporter. Il n'avait aucune idée de ce qu'Ayanna aimait, à part le café, mais il se dit qu'elle apprécierait qu'il lui propose quelque chose. Satisfait, il regagna le Seattle General.

Ayanna raccrocha et laissa échapper un soupir de soulagement. Comme si elle n'avait pas déjà assez à faire en ce moment, le Polar Club venait de lui annoncer qu'en raison d'une erreur de planning la salle de bal avait été réservée en double pour le 12 décembre, date à laquelle devait avoir lieu le gala de charité de l'hôpital. Après une âpre discussion avec le responsable de l'hôtel, elle avait réussi à obtenir gain de cause et à confirmer sa réservation.

Elle prit une profonde inspiration avant de fixer une fois de plus la pile de dossiers sur son bureau, puis but une autre gorgée de boisson énergisante avant de se replonger dans les préparatifs de la soirée caritative. Elle avait à peine commencé à faire les plans de table qu'un coup frappé à la porte l'interrompit.

— Oui ? dit-elle sans lever les yeux, en s'efforçant de ne pas manifester son irritation.

Elle s'attendait à voir un de ses collaborateurs entrer avec un nouveau problème à résoudre, mais au lieu de cela, elle découvrit Max Granger, chargé d'un sac contenant des sandwichs, une salade et deux bouteilles d'eau. Comment cet homme parvenait-il à rendre sexy une simple blouse blanche ? Mystère…

— Bonjour ! lança-t-il en souriant et en refermant la porte derrière lui avant de s'asseoir sur l'une des chaises, devant son bureau.

Il posa la salade, un sandwich et une bouteille d'eau sur le bureau, à côté de sa boisson énergisante.

— L'heure du déjeuner est passée et j'ai pensé que vous auriez peut-être faim. Je ne peux pas vous laisser sauter un autre repas…

Surprise, Ayanna lui rendit son sourire. Pendant son adolescence, elle avait toujours été la gardienne de la fratrie, celle qui s'occupait de tout le monde. C'était étrange d'être pour une fois l'objet de l'attention de quelqu'un d'autre. Étrange et un peu effrayant, pour être honnête.

Elle se racla la gorge avant de murmurer, un peu gênée :

— Euh… Merci.

— Tout le plaisir est pour moi, répondit-il avec un clin d'œil en déballant son sandwich. Je vous avais prévenue.

— Prévenue ? Mais de quoi ?

— Que je voulais que vous mangiez correctement. Des études montrent qu'une bonne alimentation permet d'augmenter la productivité. Le café et les boissons énergisantes ne résolvent le problème que temporairement. C'est un cercle vicieux.

Elle prit un peu de salade de chou, puis attaqua son sandwich.

— J'ignorais que vous aviez aussi un diplôme de diététique !

Max sourit et désigna les dossiers empilés sur son bureau.

— Sur quoi travaillez-vous ?

— Je règle un problème après l'autre, malheureusement…

Elle fut tentée de lui parler de l'organisation du gala, mais elle se ravisa. Même s'il avait l'air d'avoir une bonne écoute, la dernière chose qu'il voulait entendre était probablement ses histoires de traiteur et de décoration. Elle esquiva sa question en en posant une à son tour :

— Au fait, comment va le roi ?

— Il est stable… Est-ce l'organisation du gala de fin d'année qui vous donne du fil à retordre ? J'en ai entendu parler dans les couloirs. Je suis un gastronome, vous vous souvenez ? Je peux peut-être vous aider.

Elle lui lança un regard dubitatif.

— Vous voulez m'aider à organiser cet événement ?

Même si elle détestait l'admettre, elle était plus habituée à concevoir des campagnes de relations publiques qu'à choisir des entrées et des desserts. Peut-être devrait-elle accepter son offre. Pourquoi pas, après tout ?

Elle posa son sandwich et ouvrit un dossier avant de le tourner vers lui.

— Puisque vous insistez, sachez que j'essaye de planifier ce gala en deux fois moins de temps que d'habitude.

— En effet, ça doit être un sacré travail. Qu'avez-vous fait jusqu'à présent ?

— La seule chose qui est certaine à ce stade, c'est le lieu. Le gala se déroulera dans la grande salle de réception de l'hôtel où vous êtes logé. J'ai déjà reçu quelques propositions pour la décoration, mais je dois encore choisir le menu pour la soirée, réserver les musiciens et…

Son téléphone portable sonna, interrompant leur discussion. Elle vit que c'était sa mère et fit signe à Max qu'elle devait décrocher.

— Salut, chérie. Comment vas-tu ? demanda Mme Franklin d'un ton enjoué.

Ayanna aimait beaucoup sa mère, mais elle était presque sûre qu'elle l'appelait pour savoir si elle venait passer Thanksgiving avec eux, et aussi pour lui demander de s'installer chez elle pendant que son appartement était en travaux.

— Je vais bien, maman, répondit-elle. Et toi ?

Sa mère entra directement dans le vif du sujet.

— Je voulais te dire que ta chambre est prête. Nous parlerons de Thanksgiving quand tu seras là.

— Je ne reviens pas m'installer à la maison, maman. Je pensais prendre une chambre d'hôtel, le temps que les travaux d'électricité soient terminés chez moi.

Elle vit Max la regarder et froncer un sourcil inquisiteur, mais elle l'ignora.

— J'ai beaucoup de travail à faire au cours des trois prochaines semaines et j'ai vraiment besoin de calme, tu sais…

— Tu crois qu'il y a trop de distraction, chez nous ? rétorqua sa mère, déçue.

Ayanna ferma les yeux. Personne ne jouait la carte de la culpabilité mieux qu'une mère.

— Non, maman. Ce n'est pas ça du tout, c'est juste…

— Juste quoi ? Si tu penses pouvoir échapper au dîner de Thanksgiving avec nous, tu te trompes ! J'ai déjà acheté la dinde et tout ce qu'il faut pour la préparer. Je ne vais pas gâcher toute cette nourriture parce que tu penses que ton travail est plus important que d'être en famille pendant les fêtes, tu comprends ?

En un éclair, Ayanna était redevenue une enfant de dix ans. Penaude, elle promit :

— Non, maman. Je serai là pour Thanksgiving.

— Très bien. J'ai prévu de faire trois tartes à la citrouille, or tu es la seule à pouvoir m'aider en cuisine !

Ayanna fut sauvée par un bip de double appel qui retentit dans le combiné.

— Maman, on cherche à me joindre pour le travail, je dois raccrocher. Je te rappelle bientôt…

Elle prit son ton le plus professionnel pour accueillir son interlocuteur.

— Ayanna Franklin, comment puis-je vous aider ?

Pendant ce temps, Max, assis en face d'elle, la regardait avec une expression impénétrable.

— Bonjour, mademoiselle Franklin. Ici Gerry Miller, du Thunderbird Orchestra, dit l'homme à l'autre bout du fil.

— Ah oui, justement je voulais vous parler de la programmation musicale.

Une fois son appel terminé, Ayanna s'attendait à ce que Max prenne congé, mais au lieu de cela, il s'adossa confortablement à sa chaise et croisa les bras avant de demander :

— Qu'est-ce qui se passe dans votre appartement ?

— On fait des travaux d'électricité et je dois m'installer ailleurs jusqu'à ce que ce soit terminé. Pourquoi ?

— Vous ne voulez pas aller chez vos parents ?

— Je n'ai pas vraiment envie de me retrouver dans mon petit lit. En plus, j'ai besoin d'un peu d'intimité pendant que je travaille, et c'est rare, chez mes parents, où il y a beaucoup de passage…

— Vous avez dit à votre mère que vous alliez prendre une chambre d'hôtel, or je croyais que tous les hôtels de la ville étaient complets. C'est bien ce que vous m'avez dit, non ?

Ayanna le regarda en silence. Il avait une très bonne mémoire, et elle ferait mieux de se méfier de ce qu'elle disait en sa présence…

Se redressant légèrement, elle termina son sandwich avant de répondre.

— Et alors ?

— Vous venez de mentir à votre mère, non ? rétorqua-t-il avec un sourire malicieux.

— Cela ne vous est jamais arrivé ? Tout le monde l'a fait à un moment ou à un autre, non ?

— Pas moi, répondit-il, l'air sombre. Je n'étais pas assez proche de mes parents pour leur mentir.

Décontenancée, elle le regarda sans rien dire. Comment pouvait-on ne pas être proche de ses propres parents ? Sa famille la rendait parfois folle, mais ils étaient toujours là quand elle avait besoin d'eux.

— Je suis désolée, dit-elle simplement.

Max laissa échapper un long soupir, puis réfléchit un moment avant de suggérer :

— Vous devriez vous installer chez moi.

— Pardon ? dit-elle, certaine d'avoir mal compris.

— J'occupe une suite avec deux chambres. C'est dommage d'en laisser une vide quand on a besoin d'un logement. De plus, comme nous allons ensemble au travail, cette solution serait à la fois logique et pratique. Nous ne nous gênerons pas, car il y a assez d'espace pour deux et chacun aura sa salle de bains. Vous pourrez vous concentrer sur les préparatifs du gala et moi continuer à préparer l'opération du roi, qui est prévue pour le 15.

Max se leva et désigna les dossiers sur son bureau.

— De plus, vous serez sur place pour rencontrer tous les prestataires. Réfléchissez-y, ajouta-t-il en se dirigeant vers la porte, et envoyez-moi juste un texto pour m'informer de votre décision… Et merci pour les courses, au fait !

Et il tourna les talons, la laissant seule avec ses questions.

6.

Max finit de ranger les provisions qu'Ayanna avait commandées, encore un peu surpris de la proposition qu'il venait de lui faire. Mais il était trop tard pour faire machine arrière maintenant, puisqu'elle avait accepté son offre et s'apprêtait à débarquer avec ses bagages. Il ouvrit les placards de la cuisine et en sortit quelques ustensiles qu'il posa sur l'îlot, à côté du poulet et des légumes frais qu'il prévoyait de cuisiner pour le dîner.

Alors qu'il lavait, coupait et préparait les aliments pour les faire sauter, il sentait le stress de sa journée quitter son corps. Après son déjeuner avec Ayanna, il avait regagné son bureau provisoire, en neurologie, et s'était mis à préparer la réalisation d'un modèle en 3D de la tumeur cérébrale du roi à partir des IRM et des tomodensitométries que son patient avait récemment passées au Seattle General. Il s'agissait d'une technologie de pointe qui devait l'aider à mieux se préparer pour l'opération à venir.

Il fit chauffer l'huile de sésame dans une poêle, y jeta des légumes, et une délicieuse odeur envahit la cuisine. Il préparait le riz quand on frappa à la porte.

Un frisson d'impatience le traversa alors qu'il se hâtait d'aller ouvrir à Ayanna. En temps normal, il appréciait ses moments de solitude mais ce soir, il avait hâte d'échanger avec elle pour mieux la connaître.

Il lui montra sa chambre et, en la voyant tirer derrière elle deux grandes valises, il demanda :

— Vous prévoyez de rester quelques semaines, n'est-ce

pas ? J'ai l'impression que vous avez apporté assez de vêtements pour toute une année !

— J'aime avoir le choix, répondit-elle en posant ses valises au bout du grand lit. Et dans mon travail, l'apparence est importante.

— Bien sûr… Eh bien, je vais vous laisser vous installer pendant que je vérifie le dîner. Je prépare du poulet sauté. J'espère que vous avez faim.

— Oh oui ! Merci pour votre hospitalité.

Il attrapa la poignée de la porte.

— Je vous en prie. Je vous laisse vous installer, à tout à l'heure…

Troublé, il retourna à la cuisine. C'était mauvais. Très mauvais. Il ne voulait pas se sentir aussi proche de quelqu'un à nouveau. Et pourtant il l'avait invitée à séjourner ici, avec lui, dans cette suite. Quel idiot !

Tandis qu'il finissait de préparer le dîner, Max chercha en vain un moyen de garder ses distances. Ils prendraient leurs repas ensemble, iraient à l'hôpital et en reviendraient et se croiseraient dans les couloirs, rien de plus.

Cependant, ce qui l'effrayait – bien davantage que n'importe quelle opération chirurgicale délicate – c'est qu'elle réveillait en lui des désirs enfouis depuis longtemps…

Ayanna défit sa valise et se changea pour mettre un jean et un sweat-shirt noir trop grand. S'installer ici était pratique à bien des égards, mais moins si l'on considérait qu'elle devrait partager l'espace avec Max, le seul homme qui l'attirait plus que de raison. Elle avait bien essayé de refréner l'élan qui la poussait vers lui, mais jusqu'à présent, rien n'avait fonctionné. Elle avait donc prévu de se faire le plus discrète possible tant qu'elle serait ici. De ne pas se montrer plus amicale que nécessaire. Dans la mesure où ils étaient tous les deux très occupés, ça ne devrait pas poser de problème.

Mais quand elle sortit de sa chambre et aperçut Max dans

la cuisine, son cœur manqua un battement. Sa silhouette élancée, son allure décontractée la captivaient. Il était exactement son type d'homme : grand, brun et élégant, avec une touche de mystère…

Mais après la trahison de Will, Ayanna avait tout remis en question, surtout son instinct. Elle avait eu tort une fois. Qu'est-ce qui lui disait qu'elle ne se tromperait pas à nouveau ? Or elle ne supporterait pas de vivre un nouvel échec. Elle en était certaine.

Se forçant à sourire, elle redressa les épaules et se dirigea vers le salon. Elle se racla la gorge pour avertir Max de sa présence, puis demanda :

— Je peux vous aider ?

— Vous pouvez mettre la table, si vous voulez, répondit-il en désignant une pile d'assiettes posée sur l'îlot. Nous pouvons boire de l'eau, mais il y a aussi du soda.

— L'eau plate me convient très bien, dit Ayanna en prenant les assiettes. Comment s'est passé le reste de votre après-midi ?

— Bien. J'ai consulté quelques nouveaux patients, j'ai revu le roi et modélisé sa tumeur pour mieux préparer la chirurgie.

Ils s'installèrent à table et Ayanna se servit une portion de riz sauté.

— C'est délicieux. Vous êtes un bon cuisinier, docteur Granger.

— Merci, mademoiselle Franklin, dit-il en souriant.

Elle vit qu'une de ses incisives chevauchait un peu la dent voisine. Elle ne l'avait jamais remarqué auparavant, mais au lieu de nuire à sa beauté, cette petite imperfection ne faisait qu'ajouter encore à sa séduction.

Elle s'efforça de se concentrer sur leur conversation.

— Dites-m'en un peu plus sur cette modélisation. Ça a l'air fascinant.

Il lui parla de tumeurs cérébrales, de modèles axiaux et d'impression en 3D, tandis qu'elle faisait de son mieux pour assimiler tous les détails. Certains termes lui étaient familiers du fait du travail d'infirmière de sa mère, mais d'autres demeuraient totalement étrangers. Néanmoins, elle appréciait que quelqu'un alimente la conversation. Au début de sa relation avec Will, elle avait le plus grand mal à lui arracher quelques mots. Puis, plus tard, il avait pris l'habitude de ne plus parler que de lui. Elle serra sa fourchette entre ses doigts et leva les yeux vers Max. Comme il la regardait avec impatience, elle se rendit compte qu'il lui avait posé une question.

Elle prit une gorgée d'eau pour cacher son embarras.

— Pardon ?

— Je vous demandais comment s'était passé votre après-midi, répéta-t-il avant de prendre une bouchée. Avez-vous avancé sur la décoration ?

— Un peu.

Elle lui fit part de ses projets pour l'éclairage et l'agencement des tables, surprise et ravie qu'il ait posé la question.

— Je suis encore en train de réfléchir aux arrangements floraux. Il y a un fleuriste en ville qui fait du beau travail, mais je ne suis pas sûre que nous ayons assez de temps pour travailler avec lui. Quand je préparais la réception de mon mariage, il fallait s'y prendre quatre mois à l'avance.

Quand elle réalisa ce qu'elle avait laissé échapper, Ayanna retint une grimace. Elle n'avait pas l'intention d'évoquer son passé ou Will à nouveau mais, connaissant Max, il ne laisserait certainement pas tomber le sujet aussi facilement. Elle se rendit compte qu'il l'observait de nouveau avec ce regard impénétrable.

— Vous avez parlé de fiançailles rompues, mais j'ignorais que vous vous étiez mariée.

— Les noces n'ont pas eu lieu.

Il riva son regard au sien.

— Je suis désolé.

— Ce n'est rien.

Ayanna savait qu'elle aurait dû arrêter de parler, changer de sujet, mais elle ne put s'empêcher d'entrer dans les détails.

— Mon fiancé s'appelait Will. Will Barnett. Nous nous connaissions depuis le lycée et nous sommes sortis ensemble à l'université. Il travaillait dans la finance et tout le monde était persuadé que nous formions un couple parfait. Il m'a demandée en mariage le soir de la Saint-Sylvestre, au sommet de la Space Needle.

Elle but une gorgée d'eau pour se donner du courage, puis sourit tristement.

— Tout le monde appréciait Will. Il savait toujours ce qu'il fallait dire et faire. C'est probablement pour cela qu'il a gardé sa liaison secrète si longtemps.

— Oh…, murmura Max. C'est dur.

— Oui, très dur. Il est parti avec ma meilleure amie, Rinna, un mois avant le mariage. Puis il m'a rendue coupable de sa trahison, prétextant que je ne l'avais pas assez soutenu. Que j'avais fait passer ma carrière avant lui. Que j'étais tellement occupée à prendre soin des autres que j'avais négligé notre relation. Malgré tous mes efforts, j'ai été accusée d'avoir sabordé notre couple. Il a déménagé à Los Angeles il y a deux mois…

Devant l'expression sombre de Max, elle ressentit le besoin de s'excuser.

— Désolée. Je ne voulais pas m'épancher ainsi…

— Mais ce n'est pas grave, voyons !

Il termina son assiette, puis se leva pour débarrasser.

— Merci d'avoir partagé ça avec moi. Avez-vous dit à votre mère où vous alliez habiter ?

— Oui, elle est au courant.

Elle attrapa un torchon pour essuyer la vaisselle qu'il avait commencé à laver, puis changea de sujet.

— Et votre famille ? Vos parents, où habitent-ils ?

Elle le vit pincer les lèvres avant de répondre :

— Je n'ai plus aucune famille à proprement parler. Ma femme est décédée il y a deux ans, et mes parents sont morts quand j'avais dix-huit ans.

Prise au dépourvu, Ayanna hocha la tête. Il semblait si seul et désespéré qu'elle sentit son cœur se serrer. Spontanément, elle demanda :

— Que faites-vous pour Thanksgiving ?

— Je travaille. Comme tous les autres jours, répondit-il un peu trop vite. Pourquoi ?

Elle rit pour masquer son embarras.

— Ma mère prépare beaucoup trop de nourriture et elle aime avoir beaucoup d'invités à sa table.

Elle posa son torchon pour ranger les assiettes propres.

— Vous serez le bienvenu pour m'accompagner chez mes parents, si vous êtes disponible, proposa-t-elle.

Peut-être que si elle le présentait comme un ami sa présence détournerait l'attention des siens et éviterait les questions tant redoutées sur sa vie amoureuse. S'il acceptait…

— Je ne sais pas, répondit-il d'un air évasif. Je n'aime pas trop la période des fêtes, vous savez.

— Eh bien, l'invitation tient toujours, si vous changez d'avis.

Ils finirent de ranger la cuisine puis regagnèrent le salon. En le voyant s'asseoir sur le canapé et ouvrir son ordinateur portable, Ayanna décida de se remettre un peu au travail, elle aussi. Elle n'avait pas encore passé sa première nuit auprès de Max et pourtant, déjà, tout cela lui semblait totalement naturel.

— Je vais rédiger quelques mails, dit-elle. Merci pour ce dîner. Bonne nuit.

— Bonne nuit…

Quand il lui sourit, elle se sentit fondre, et elle regagna sa chambre le cœur battant.

7.

— Avez-vous des questions à me poser avant d'entrer ? demanda Ayanna le jeudi matin, alors qu'elle s'arrêtait devant la maison bleue et blanche de ses parents, à Redmond, dans la banlieue de Seattle. Plusieurs autres voitures encombraient déjà l'allée et le trottoir, ce qui signifiait que ses frères et sœurs étaient déjà arrivés.

Dehors, l'air était brumeux à cause de la pluie récente et les congères formées lors de la dernière chute de neige encore visibles. Un temps de novembre typique de l'État de Washington.

Elle se gara puis coupa le moteur, prenant quelques longues inspirations pour chasser sa nervosité. Elle aimait sa famille, mais ils pouvaient être… assez envahissants. Depuis leur dîner du dimanche, elle s'était longuement demandé si inviter Max était vraiment judicieux, mais finalement elle n'avait pas eu le cœur de le laisser seul dans la suite pour Thanksgiving. Et puis, il s'était montré si hospitalier qu'elle voulait lui rendre la pareille.

Elle résista à l'envie de prendre la main de Max. Ils étaient amis, maintenant, mais elle ne voulait pas qu'il se fasse de fausses idées. Elle avait aussi été très claire avec sa mère, quand elle l'avait appelée pour l'informer qu'elle viendrait accompagnée. Ce n'était pas un rendez-vous romantique. C'était juste un geste d'amitié d'une personne envers une autre. Personne ne devrait rester seul pour Thanksgiving.

Avec un soupir, elle défit sa ceinture de sécurité et se tourna légèrement pour faire face à Max.

— Ils vont probablement vous poser beaucoup de questions, mais ne vous sentez pas obligé d'y répondre, d'accord ?

— Je ne voudrais pas me montrer impoli, répondit Max en souriant. On y va ?

— On y va !

Ayanna tenait fermement les poignées de son sac à main, plus nerveuse qu'elle ne voulait bien l'admettre. Max était le premier homme qu'elle amenait dans sa famille depuis la rupture avec Will.

De plus, elle aimait beaucoup Max, plus qu'elle n'avait aimé quelqu'un depuis longtemps. Une fois la glace rompue, ils avaient découvert qu'ils avaient beaucoup en commun. Tous deux étaient des travailleurs acharnés, tous deux aimaient les documentaires scientifiques et avaient de hautes exigences envers eux-mêmes… Elle ne voulait pas qu'il se sente mal à l'aise aujourd'hui.

Cela faisait longtemps qu'elle n'avait pas rencontré quelqu'un avec qui elle s'entendait aussi bien. C'était presque effrayant de voir à quel point elle était en phase avec Max Granger. Hélas, tout cela n'était que temporaire, et elle ne devait surtout pas l'oublier. Tant qu'elle se rappelait qu'il repartirait après l'opération du roi, tout irait bien. Elle lui adressa ce qu'elle espérait être un sourire rassurant.

— Allez, entrons avant qu'ils viennent nous chercher !

Max se pencha vers elle pour lui confier :

— C'est la première fois que je passe Thanksgiving en famille depuis la mort de ma femme…

Cette fois, elle ne put résister à l'envie de le toucher. Sa main était chaude et douce sous la sienne.

— Perdre quelqu'un à qui on tient est terrible, et particulièrement dur à cette période de l'année. Mais je suis contente que vous soyez là.

Leurs regards restèrent un instant rivés l'un à l'autre. Finalement, Max hocha la tête, ses larges épaules se détendant sous le pull bleu marine qu'il portait par-dessus un T-shirt et un jean. Il fronça les sourcils en regardant sa main qui recouvrait la sienne.

— C'est la rupture qui vous rend nerveuse aujourd'hui ?

— C'est un peu difficile, d'être ici. Ma mère dépend de moi plus que de mes frères et sœurs et j'ai l'impression que je dois m'occuper de tout le monde, et m'assurer que tout va bien avant de pouvoir m'amuser. Comme à l'époque où je les gardais quand nous étions plus jeunes, dit-elle.

Elle laissa échapper un long soupir avant d'ajouter :

— Ne vous méprenez pas. J'aime ma famille. Ce serait juste bien de ne pas avoir à me soucier des autres tout le temps. Bref : mon père est un professeur d'histoire à la retraite. Il vous parlera sans arrêt de la guerre civile et de la garde prétorienne, ses deux sujets favoris. Et ma mère est une infirmière urgentiste à la retraite qui a tout vu et tout fait. Elle est très curieuse…

Max lui serra doucement la main.

— Eh bien, au cas où j'oublierais de le dire plus tard, merci de m'avoir invité. J'ai hâte de rencontrer le clan Franklin ! dit-il en ouvrant sa portière.

Ce ne fut pas aussi terrible que Max l'avait prévu, même lorsque Ayanna disparut dans la cuisine avec sa mère, pour aider à préparer le dîner mais probablement aussi pour parler de lui. En fait, alors que tous s'installaient autour de la grande table de la salle à manger couverte de victuailles, Max ressentit une chaleur qu'il n'avait pas éprouvée depuis longtemps. Tout était délicieux, comme Ayanna l'avait dit, et il se promit de demander plusieurs recettes à sa mère avant leur départ.

— Alors, vous êtes neurochirurgien, n'est-ce pas ? lança le père d'Ayanna depuis l'extrémité de la longue table à manger. Vous avez déjà travaillé avec des vétérans ? Il y a beaucoup de documentation sur les blessures à la tête pendant la guerre civile.

— Papa ! gémit Ayanna en posant sa main sur l'avant-bras de Max. S'il te plaît, il vient juste d'arriver. En plus, c'est son jour de congé. Je suis sûre que Max n'a pas envie de parler de travail aujourd'hui.

Max prit une bouchée de dinde, avant de répondre :

— Je le savais, monsieur Franklin. En fait, à l'école de médecine, j'ai rédigé un mémoire qui portait sur le traitement des blessures de guerre pendant cette période.

— Intéressant !

En voyant le vieil homme sourire sous sa moustache, Max se détendit un peu.

— Nous en parlerons après le dîner, alors. Et, s'il vous plaît, appelez-moi Harry.

Max eut soudain l'impression d'avoir marqué des points et en fut très heureux, même s'il n'y avait pas vraiment de raison de se réjouir. Après tout, il ne reverrait probablement jamais ces gens après avoir quitté Seattle. Pourtant, l'idée d'être accepté par la famille d'Ayanna chassa l'espace d'un instant sa mélancolie.

— Merci, Harry, dit-il avant de se tourner vers la mère d'Ayanna. Et merci, madame Franklin, de m'avoir reçu aujourd'hui. Tout est délicieux et votre maison est magnifique. J'aime cuisiner un peu moi-même. Nous pourrons parler recettes plus tard, si vous le voulez bien.

— Oh oui ! roucoula Mme Franklin. Enfin un homme avec qui on peut parler de cuisine ! Appelez-moi Narissa, je vous en prie…

Elle avait le même sourire qu'Ayanna, remarqua Max.

— Peut-être qu'après le dîner Ayanna pourra vous faire faire une visite complète de la maison, ajouta-t-elle, tirant Max de ses pensées. Harry et moi l'avons construite quand Ayanna n'était encore qu'un bébé. À l'époque, les prix par ici étaient plus raisonnables. Nous avons eu la chance d'arriver avant le grand boom immobilier de Seattle.

Soudain, Brandon, un des frères d'Ayanna, s'adressa à Max.

— Vous pourrez jeter un coup d'œil à mon épaule plus

tard ? Je me suis déchiré quelque chose à la salle de sport le mois dernier et mon bras continue de me lancer la nuit quand j'essaie de dormir.

Ayanna lui jeta un regard contrarié.

— Bran, tu es sérieux ? Tu as oublié qu'on ne travaillait pas aujourd'hui ?

Max fixait son assiette, soudain songeur. Ayanna était charmante quand elle prenait sa défense. D'ailleurs, elle était toujours charmante…

Cette pensée le fit frémit malgré lui. Il n'avait pas à penser à Ayanna de cette façon, surtout maintenant qu'ils partageaient la suite. Oui, ils avaient passé beaucoup de temps ensemble depuis dimanche et il en savait plus sur elle – comment elle aimait ses œufs, quel parfum elle portait et sa manie de garder ses chaussettes la nuit. Ce n'était pas une raison pour franchir la ligne rouge. Il ne voulait plus jamais être impliqué dans une relation amoureuse. Il ne voulait pas se sentir vulnérable, ni souffrir. Il était parfaitement heureux ainsi, dans sa vie de bourreau de travail solitaire.

En tout cas, il en était certain quand il était arrivé à Seattle. Mais maintenant, assis dans cette salle à manger bruyante remplie de rires et de chaleur humaine, il n'en était pas si sûr. Comme Brandon le regardait toujours d'un air interrogateur, Max hocha la tête.

— Bien sûr, je peux jeter un coup d'œil à votre épaule. Ma spécialité est le cerveau, mais je devrais quand même pouvoir établir un diagnostic.

Max sentait le regard d'Ayanna sur lui, alors il se concentra sur son assiette au lieu de la regarder, de crainte qu'elle voie dans ses yeux les émotions contradictoires qui l'agitaient. Heureusement, la conversation se poursuivit autour de lui tandis qu'il terminait son repas et repoussait son assiette.

— Nous avons de la tarte au potiron pour le dessert, lança Narissa en se levant pour débarrasser. Ayanna, peux-tu montrer à Max le reste de la Casa Franklin ? Je ne veux voir personne dans ma cuisine, sauf tes frères et sœurs qui sont de corvée de vaisselle !

Ayanna se leva et lui fit signe de la suivre hors de la salle à manger.

— Venez…

Ils commencèrent par le salon, avec son plancher de bois clair et son haut plafond cathédrale. Un escalier était adossé au mur du fond, surplombé d'une mezzanine. La maison était lumineuse, ouverte et accueillante, et rappelait à Max celle que Laura et lui avaient achetée à Long Island, lorsqu'il travaillait régulièrement à Manhattan.

— Vous voyez la coursive, là-haut ? demanda Ayanna en pointant du doigt le deuxième étage. James et Brandon ont sauté de là après avoir vu Iron Man. Heureusement qu'ils avaient mis des matelas pour amortir leur chute. J'ai cru que maman allait les tuer, ce jour-là !

— J'imagine, dit Max, en la suivant dans la salle multimédia, une pièce claire et aérée, décorée dans des tons de gris clair et de bleu.

Un mur comportait des fenêtres et une grande télévision à écran plat était fixée sur un autre. L'éclairage encastré dans le plafond, les haut-parleurs et les fauteuils confortables indiquaient qu'il s'agissait d'un endroit de détente prisé de tous. Ils visitèrent ensuite le bureau de M. Franklin avant de se rendre à l'étage.

De là-haut, le bruit et les rires de la famille étaient étouffés, et Max eut l'impression de se retrouver dans une bulle. Ayanna regarda par-dessus la balustrade puis se tourna vers lui.

— As-tu apprécié le dîner ?

Ce tutoiement soudain le surprit et le réjouit tout à la fois, et il y répondit le plus naturellement du monde.

— Oh oui ! J'aime bien ta famille.

Il était sincère. Il ne s'était pas senti aussi détendu depuis longtemps, et il lui en était reconnaissant.

— J'ai passé un moment merveilleux, en fait.

Quand elle inclina la tête et lui sourit, il sentit son cœur chavirer.

— Ah oui ?

Leurs regards restèrent longtemps rivés l'un à l'autre, puis Ayanna se racla la gorge et s'éloigna de lui pour continuer la visite.

Elle lui montra plusieurs petites chambres, en indiquant celles qui avaient appartenu à ses frères et sœurs, avant de s'arrêter sur une pièce au fond du couloir.

— Et voici mon ancienne chambre.

Il entra, nota les murs violets et le parquet brillant, le petit lit et les photos encadrées au mur montrant Ayanna enfant, puis adolescente. Elle était ravissante, en pom-pom girl comme en danseuse. On la voyait aussi avec un groupe de petites filles vendant des cookies. Une douleur douce-amère lui serra le cœur quand il lança :

— On dirait que tu as essayé beaucoup d'activités dans ta jeunesse ! Moi, la seule chose à laquelle mes parents me permettaient de participer était le club scientifique, et c'étaient les nounous qui faisaient la navette pour m'y accompagner.

Ayanna fronça les sourcils.

— Tu as grandi avec des nounous ?

— Oui. Mes parents travaillaient tout le temps et ne pouvaient pas être à la maison avec moi, alors ils ont engagé du personnel. Heureusement qu'ils n'avaient qu'un seul enfant à gérer !

Ayanna s'approcha et posa la main sur son bras.

— Tu as dû avoir une enfance très solitaire. Je suis désolée.

— Ils n'étaient pas de mauvais parents, juste des adultes trop occupés. Et je n'ai jamais manqué de rien.

— Sauf d'un peu d'attention, murmura-t-elle en secouant la tête. Et d'amour…

Max prit une grande inspiration puis se força à sourire, soudain impatient de sortir de cette pièce qui lui semblait exiguë et surchauffée, tout à coup.

— Et maintenant, où allons-nous ?

— La visite est terminée, je le crains, répondit Ayanna dans un sourire.

Ils regagnèrent le salon et s'assirent sur un petit canapé, contre le mur. Ayanna retira ses chaussures et glissa un pied sous elle.

— Il y a une terrasse à l'arrière, mais comme il pleut il va falloir attendre un peu.

— D'accord, dit-il en s'adossant confortablement. Merci pour la visite.

— Merci d'être venu…

Elle avait mis un jean et un pull, comme lui, et, incapable de résister, il se pencha vers elle, comme il en avait envie depuis ce qui semblait être une éternité. Ses yeux s'agrandirent et elle écarta légèrement les lèvres pour accueillir son baiser. Max n'était pas sûr de ce qu'il faisait, mais il avait le sentiment qu'il perdrait quelque chose en refrénant cet élan.

Il s'attendait à ce qu'elle s'écarte rapidement de lui, mais elle n'en fit rien. Quand elle lui rendit son baiser, le reste du monde disparut soudain. Le souffle court, il recula. Une petite voix dans sa tête lui soufflait de ne pas aller trop vite, de rester prudent…

Ayanna gémit tandis qu'il glissait la main dans ses cheveux, la serrant contre lui, pris de la même fièvre qu'elle. Cela faisait trop longtemps qu'il n'avait pas tenu quelqu'un contre lui, qu'il n'avait pas senti un cœur s'emballer près du sien, qu'il n'avait pas…

Ils se séparèrent à la hâte en entendant quelqu'un crier :

— Le dessert est servi !

Troublés à l'extrême, ils retournèrent à la salle à manger et mangèrent de la tarte, mais Max en distingua à peine le goût. À chaque fois qu'il croisait le regard d'un membre de la famille, il avait l'impression qu'il savait ce qui s'était passé sur le petit canapé du salon. Ou peut-être que c'était sa propre conscience qui le torturait. Il avait agi comme un imbécile, n'écoutant que son instinct et son désir du moment…

La discipline qu'il s'imposait la plupart du temps l'avait

soudain déserté, et il était allé trop loin, c'était évident. Ce qu'il n'arrivait pas à s'expliquer, cependant, c'était l'attirance qu'il ressentait pour Ayanna. Une attirance plus forte encore, maintenant qu'il l'avait embrassée. Le désir ardent de la tenir, de la toucher et de la goûter de nouveau l'envahit tout entier, envoyant valser toutes ses résolutions.

Les heures suivantes se déroulèrent dans un étrange brouillard. Max regarda un match avec toute la famille sans y prêter vraiment attention. Ayanna examina l'épaule de son frère et lui conseilla de consulter son médecin de famille pour une radiographie et éventuellement une rééducation. Puis, une fois venu le moment de prendre congé, Ayanna et lui firent leurs adieux, et repartirent avec des recettes écrites à la main par Narissa. Quand ils reprirent la route, le conflit qui le taraudait avait atteint son paroxysme, et Max songea qu'il avait besoin de réponses. Oui, il fallait absolument qu'il clarifie les choses.

— Je voulais te dire, à propos de ce qui s'est passé dans le salon…

— Oublie ça, d'accord ? dit Ayanna sans le regarder, apparemment aussi perturbée que lui par leur baiser. N'en parlons plus. C'est mieux comme ça.

Bien. En effet, c'était la meilleure chose à faire. Il hocha la tête et se concentra sur la route. Ce baiser avait été une erreur. Une aberration. Ils devaient tous les deux aller de l'avant et ne plus jamais y penser.

Pourtant, alors qu'ils roulaient dans le centre-ville de Seattle, Max ne pouvait plus penser qu'à Ayanna…

8.

— Non, je suis désolée. Nous n'avons aucune information à communiquer sur les victimes de l'accident de la semaine dernière, dit Ayanna au journaliste à l'autre bout du fil.

Elle avait passé la majeure partie de la journée à répondre aux appels avec son équipe, et pourtant ils continuaient à arriver.

— Oui, c'est une déclaration officielle. Merci.

Elle raccrocha et se prit la tête dans les mains. Il était presque 16 heures et elle n'avait pas encore eu le temps de travailler sur l'organisation du gala de charité. Ce manque de productivité avait sans doute aussi un rapport avec le fait qu'elle avait mal dormi la nuit précédente, se repassant encore et encore ce stupide baiser échangé avec Max…

Pourquoi l'avait-elle laissé l'embrasser ? Ayanna l'ignorait, mais elle était certaine que cela ne se reproduirait pas. D'abord, s'engager dans une relation était une complication de plus dont elle n'avait pas besoin en ce moment. Bien sûr, Max était merveilleux. Oui, la cohabitation se passait à merveille entre eux. Oui, sa famille l'avait adopté tout de suite. En fait, ils avaient bombardé son téléphone de messages toute la journée. Mais aucune de ces raisons n'était suffisante pour s'amouracher de lui.

N'est-ce pas ?

Elle posa la tête dans ses bras repliés sur son bureau. Si seulement elle pouvait se fier à ce que son instinct lui soufflait – que Max n'était pas comme Will, qu'il l'appréciait, qu'il la comprenait comme Will ne l'avait jamais fait ! Hélas, elle ne pouvait pas. Même maintenant, des mois après la rupture, sa confiance en elle était toujours au plus bas.

Ayanna gémit et ferma les yeux. Non. Elle ne pouvait pas revivre ça. La trahison de Will l'avait fait douter d'elle-même et du jugement qu'elle portait sur les gens. Si elle ne faisait pas les bons choix, qui pouvait lui assurer qu'elle ne commettrait pas une erreur en le laissant entrer dans sa vie ?

Elle s'inquiétait pour rien. Les choses n'iraient pas trop loin avec Max parce qu'ils étaient tous les deux d'accord pour oublier ce baiser de la veille. C'était terminé. Oui, terminé.

Sauf qu'à chaque fois qu'elle fermait les yeux, des images d'eux sur le canapé revenaient la hanter. Et le fait que Max soit non loin d'elle, dans son bureau, n'aidait pas beaucoup.

Quand on frappa à la porte, elle se redressa d'un mouvement vif et lissa ses cheveux avant de lancer :

— Entrez !

La tête de Max apparut dans l'entrebâillement de la porte, et elle sentit son cœur battre plus vite.

— Salut. On part toujours à 17 heures ?

Elle fronça les sourcils, puis consulta son téléphone.

— Eh bien… Est-ce que ce serait possible de se retrouver plutôt vers 16 h 30 ? demanda-t-elle. Je dois faire un arrêt chez un fournisseur sur le chemin de l'hôtel, si ça ne te dérange pas.

Max sortit son propre téléphone, et les lumières du plafond révélèrent des ombres grises sous ses yeux, suggérant qu'elle n'avait peut-être pas été la seule à souffrir d'insomnie la nuit dernière. Cette pensée la rasséréna quelque peu, pour des raisons qu'elle préféra ne pas creuser.

— Oui, ça devrait être faisable pour moi. J'ai des rapports à lire et deux comptes rendus à rédiger, mais je devrais pouvoir terminer à temps. Je reviendrai te chercher quand je serai prêt.

— Ça me paraît parfait…

Une fois Max parti, elle laissa échapper un long soupir. Les choses entre eux semblaient revenues à la normale. Du moins était-ce son impression, mais peut-être cherchait-elle trop à analyser le moindre regard, la moindre réplique. Elle aimait bien avoir deux longueurs d'avance sur les autres, anticiper leurs désirs et leurs besoins, les faisant passer avant les siens propres.

Oh ! mon Dieu ! Elle se prit de nouveau la tête dans les mains. Voilà qu'elle essayait encore de tout arranger. Ne pourrait-elle pas faire une pause, pour une fois ? Se contenter de vivre les événements au lieu de tenter de les influencer ? Elle fronça les sourcils en regardant le sapin de Noël miniature sur son bureau, dont l'unique guirlande rouge faisait triste mine – comme elle.

Même sa famille avait semblé la traiter différemment quand Max était là, n'attendant pas d'elle qu'elle règle tous leurs problèmes, pour une fois, la laissant simplement profiter de sa journée. C'était bizarre, merveilleux et complètement déconcertant…

Malgré sa fatigue, elle fit de son mieux pour se remettre à travailler sur le menu du gala. La course dont elle avait parlé à Max concernait le dessert. Étant donné qu'il savait cuisiner et était fin gastronome, elle avait pensé qu'elle pourrait mettre ses compétences à l'épreuve en lui demandant de l'aider à le choisir. Il restait un peu plus de deux semaines avant la soirée caritative, et si elle n'arrêtait pas rapidement le menu avec le traiteur, les invités finiraient par grignoter du fromage et des chips – ce qui n'était pas vraiment un bon moyen d'impressionner ses nouveaux patrons ou les donateurs.

Les trente minutes suivantes s'écoulèrent dans un tourbillon d'appels téléphoniques, de chiffres et de descriptions de plats gastronomiques qui semblaient soit trop sophistiqués, soit trop simples à son goût. L'une des clés d'un événement réussi était d'étonner ses hôtes en leur proposant des mets originaux… Mais pas trop. Finalement, elle avait réduit son choix à quelques propositions et décidé de les goûter avant de passer sa commande définitive. Peut-être que Max pourrait donner son avis ?

Elle rassembla ses affaires, puis éteignit son ordinateur et dit au revoir à ses collègues avant de sortir de son bureau pour rejoindre Max près des ascenseurs.

Il avait changé sa blouse pour un jean et un col roulé noir qui avait l'air si doux qu'elle dut se retenir pour ne pas céder à son envie de passer la main sur son torse. Elle agrippa la bandoulière de son cabas de cuir fauve et fixa la porte de l'ascenseur, droit devant elle.

Ressaisis-toi, Ayanna !

L'ascenseur stoppa devant eux et il lui tint la porte pour qu'elle monte en premier. Alors qu'elle passait devant lui, Ayanna perçut des effluves de bois de santal et de cèdre. En un éclair, toutes ses bonnes intentions s'envolèrent, et elle sentit ses jambes près de se dérober. Le goût de sa bouche sur la sienne lui revint, et elle ferma les yeux.

C'était mauvais. Très mauvais. Et si elle avait tout interprété de travers ? Et si Max n'était pas l'homme bienveillant et digne de confiance qu'elle croyait ? Et s'il ressemblait à Will ? Et si…

— Où est-ce qu'on va ? demanda-t-il. J'imagine que cela a un rapport avec le gala de charité, non ?

Oh…

Elle rassembla les pans de son trench-coat rouge autour d'elle, comme un bouclier.

— Dans une pâtisserie. J'ai pensé que tu pourrais m'aider à choisir le dessert de la soirée.

Elle sourit devant son regard surpris.

— Quoi ? Tu as dit que tu voulais m'aider, et j'aurais bien besoin d'un second avis pour être sûre de faire le bon choix.

— D'accord.

— Et ne t'inquiète pas pour le repas de ce soir. J'ai aussi commandé des échantillons des menus du dîner pour que nous les goûtions.

— Intéressant, dit Max avec un petit signe de tête. Ça a

été une rude journée et j'ai bien envie de déguster un gâteau pour oublier ça !

— Tout à fait d'accord, dit-elle, avant de se tourner vers lui : pas de mauvaises nouvelles du roi, j'espère ?

— Non. Son état est toujours stationnaire.

Il n'en dit pas plus, ce qu'elle jugea très respectueux des règles de l'hôpital, conçues pour protéger la vie privée des patients.

Quand la porte s'ouvrit sur le rez-de-chaussée, ils sortirent et traversèrent la rue jusqu'à sa voiture. Max monta côté passager et boucla sa ceinture de sécurité tandis qu'Ayanna s'installait au volant et jetait son sac sur la banquette arrière.

— C'est l'endroit où je suis allé l'autre jour pour déjeuner ? voulut savoir Max. Le Thunderbird Café ?

— Non. Celui-ci est spécialisé dans les gâteaux et ils font des choses vraiment innovantes avec des saveurs insolites, donc j'ai hâte de découvrir leurs créations. Ils ont été élus meilleurs pâtissiers de Seattle par un magazine gastronomique local. Je me suis dit que leur commander des desserts pour le gala pourrait me faire marquer des points auprès de nos plus importants donateurs.

— Bonne idée, dit Max en réprimant un bâillement. Je suis épuisé !

— Moi aussi, dit-elle alors qu'ils roulaient dans les rues de Seattle en direction de Sweetie Pie, heureuse d'avoir dissipé la gêne qui menaçait de s'installer entre eux.

Ils discutèrent de tout et de rien. Il lui parla de quelques consultations qu'il avait faites aux urgences – une victime d'accident de voiture et une enseignante qui avait fait une chute au travail – et ils évitèrent tous les deux d'aborder le sujet de leur baiser de la veille. Dieu merci !

Finalement, ils arrivèrent à la pâtisserie et elle se gara derrière le bâtiment de brique rouge, sur l'avenue Carlton, puis coupa le moteur.

— Nous y sommes. Rentrons vite avant d'être en retard.

— Voici notre gâteau pêche-framboise parfumé au bourbon, expliqua la propriétaire, une femme d'une trentaine d'années avec des lunettes et un tatouage d'oiseau-tonnerre sur le bras, dix minutes plus tard. Il est à base de génoise fourrée d'un bavarois aux fruits frais et décorée d'un glaçage au fromage frais.

Max prit une bouchée de gâteau et se crut arrivé tout droit au paradis. Sucré mais pas trop et très légèrement alcoolisé, le dessert était divin. Il jeta un coup d'œil à Ayanna pour voir sa réaction. Grossière erreur… Jusque-là, il avait évité de penser à ses lèvres, mais un seul regard sur elle, ses yeux fermés et sa tête légèrement renversée en arrière, suffit à lui faire perdre tout contrôle. Son sang se mit à bouillir dans ses veines et son cœur à battre follement. Il essuya ses paumes humides sur son pantalon et fit de son mieux pour ignorer son petit gémissement de plaisir.

Non. Non, non.

Il ne se reconnaissait pas dans cet homme régi par ses émotions.

L'esprit en déroute, il secoua la tête pour chasser les pensées érotiques qui l'envahissaient. Il était là pour aider Ayanna à choisir un gâteau pour le gala, rien de plus. Mais comment ne pas songer au désir qui le taraudait, en ce moment précis ?

Heureusement, Ayanna ne sembla pas remarquer son trouble.

— Qu'est-ce que tu en penses ?

Je pense que j'aimerais reprendre là où nous nous sommes arrêtés hier, avec ce baiser…

Il réprima les mots qui lui venaient à l'esprit, avant de prendre une gorgée d'eau dans le gobelet en plastique que la pâtissière venait de poser devant lui.

— Celui-ci est délicieux, dit-il d'une voix étrangement rauque, mais nous devrions en goûter plusieurs avant de nous décider.

— D'accord.

Bientôt, leurs assiettes furent remplacées par d'autres, garnies d'une nouvelle pâtisserie. Max prit une bouchée de gâteau au chocolat noir et au praliné. Intrigué, il chercha à distinguer le parfum original qu'il percevait dans la crème tandis qu'Ayanna demandait :

— Et c'est quoi, celui-ci ?

— C'est notre dernière création, un millefeuille au chocolat fourré d'une ganache au chocolat légèrement aromatisée à la fève tonka.

Max n'écoutait qu'à moitié, l'esprit encore agité par la vision d'Ayanna dégustant sa pâtisserie. Il l'aimait beaucoup, oui, bien plus qu'il n'aurait dû, mais il ne voulait surtout pas aller plus loin avec elle. Ils étaient amis. Rien de plus.

Des amis qui s'étaient embrassés…

Il se concentra sur les saveurs de son gâteau pour chasser le souvenir du goût de la bouche d'Ayanna. Il y avait une légère amertume dans ce gâteau, compensée par le glaçage, plus doux. L'ensemble était très harmonieux, et très réussi, mais d'après la réaction d'Ayanna, celle-ci ne l'avait pas apprécié.

— Je dois dire que ce n'est pas mon préféré, dit-elle en repoussant doucement son assiette. J'adore le chocolat, mais je préfère la fraîcheur des fruits.

La pâtissière sourit.

— Je comprends. Passons au gâteau suivant, d'accord ?

Elle plaça une nouvelle tranche devant chacun d'eux, décorée d'un glaçage marbré couleur de miel.

— On l'appelle le Nuage anglais. C'est un biscuit parfumé au thé Earl Grey imbibé de sirop de miel et fourré de crème mascarpone à la bergamote. C'est la création dont je suis la plus fière.

Ayanna prit une bouchée et ses yeux s'écarquillèrent. Elle engloutit rapidement une deuxième, puis une troisième bouchée.

— Miam ! J'adore celui-là.

Max était d'accord. Le goût de thé était discret, mais la bergamote et la crème au mascarpone rehaussaient la saveur du biscuit.

— Je vote pour celui-là, moi aussi, déclara-t-il.

Ayanna sourit.

— Je pense que nous avons trouvé ce qui nous convenait, dit-elle. Notre gala aura lieu le soir du 12 décembre au Polar Club. Nous devrons pouvoir servir deux cents personnes. C'est possible ?

La pâtissière ouvrit un classeur.

— Oui. Nous devrions être en mesure de répondre à cette demande. Heureusement que vous vous y prenez un peu à l'avance !

— Tu devrais commander d'autres gâteaux, suggéra Max en désignant l'une des pâtisseries végétaliennes qu'ils avaient goûtées plus tôt, juste au cas où certains donateurs auraient des allergies alimentaires.

Ayanna acquiesça.

— Oui, c'est une bonne idée. J'ai tellement de choses en tête que je n'y ai pas pensé. Puis-je modifier ma commande et ajouter quelques gâteaux végétaliens, s'il vous plaît ? Honnêtement, ils sont si savoureux qu'on ne remarque pas qu'ils ne contiennent ni œufs ni beurre.

— Bien sûr.

La jeune femme prit quelques notes supplémentaires puis rédigea une facture.

— Autre chose ? Si vous changez d'avis après ce soir, il y aura un supplément.

— Non. C'est parfait.

Ayanna signa et présenta sa carte de crédit au nom de l'hôpital.

Ils prirent congé et regagnèrent la voiture. Le crépuscule s'était installé et les lampadaires diffusaient une douce lumière orange. Ayanna démarra, puis se tourna vers Max, occupé à boucler sa ceinture de sécurité.

— Merci pour ton aide. J'espère que tu n'es pas dégoûté des pâtisseries, après ça !

— Pas de problème, répondit-il en riant. Je veux dire, manger un gâteau est une épreuve, mais je suis prêt à souffrir.

— Tant mieux.

Elle le vit sourire dans la semi-pénombre, et sentit renaître entre eux cet étrange lien qu'elle avait essayé de toutes ses forces de briser.

— Et commander des gâteaux végétaliens était une bonne idée, ajouta-t-elle. Cela sera sans doute très apprécié de nos hôtes les plus exigeants.

— Je suis ravi d'avoir pu t'aider, dit-il, résistant à l'envie de repousser les boucles tombées sur sa joue. Nous formons une bonne équipe, tu ne trouves pas ?

— Oui, en effet.

Elle déglutit avec peine et son regard chavira de manière si furtive qu'il l'aurait manqué s'il ne s'était pas concentré sur elle avec autant d'attention. Le souffle court, il la regarda s'insérer dans la circulation, puis prendre une profonde inspiration avant de dire :

— Après le dessert, allons maintenant goûter les entrées et les plats à l'hôtel !

— Excellent programme ! répliqua-t-il en regardant défiler le paysage par la vitre, pour éviter de la dévorer des yeux.

9.

— Todd, tu peux me passer une autre décoration, s'il te plaît ? demanda Ayanna du haut d'une échelle, dans l'atrium vitré de l'hôpital.

Près d'elle se trouvait un imposant sapin. C'était une tradition ici, au Seattle General, dès le 1er décembre, même si l'ajout d'ornements faits à la main par des enfants de tout le pays atteints de cancer était nouveau, tout comme les cadeaux laissés sous l'arbre par le personnel pour être distribués dans les services de pédiatrie.

C'est Ayanna qui avait eu ces idées, pour renforcer l'image philanthropique de l'hôpital, principal bienfaiteur de la ville. Jusqu'à présent, l'arbre et les cadeaux avaient eu beaucoup de succès, de nombreuses personnes s'arrêtant pour prendre des photos, même avant l'ajout des décorations.

Soudain, une voix retentit au pied du sapin.

— Que diriez-vous d'un cadeau de l'Indiana ? Je ne pense pas que cet État soit encore représenté ici.

— Euh, est-ce que l'Ohio fera l'affaire ? dit une autre voix, familière celle-ci.

Ayanna se figea, puis baissa les yeux et découvrit Max qui tenait un petit globe en verre peint avec le nom 'Justin' griffonné dessus en rouge et vert, et entouré de paillettes arc-en-ciel. Chaque enfant était encouragé à créer sa propre décoration.

— Il me semble que cette boule serait très bien tout en haut du sapin, suggéra-t-il.

Elle se pencha pour l'attraper, et l'accrocha à la branche qu'elle avait choisie.

— En effet, c'est très joli… Merci.

Une fois descendue de l'échelle, elle lui offrit son plus beau sourire.

— Qu'est-ce que tu fais ici ? demanda-t-elle. Tu n'as pas de patients cet après-midi ?

— Si, mais j'ai fini ma tournée plus tôt.

Il lui prit le bras et ils reculèrent tous deux pour juger de l'effet produit par le sapin décoré.

— Une journée sans beaucoup d'urgences neurologiques est à la fois rare et très appréciée, expliqua-t-il.

— J'imagine !

Elle observa l'arbre avec attention, à la recherche d'endroits dénudés ou, au contraire, trop chargés. Les guirlandes argentées et dorées captaient la lumière qui filtrait à travers l'atrium et scintillaient presque autant que les guirlandes lumineuses accrochées aux branches. Les personnes qui montaient et descendaient l'escalier roulant derrière l'arbre semblaient tout aussi impressionnées, nota-t-elle. Cependant, il y avait un endroit où le décor n'était pas tout à fait équilibré.

Ayanna leva un doigt pour demander à Max de s'interrompre un instant, puis lança à son assistant :

— Todd ? Peux-tu, s'il te plaît, répartir ces décorations de manière qu'elles soient uniformément espacées ? Non, un peu plus à gauche et vers le haut sur trois branches. Oui ! Bien. Merci.

Satisfaite, elle se tourna vers Max.

— Tu es prêt à partir ? Il me reste environ une heure avant que tout soit terminé ici. Nous devons encore accrocher le gui et ajouter des lumières et des guirlandes dans le reste du hall.

Elle fronça les sourcils avant d'ajouter :

— Je suppose que tu ne veux pas nous aider, n'est-ce pas ?

— Je préfère m'abstenir, car je ne suis pas sûr d'être très doué pour cela, répondit-il simplement. Mais je suis certain que je peux trouver quelque chose pour occuper mon temps jusqu'à ce que tu sois prête à partir.

Ayanna voulut lui répliquer que tout le monde savait accrocher une guirlande dans un sapin, mais un bruit de verre brisé l'en empêcha. Elle leva les yeux vers Todd, qui lui jeta un regard penaud.

— Désolé, dit le jeune homme. Au moins, ce n'était pas une boule peinte à la main, mais une décoration achetée au supermarché.

— Ce n'est pas grave, dit Ayanna, mais prends garde de ne pas tomber de l'échelle, surtout.

Près d'elle Max ne put s'empêcher de rire en silence.

— Il ne s'y prend pas très bien, lui souffla-t-il.

— Tu trouves ?

Elle se retourna pour observer son assistant, puis demanda :

— Comment peut-on mal s'y prendre pour décorer un sapin ?

— Il y a une façon correcte d'enrouler les fils autour des branches pour obtenir un effet esthétique et limiter le risque de court-circuit. De plus, tout cela manque d'harmonie, je trouve…

Ayanna leva un sourcil.

— Décorer un sapin n'est pas une science exacte, Max. Ce n'est pas comme la chirurgie du cerveau.

— Ah ah ! Très drôle.

Il roula des yeux puis posa les mains sur ses épaules pour la retourner face à l'arbre. Elle perçut la chaleur de son corps à travers son blazer noir, et sentit vaciller ses genoux. Son instinct lui criait de s'éloigner de la tentation, mais ses pieds refusaient de lui obéir et restaient cloués au sol. Max fit un pas de côté pour lui montrer l'endroit où Todd travaillait.

— Regarde… Sur le côté droit, vous avez accroché des boules de taille identique, et de l'autre côté, les couleurs sont toutes les mêmes, ce qui crée un déséquilibre de la composition tout entière, tu vois ? Si l'on mélange les tailles et les couleurs, on améliore l'ensemble en lui donnant un aspect plus harmonieux.

Ayanna voulut contester son avis, mais elle se retint. Il avait raison. Une fois de plus.

— Pour quelqu'un qui déteste Noël, tu sembles en savoir long sur le sujet. Ta femme a dû bien te former.

À l'instant même où elle prononçait ces paroles, elle les regretta. Hélas, elle ne pouvait pas les retirer ! Elle qui pesait toujours ses mots et savait ménager la sensibilité des autres venait de faire tout l'inverse avec Max. Et le pire, c'est que ce n'était pas la première fois.

Quand il s'éloigna d'elle, la chaleur qu'il dégageait lui manqua immédiatement. Ayanna murmura par-dessus son épaule :

— Je suis désolée. Je ne voulais pas…

— Non. C'est bon.

Son expression distante disait le contraire.

— Je vais remonter dans mon bureau pour finir quelques petites choses. Je te retrouve près des ascenseurs à 17 heures, comme prévu, d'accord ?

Ayanna le regarda s'éloigner, la mort dans l'âme. Comment se faire pardonner ce faux pas ? Alors qu'entre eux, les choses étaient finalement revenues à la normale, voilà qu'elle avait tout gâché !

Elle n'arrivait toujours pas à oublier ce qui s'était passé chez ses parents et à passer à autre chose, mais c'était son problème, pas le sien. Elle aimait bien Max. Bien plus qu'elle n'aurait dû, mais encore une fois, il n'était pas responsable. Elle aimait parler avec lui, passer du temps avec lui, recueillir son avis sur une foule de sujets. Il s'était révélé un atout précieux pour elle et elle n'aimait pas le voir blessé, surtout à cause d'elle.

Elle voulait qu'il sourie, qu'il soit détendu et joyeux. Hélas, elle devrait attendre un peu avant de pouvoir s'expliquer avec lui.

Le cœur lourd, elle alla aider Todd à réagencer les décorations suivant les conseils de Max.

Deux heures plus tard, l'arbre et le reste du hall étaient magnifiques et Ayanna se sentait plus mal que jamais vis-à-vis de Max. Elle aurait voulu faire quelque chose pour se faire pardonner mais ne savait pas quoi. Elle ne savait pas cuisiner. C'était le domaine de Max. De toute évidence, la déco n'était pas son fort non plus, puisqu'il venait de lui donner une leçon dans ce domaine aussi. Tout en regagnant son bureau, Ayanna prit une profonde inspiration, et frappa à sa porte.

— Salut, Max ! J'ai fini la décoration du sapin. Il est magnifique et… Écoute, encore une fois je suis désolée pour ce que j'ai dit tout à l'heure.

— Ne t'inquiète pas pour ça. Vraiment, ce n'est pas grave.

Il passa une main dans sa chevelure en désordre. Il avait l'air épuisé, et elle se sentit fondre. Un frisson de désir la parcourut tandis qu'elle s'avançait vers lui. Qu'elle le veuille ou non, ses sentiments pour Max Granger avaient dépassé le stade de l'amitié. Il se leva et attrapa sa veste sur le dos de sa chaise.

— Allons-y, alors…

Elle déglutit avec peine en voyant ses muscles jouer sous son T-shirt alors qu'il retirait sa blouse.

— Laisse-moi juste enfiler mon manteau et rassembler quelques affaires et on pourra partir. Je te fais signe.

Ayanna le laissa seul et se réfugia dans son bureau. Non, elle ne voulait pas éprouver ce genre de sentiments pour Max. Et s'il s'avisait de jouer avec ses sentiments, justement ? La dernière chose qu'elle voulait était d'accorder sa confiance à la mauvaise personne et d'avoir le cœur brisé à nouveau.

— Je suis prêt ! lança soudain Max depuis la porte de son bureau, la tirant de ses pensées.

— Super ! répondit-elle d'un ton faussement enjoué.

Elle mit son manteau et attrapa son sac à main, s'assurant qu'elle avait son téléphone avant de descendre avec lui vers le parking.

— Euh, merci encore pour tes conseils. Le sapin est magnifique !

— Avec plaisir.

Il lui tint la porte dans le hall, puis la suivit dans l'air frais et humide du soir. Même si la température était au-dessus de zéro, la brise qui soufflait de Puget Sound était assez froide pour qu'il neige.

— Au lieu que ce soit moi qui cuisine ce soir, peux-tu t'arrêter sur le chemin du retour à l'hôtel pour acheter un plat préparé ? Je t'invite !

— Oh ! merci, mais je n'ai pas très faim, dit-elle. En plus, j'ai encore du travail à faire, donc je vais probablement juste prendre une soupe ou quelque chose de léger un peu plus tard dans la soirée.

— D'accord. Mais interdiction de sauter un repas ! dit-il avec un regard sévère comme il se glissait sur le siège, à côté d'elle.

— Entendu, docteur ! répliqua-t-elle en faisant démarrer la voiture et en sortant du parking. Si cela peut te faire plaisir.

Son expression se fit pensive alors que Max regardait par la vitre. Tout à coup, il demanda :

— Et toi, qu'est-ce qui te fait plaisir, Ayanna ?

Elle le regarda sans comprendre. Elle se sentait suffisamment vulnérable face à lui pour ne pas avoir à répondre franchement à cette question.

— Eh bien, je ne sais pas trop…

— Vraiment ?

Ses yeux gris-vert étaient bien trop perspicaces, et elle se sentit frémir lorsqu'il reprit :

— Je sais que ça ne me regarde pas, mais depuis le peu de temps que je te connais, tu sembles toujours plus soucieuse du bien-être des autres que du tien.

Elle mit son clignotant, sans le regarder.

— Répondre aux besoins des autres et assurer leur bien-être est mon travail.

— Hum…

Il expira lentement alors que quelques flocons de neige commençaient à tomber sur le pare-brise.

Max se décala légèrement sur son siège, puis il se tourna vers elle.

— Tu sais, une partie de mon travail de chirurgien consiste à comprendre pourquoi les choses sont comme elles sont et de trouver la meilleure façon de les corriger. Pour opérer au mieux la tumeur du roi, je l'ai modélisée. Ainsi je pourrai l'étudier sous tous les angles et décider du meilleur plan d'action chirurgical pour tout retirer en minimisant les risques.

Il lui fit un clin d'œil avant d'ajouter :

— Si seulement tous les problèmes de la vie étaient aussi faciles à résoudre !

— Les tumeurs cérébrales sont faciles à opérer, tu trouves ? répondit Ayanna, soucieuse de changer de sujet.

Il garda quelques instants le silence, puis prit une profonde inspiration et dit sans préambule :

— C'est ma faute si ma femme est morte.

Ayanna ralentit pour s'arrêter à un feu rouge avant de se concentrer de nouveau sur lui.

— Je ne le crois pas.

— C'est pourtant vrai.

Max se frotta la mâchoire, l'air pensif.

— Elle avait un anévrisme. Moi, plus que quiconque, j'aurais dû reconnaître les symptômes et lui faire passer des tests quand ils ont débuté : maux de tête, raideur du cou, fatigue extrême. Mais nous travaillions tellement, tous les deux ! Moi avec mes voyages et mes cours et elle avec son cabinet d'obstétrique. Elle m'a juré que ce n'était rien.

Il laissa échapper un soupir et reprit :

— J'ai fait exactement ce que je déconseille à mes patients : j'ai ignoré les signes d'alerte. En fait, je n'étais même pas là quand elle est décédée. Je sortais d'une conférence à l'autre bout de la ville et quand je suis arrivé à l'hôpital, c'était déjà trop tard…

Il secoua la tête et regarda tomber la neige, au dehors.

— Quelle ironie du sort ! Le neurochirurgien de renommée mondiale qui ne peut même pas sauver sa propre femme !

— Oh ! Max !

Ayanna tendit le bras pour lui prendre la main, mais la voiture derrière elle klaxonna lorsque le feu passa au vert. En jurant entre ses dents, elle accéléra puis se gara sur le premier parking.

Elle se tourna vers lui et déclara d'un ton grave :

— Tu n'avais aucun moyen de savoir ce qui allait se passer. Je ne suis pas une professionnelle de la médecine, mais je me souviens d'avoir entendu des histoires de ma mère, quand j'étais petite, sur des patients souffrant d'anévrisme qui arrivaient aux urgences. Par nature, leur évolution est imprévisible. Tu ne peux pas te sentir coupable de quelque chose d'impossible à contrôler.

— Je le sais. C'est logique.

Il regarda fixement ses mains sur ses genoux.

— Mais cela ne m'aide guère à l'accepter.

— Je comprends.

Elle s'adossa à son siège.

— Je n'ai toujours pas confiance en moi après ce qui s'est passé avec Will. Avec le recul, je me dis qu'il y avait de nombreux signes indiquant que les choses n'allaient pas entre nous. Ses cachotteries, sa façon de me rendre coupable de tout… Encore maintenant, je ne peux pas me laisser guider par mon instinct.

Ils restèrent silencieux un moment, fixant la nuit, tandis que la neige s'accumulait sur le pare-brise.

— Nous formons un sacré duo, n'est-ce pas ? dit enfin Max avec un petit rire triste.

— Oui, c'est sûr ! On dirait que tu n'aimes pas beaucoup la période de Noël, n'est-ce pas ?

Max sourit et secoua la tête.

— En effet. Je devrais peut-être essayer de me réconcilier avec moi-même et avec mon passé.

Ayanna regarda à travers le pare-brise, puis posa sur lui un regard aigu.

— Tu as vu ? Nous sommes garés devant une jardinerie !

— Et alors ?

— Eh bien, je crois que nous devrions acheter un petit sapin pour notre suite et le décorer ensemble. Qu'en penses-tu ? Tu pourras mettre en application tes idées de déco !

Max acquiesça.

— Oui. C'est une bonne idée Allons voir !

Ils sortirent et se dirigèrent vers le magasin. Il y avait beaucoup de monde, et les gens se pressaient dans les allées pour choisir leur arbre.

— Que penses-tu de ceux-là ? demanda Ayanna, en désignant plusieurs petits sapins Douglas.

Max croisa les bras.

— Trop petits. Et les aiguilles sont sèches. Elles vont toutes tomber avant Noël.

— Ne me dis pas que tu es aussi expert en horticulture !

— Non, mais je sais choisir un beau sapin, répondit-il en examinant un autre arbre, plus grand et plus volumineux, de l'autre côté de l'allée. Tu vois, celui-ci est mieux. Il a beaucoup de branches pour suspendre les décorations, et ses aiguilles sont fortes et saines. Si tu veux un arbre, c'est celui-ci qu'il faut prendre. Il ira parfaitement dans le coin du salon, entre la télévision et la fenêtre.

Ayanna sourit.

— Tu me rappelles mon père. Il nous faisait la leçon tous les ans et nous expliquait comment disposer et décorer le sapin, dit-elle, avant de faire signe à un vendeur.

Le sourire de Max s'élargit et Ayanna, troublée, paya, puis s'éloigna pour aller ouvrir le coffre de sa voiture, pendant que le vendeur portait le sapin jusqu'au parking.

— Puisque nous nous sommes arrêtés ici, j'insiste pour qu'on s'arrête aussi pour prendre de quoi manger sur le chemin du retour. Nous aurons besoin de forces pour décorer ce sapin. Au fait, il faut acheter des décorations, non ?

— Non, j'en ai plusieurs boîtes dans un garde-meubles. On pourra les récupérer après le dîner. Toute cette activité m'a donné faim !

Max lui tendit la main.

— Marché conclu, alors ?

— Marché conclu !

Max venait d'attacher le dernier tendeur pour bien arrimer le sapin sur le toit de la voiture quand un cri retentit derrière eux.

— Au secours ! S'il vous plaît, aidez-moi ! Mon mari s'est effondré !

Max traversa le parking en courant, Ayanna sur les talons. Ils découvrirent une vieille femme agenouillée à côté d'un homme qui avait perdu connaissance. Max posa le doigt sur son cou.

— Il ne respire pas et son pouls est faible. Ayanna, appelle le 911. Madame, je suis médecin. Pouvez-vous me dire si votre mari a un problème cardiaque ?

— Oui, dit la femme dans un sanglot. Il a des stents et il est sous anticoagulants. S'il vous plaît, aidez-le ! Je ne veux pas le perdre !

— Je ferai tout ce que je peux, madame, je vous le promets.

Max positionna la tête de l'homme correctement, puis commença les compressions.

— Ayanna, dis-moi quand l'ambulance sera en route, s'il te plaît !

— Quelle est votre urgence ? demanda le répartiteur, au bout du fil.

Ayanna sentit son adrénaline grimper en flèche tandis qu'elle disait :

— Nous sommes sur le parking de la jardinerie de Soundview Playfield. Un homme s'est effondré et nous pensons qu'il s'agit d'une crise cardiaque. Il ne respire pas, et son pouls est faible. Il y a un médecin sur place, mais nous avons besoin d'une ambulance de toute urgence.

— J'ai vos coordonnées GPS, et les ambulanciers sont en route. S'il vous plaît, restez avec moi jusqu'à ce qu'ils arrivent.

— Je vais avoir besoin d'aide, lança Max. Tu connais les gestes de premiers secours ?

— Oui.

Elle avait effectué une formation obligatoire à l'hôpital, et sa mère lui avait appris très tôt les gestes qui sauvent. Cependant, elle n'avait jamais eu à les mettre en pratique, jusqu'à ce soir. Elle tendit son téléphone à la femme du patient.

— Restez en ligne avec les secours jusqu'à ce que l'ambulance arrive. Je vais aider le docteur.

La femme hocha la tête et prit le téléphone d'une main tremblante.

Ayanna tremblait beaucoup elle aussi, mais elle devait rester calme. « La panique est notre pire ennemi en cas d'urgence », disait toujours sa mère, et elle le savait. Sans se soucier du sol enneigé et humide qui tachait son beau tailleur, elle s'agenouilla à côté de Max.

Il positionna de nouveau la tête de l'homme afin de dégager ses voies respiratoires, puis attendit qu'Ayanna place correctement les mains sur sa poitrine pour commencer les compressions.

— Prête ?

— Prête.

Elle hocha la tête et Max souffla deux fois dans la bouche de l'homme avant qu'Ayanna commence ses compressions. Pour être sûre de garder le bon rythme et la bonne cadence de cent à cent vingt par minute, elle entonna dans sa tête la chanson des Bee Gees *Stayin' Alive*, comme le lui avait conseillé sa mère.

— Tu t'en sors très bien, dit Max, lui adressant un sourire encourageant alors que le hurlement d'une sirène s'amplifiait au loin. Dis-moi quand tu es fatiguée et nous pourrons changer. Ça ne devrait plus être trop long, maintenant.

Le temps se réduisit à une seconde, puis à la suivante, tandis qu'Ayanna aidait Max à sauver la vie de cet homme. En médecin expérimenté, il continua de vérifier les signes vitaux du patient entre les compressions. Dès que les ambulanciers arrivèrent et prirent le relais, Ayanna se releva, les bras douloureux et le corps tout entier tendu par le stress.

Max fit aux médecins un compte rendu de l'état de l'homme, puis les aida à le charger à l'arrière de l'ambulance qui attendait. Sa femme l'accompagnait.

— Merci beaucoup à vous deux pour tout ce que vous avez fait, dit-elle en rendant son téléphone à Ayanna.

Ayanna lui fit un bref signe de tête, tandis que l'ambulance démarrait, toutes sirènes hurlantes, les laissant tous deux sur le parking. La foule se dispersa, et plusieurs personnes lui serrèrent la main ou tapèrent dans le dos de Max pour les féliciter.

Elle n'arrivait toujours pas à saisir ce qui s'était passé. Ça semblait tellement irréel ! Un instant, ils achetaient un arbre, l'instant suivant ils essayaient de sauver une vie. Alors qu'ils retournaient à la voiture, elle se rendit compte que ses pieds étaient engourdis, pas par le froid mais sous l'effet du choc.

— Peut-être que je devrais conduire ? demanda Max alors qu'elle restait plantée devant le véhicule.

Ayanna n'avait pas l'habitude de se dérober mais ce soir, cela semblait être une bonne idée. Elle lui tendit les clés.

— Tu ferais mieux de t'asseoir avant de tomber, dit-il en lui tenant la portière.

Ils montèrent dans son véhicule et elle eut du mal à boucler sa ceinture de sécurité tant ses mains tremblaient. Malgré son stress, elle éprouvait un curieux sentiment d'euphorie.

Il démarra le moteur et la regarda.

— Tu es sûre que ça va ?

— Oui. C'était… incroyable.

— Espérons qu'il survivra et se rétablira complètement.

Il passa la main dans ses cheveux, où brillaient quelques flocons de neige.

— Les situations d'urgence comme celle-ci sont toujours difficiles, mais tu as bien réagi.

— Toi aussi, répondit Ayanna en clignant des yeux.

Chaque jour depuis qu'elle le connaissait, Max Granger la surprenait de la meilleure façon possible.

— On aurait dit que tu fais cela tous les jours. Mais c'est peut-être le cas, non ?

— Pas vraiment…

Son lent sourire contribua grandement à chasser le froid qui l'avait envahie pendant cette épreuve.

— Tu as bien travaillé, toi aussi. Suivre les cours de réanimation et les pratiquer en situation d'urgence sont deux choses différentes. Bien joué, Ayanna !

Elle se sentit rougir et une joie tranquille l'envahit soudain. Sans réfléchir, elle se pencha vers lui et l'embrassa. Quand elle s'écarta, on aurait dit que la Terre avait cessé de tourner.

Dis quelque chose !

Hélas, quand elle ouvrit la bouche, aucun son n'en sortit.

Max avait l'air aussi abasourdi qu'elle, mais il se ressaisit pour dire :

— Bien. Allons chercher de quoi manger et tes décorations et retournons à l'hôtel !

Les pensées de Max continuèrent de le tourmenter une fois qu'ils furent de retour dans la suite.

Ce n'était pas le sauvetage de ce patient victime d'une crise cardiaque qui l'inquiétait, car il avait l'habitude de gérer ce genre d'urgence dans son travail. Ce qu'il n'avait pas l'habitude de gérer, c'étaient les émotions contradictoires qui le traversaient. Il avait embrassé Ayanna Franklin deux fois, et à chaque fois, il s'était posé des questions sur lui-même et sur ce qu'il désirait.

Il avait prévu de rester seul, de garder ses sentiments bien enfouis, là où ils ne pouvaient pas le blesser. Mais Ayanna avait bouleversé tous ses plans.

Elle lui donnait envie d'ouvrir son cœur, de vivre et d'aimer de nouveau. Et c'était terrifiant.

— Bon, dit-elle après qu'ils eurent mis le sapin dans un grand pot, essayons de l'embellir un peu !

Max enleva sa veste et la jeta sur le dossier du canapé.

— Je vais réchauffer notre plat.

— Bonne idée.

Ayanna disposa des décorations sur la table basse, ainsi qu'une guirlande lumineuse multicolore.

— Ma mère a vraiment apprécié que tu sois là pour Thanksgiving, tu sais…

— Je l'ai trouvée très sympathique, dit-il en enfournant leur plat de lasagnes. Et j'ai hâte d'essayer les recettes qu'elle m'a données.

— Tu ne seras pas déçu ! lança Ayanna en riant.

Comme une bouffée de désir l'envahissait, il se tourna vers le sapin. Il fallait qu'il s'occupe avant de faire quelque chose de stupide, comme l'attirer dans ses bras. Heureusement, une fois qu'ils eurent commencé à décorer le sapin, Ayanna devint plus sérieuse. Tout en accrochant une guirlande, elle confia :

— Tu avais raison, tout à l'heure. J'ai appris à faire passer les besoins des autres avant les miens. D'une certaine manière, je pense que c'est ce qui fait que je suis performante dans mon travail. Je sais parfois avant eux ce que veulent mes clients.

— Anticiper les besoins des autres n'est pas toujours une mauvaise chose, répondit-il.

Elle laissa échapper un long soupir.

— C'est vrai, mais ce n'est pas toujours une bonne chose dans une relation. Surtout quand votre partenaire l'utilise contre vous. Quand nous avons commencé à sortir ensemble, Will appréciait toutes mes petites attentions – m'assurer que j'avais son thé préféré dans mes placards, organiser son agenda pour qu'il ait le temps d'aller à la gym quand il le voulait, commander des fournitures pour son bureau… Mais après quelques mois, il en est venu à attendre cela de moi, et si je prenais du retard ou si j'oubliais, il se mettait en colère. Puis il a fini par me reprocher de vouloir toujours tout contrôler, tout en prétendant que je serais beaucoup plus amusante si je me détendais un peu. Avant de partir avec Rinna, il m'a dit que j'avais eu de la chance de l'avoir parce qu'il supportait tous mes problèmes et a même affirmé qu'un autre homme que lui n'aurait sans doute jamais envisagé de s'engager avec moi.

Elle expira lentement et prit une guirlande emmêlée sur la table basse.

— Après la rupture de nos fiançailles, j'étais complètement désespérée.

Elle vit un petit muscle tressaillir sur la mâchoire de Max. Plus elle parlait de son ex, plus il avait envie de le frapper au visage. Ayanna était merveilleuse, pleine d'esprit et bien trop soucieuse du bien-être des autres, au mépris du sien. Si ce Will ne s'en était pas rendu compte, alors il ne la méritait pas. Max alla chercher un pichet d'eau et lança à Ayanna par-dessus son épaule :

— S'il te plaît, dis-moi que tu n'as pas cru toutes ces choses horribles qu'il a dites !

— J'aurais aimé pouvoir prendre du recul, du moins au début, mais honnêtement, je n'ai pas réussi.

Elle secoua la tête.

— Ma famille avait essayé de me mettre en garde contre lui, surtout ma mère, mais je ne l'ai pas écoutée. Je la trouvais trop protectrice et je l'ai même accusée d'être jalouse parce que je faisais pour Will ce que j'ai toujours fait pour la famille – prendre soin de lui comme je prenais soin d'eux.

Max revint avec le pichet d'eau qu'il versa délicatement au pied du sapin.

— Encore une preuve que j'étais complètement aveugle à ce qui se passait vraiment, reprit-elle. Mon Dieu, je suis tellement stupide ! La nuit où je l'ai surpris avec Rinna dans notre lit…

Elle serra les poings, puis se força à prendre une profonde inspiration avant de poursuivre.

— Quoi qu'il en soit, maintenant, avec le recul, je sais que c'est Will et non moi qui a causé la rupture, mais quand même. J'ai du mal à faire confiance à mon instinct. À l'époque, je pensais bien faire en me sacrifiant, mais ce n'était pas le cas. C'est difficile de s'ouvrir à nouveau, tu sais ?

— Oh oui, je sais ! répondit Max en attrapant la guirlande lumineuse qu'il disposa entre les branches du sapin. Mes parents avaient toujours été si froids, si distants avec moi, que ma rencontre avec Laura a chamboulé tous mes repères. Elle était si différente, si gaie, que j'avais l'impression de voir enfin une lumière au bout du tunnel ! Je me suis ouvert à elle, et nous avons passé des moments merveilleux. Mais sa perte a été si douloureuse que parfois je me demande s'il n'aurait pas mieux valu que je ne la rencontre jamais.

Ayanna lui jeta un regard étonné.

— Tu ne peux pas dire ça. D'après ce que tu m'as raconté, tu l'aimais beaucoup. Que dit le dicton, déjà ? « Il vaut mieux avoir aimé et perdu que de n'avoir jamais aimé du tout » ?

— Je déteste ce dicton.

Il finit de placer la guirlande lumineuse avant de reprendre.

— Jusqu'à ce que je la rencontre, j'avais appris à vivre ma vie seul. J'étais heureux ainsi. Mais j'ai découvert une autre façon de vivre avec Laura, et quand je l'ai perdue, ça a été…

Il chercha le mot juste, puis dit finalement :

— La chose la plus difficile que j'aie jamais vécue.

— Je n'ose même pas l'imaginer, murmura Ayanna. Je veux dire, voir Will s'enfuir avec ma meilleure amie juste avant notre mariage a été un choc, mais cela ne se compare pas avec ce que tu as traversé… Tu as dit que tu te sentais responsable de ce qui était arrivé à ta femme. J'espère que tu sais que le décès de Laura n'était pas vraiment ta faute ?

Max serra les lèvres.

— Je suis médecin. J'aurais dû le savoir.

— Exactement. Tu es médecin, pas devin.

Comme il ne répondait pas, elle poursuivit :

— C'est à cause de tout cela que tu ne fêtes plus Noël ?

— En partie, je suppose.

— Dis-m'en plus sur elle. Comment était-elle ?

— Elle était tout mon contraire… tout simplement, dit Max. Nous nous sommes mariés six mois après notre rencontre. J'ai tout de suite su que c'était elle, mais elle aimait me taquiner en disant que ça lui avait pris beaucoup plus de temps. Nous avons acheté une petite maison à Long Island, puisque nous travaillions tous les deux à Manhattan, et nous avons commencé à vivre ensemble.

Il ferma les yeux l'espace d'un instant, et revit leur petite maison blanche à deux étages de style Tudor.

— Nous y étions heureux. Laura aimait Noël. Elle aimait toutes les fêtes, vraiment. Dès qu'il s'agissait de décorer et d'acheter des bonbons, elle était aux anges… Avant Laura, je n'étais pas habitué à être une priorité dans la vie de quelqu'un, et je pensais que cela ne changerait jamais…

Il accrocha quelques boules aux branches supérieures du sapin, puis ajouta :

— Une fois Laura partie, je me suis renfermé sur moi-même, j'ai essayé de me noyer dans mon travail. Je ne voulais plus rien ressentir.

— Oh ! Max ! gémit Ayanna, ses beaux yeux remplis de tristesse. Je suis tellement désolée !

Il plaça une dernière boule.

— Venir chez tes parents pour Thanksgiving m'a fait du bien. Cela m'a rappelé que les choses pouvaient être différentes, plus lumineuses…

Il n'avait pas eu l'intention de partager tout ça avec elle, mais maintenant que c'était fait, il était soulagé.

— Et si on finissait de décorer plus tard ? Je suis affamé.

Ayanna le regarda longuement, puis hocha la tête.

— D'accord, mais je vais d'abord me changer. Je reviens tout de suite.

Max déposa leur dîner sur la table puis s'assit pour attendre Ayanna. Comment allait-il gérer les choses avec elle ? Même avec tout ce qu'ils avaient partagé ce soir, il y avait encore des secrets entre eux, des non-dits. Comme le fait qu'il ne songe plus à elle comme à une simple amie. Ou qu'il se sente de plus en plus proche d'elle chaque jour…

10.

Le reste de la semaine se déroula dans un tourbillon d'appels téléphoniques et de rendez-vous pour Ayanna. Entre la recherche d'un orchestre et le choix du menu pour le gala, elle n'eut pas une minute à elle. Max était débordé, lui aussi, et ils furent tous les deux soulagés quand le week-end arriva. Enfin, ils allaient pouvoir profiter de la suite et se détendre un peu !

Ayanna regarda par-dessus son livre et retint un sourire. Max prenait la décoration très au sérieux, c'était certain. Il n'avait pas fini de disposer les ornements du sapin et cela faisait au moins cinq minutes qu'il hésitait et se demandait où accrocher la dernière boule.

Enfin, il choisit une branche, attacha soigneusement la petite ficelle autour, puis recula pour admirer son œuvre.

— Voilà. C'est fait !

Ayanna mit son livre de côté pour observer le résultat.

— C'est magnifique !

Quand il lui sourit, elle se sentit fondre.

— Merci. As-tu des projets pour cet après-midi ?

— Non, pas vraiment. Rester ici et lire, peut-être. Pourquoi ?

— Eh bien…

Il se pencha pour prendre le journal sur la table basse.

— J'ai vu ici qu'il y avait une parade de Noël en ville aujourd'hui. J'ai pensé qu'on pourrait y aller.

Surprise, elle cligna des yeux.

— Tu veux aller à une parade de Noël ?

Il haussa les épaules.

— Juste par curiosité. Il faut sortir de toute façon pour acheter quelques ingrédients manquants pour ma recette de cookies. J'ai oublié de les ajouter à la liste des courses l'autre jour, et comme le parcours de la parade est proche du magasin…

Il feuilleta les pages divertissement, puis ajouta :

— Oh ! et il y a aussi une projection en plein air, dans le parc Edwards.

Elle fit mine de chercher quelque chose du regard dans la pièce.

— Qu'est-ce que tu fais ? demanda Max en fronçant les sourcils.

— Je cherche le vrai Max Granger !

Il sourit.

— Je me suis dit que comme nous étions tous les deux libres, ce week-end, tu pourrais peut-être me faire visiter Seattle. Je n'ai pas souvent l'occasion de faire du tourisme quand je voyage, et j'aime bien cette ville.

Elle aurait dû refuser, mais elle ne pouvait pas s'y résoudre.

— Pourquoi pas ? Je vais me changer. Je reviens tout de suite.

— Ne te presse pas. La parade ne commence pas avant une heure, tu as le temps. Je vais ranger un peu la cuisine pendant que tu te prépares…

— C'est génial ! dit Max un peu plus tard, alors qu'ils se tenaient sur le trottoir de la Quatrième Avenue et regardaient passer la fanfare. En revanche, je ne suis pas sûr d'adorer cet énorme élan en peluche.

— Pas moyen d'y échapper ! C'est une tradition à Seattle ! lança Ayanna.

Il rit, puis passa un bras autour de ses épaules pour éviter qu'ils soient séparés par la foule. Ou du moins, était-ce le prétexte qu'il avait trouvé. Cela faisait tellement de bien de la toucher qu'il n'arrivait pas à s'arrêter.

— On dirait que le Père Noël arrive.

— Oui !

Ayanna applaudit, aussi excitée que la ribambelle d'enfants qui les entouraient. C'était bon de la voir s'amuser. Elle travaillait trop et il était résolu à l'aider à prendre mieux soin d'elle. Bientôt, les chansons de Noël retentirent et il attira Ayanna plus près de lui tandis qu'ils saluaient le Père Noël et attrapaient quelques bonbons lancés par les rennes conduisant le traîneau. Finalement, elle se tourna vers lui, radieuse.

— C'était génial ! Je n'étais pas retournée à la parade depuis mon enfance. Merci de m'avoir emmenée.

— Merci d'être venue.

Sans réfléchir, il passa le bras autour de sa taille.

— Es-tu prête à voir le film ?

— Absolument.

Elle le serra dans ses bras puis lui prit la main alors qu'ils descendaient la rue et se dirigeaient vers le parc. Ils prirent une couverture prêtée par les organisateurs de l'événement et l'étalèrent sur l'herbe, sous un arbre. Max avait acheté un sac-repas et une bouteille d'eau à un marchand ambulant. Comme le parc se remplissait peu à peu de couples et de familles, Max se détendit. Être ici avec Ayanna le rendait étrangement heureux, serein, pour la première fois depuis longtemps, et il se rendit compte que grâce à elle il s'était réconcilié avec la période de Noël.

Pendant les heures qui suivirent, ils restèrent assis côte à côte, la tête d'Ayanna sur l'épaule de Max, à regarder James Stewart et Clarence, son ange gardien, héros du merveilleux *It's a wonderful life*.

Après la scène finale, Ayanna laissa échapper un soupir ravi et passa le dos de sa main sur ses joues humides.

— J'ai vu ce film des dizaines de fois, mais il me touche toujours. Et toi, Grinch ? Tu l'as aimé ?

— Sérieusement ? C'est le surnom que tu m'as donné ?

dit Max en riant et en la serrant plus étroitement contre lui. Oui, j'ai aimé ce film.

Il l'avait déjà vu, lui aussi. Mais aujourd'hui, pour une raison étrange, son message optimiste avait vraiment fait mouche. Pendant qu'Ayanna pliait leur couverture, il rassembla le reste de leurs affaires.

— Où allons-nous maintenant ?

— On s'arrête à l'épicerie pour acheter de quoi préparer mes super cookies.

Il lui prit la main pour traverser la rue. Aujourd'hui, ils n'étaient pas des collègues aux prises avec un job stressant et des gens qui dépendaient d'eux. Ils étaient juste deux personnes qui passaient une journée de détente pour célébrer à leur manière les fêtes de fin d'année. Et ça faisait du bien.

Après avoir fait les courses, ils retournèrent à l'hôtel. Ayanna régla le four pour qu'il préchauffe à la température indiquée, tandis que Max s'éloignait pour passer un appel.

L'infirmière responsable des soins intensifs décrocha à la deuxième sonnerie.

— Soins intensifs, Laurel à l'appareil.

— Bonjour, Laurel. Ici le Dr Granger, pouvez-vous me donner des nouvelles de mon patient, s'il vous plaît ?

Il fit les cent pas dans le salon en attendant que l'infirmière sorte le dossier du roi. Après une journée bien remplie, Max était généralement épuisé. Mais en cet instant, il se sentait revigoré, plein d'énergie. À tel point qu'il avait du mal à résister à la force qui le poussait vers Ayanna.

— L'état de votre patient est toujours stable. Son Glasgow reste à 6 et il respire bien avec le ventilateur.

— Très bien, merci.

Le fait que deux semaines se soient écoulées et que le roi n'ait toujours pas repris conscience n'était pas idéal, mais il était surveillé en permanence et ses derniers scanners n'avaient montré aucune nouvelle hémorragie ou formation de caillots, ce qui était prometteur. De plus, son fils, le Dr di Rossi, avait passé beaucoup de temps à son chevet, à lui parler et à le toucher. Des recherches avaient montré que cela aidait de nombreux patients dans le coma à se rétablir plus rapidement et plusieurs articles avaient confirmé que certains entendaient ce qu'on leur disait et percevaient ce qui se passait autour d'eux. Max croyait fermement au pouvoir curatif de la parole et de nouvelles théories sur le lien entre l'esprit, le corps et le système immunitaire apparaissaient chaque jour.

— Bien. Continuez le protocole actuel, alors. Et appelez-moi tout de suite si quelque chose change.

— Je le ferai, docteur, dit Laurel avant de raccrocher.

Ensuite, Max parla avec le Dr di Rossi de l'état de santé de son père, puis il rejoignit Ayanna, ravi de se mettre en cuisine avec elle.

— Alors, où est la recette ? lança-t-elle d'un ton joyeux.

Il remarqua qu'elle avait enlevé ses chaussures, et fut pris d'une envie soudaine de toucher ses ravissants petits orteils aux ongles peints en rose. La gorge serrée, il parvint à articuler :

— Euh… Je la connais par cœur.

— Tu parles comme ma mère. Elle aussi a mémorisé ses recettes préférées. En fait, je suis surprise qu'elle les ait écrites pour toi. Elle doit t'apprécier, car elle ne ferait pas ça pour n'importe qui !

Elle s'approcha de lui. Ses mains tremblaient légèrement alors qu'il cassait les œufs dans le bol. Seigneur, cette femme lui faisait vraiment de l'effet ! Ayanna jeta les coquilles, puis demanda :

— Qu'est-ce que je peux faire ?

— Donne-moi une minute pour mélanger tout ça, dit-il, avant d'aller prendre dans le réfrigérateur le lait, le beurre et un sachet de noix de pécan moulues. Ensuite, tu pourras m'aider à déposer la pâte sur ces plaques à biscuits. Recouvre-les de papier sulfurisé, si tu veux.

— D'accord.

À l'aide d'une cuillère à soupe, ils prélevèrent de petites

boules de pâte qu'ils enrobèrent de noix de pécan avant de les disposer sur les plaques.

— Bien. Maintenant, enfonce légèrement ton pouce au centre de chaque cookie.

Après avoir enfourné les plaques, Max régla la minuterie.

— Maintenant, il faut attendre huit minutes, jusqu'à ce qu'ils soient cuits.

Il se détourna pour se laver les mains, son corps lui criant de céder à son désir et d'entraîner Ayanna dans son lit. Mais la raison l'incitait à la prudence. Il ne s'agissait pas d'une aventure sans lendemain. Il tenait à Ayanna, plus qu'il n'avait été prêt à l'admettre jusqu'à présent, et il n'était pas habitué à tous ces sentiments qui se bousculaient en lui.

C'était exaltant. C'était épuisant. Et différent de tout ce qu'il avait vécu auparavant.

Il attendit d'avoir repris le contrôle de lui-même pour faire de nouveau face à Ayanna.

— Alors, si on les goûtait, ces cookies ?

Une délicieuse odeur s'échappa du four quand il l'ouvrit. Il prit un pot de gelée de groseille dans le frigo.

— Quand ils auront un peu refroidi, nous en mettrons une cuillerée au centre de chaque biscuit. Tu peux m'aider à les garnir, si tu veux.

— Absolument.

Il sortit les plaques du four et les posa sur la cuisinière pour que les cookies refroidissent. Quand ce fut fait, ils travaillèrent dans un silence pesant, vibrant de désir.

— Tu manges plus de cookies que tu n'en garnis ! lança-t-il. Je t'ai vue !

Elle éclata de rire.

— Ils sont si bons ! Sérieusement, tu devrais t'inscrire au concours de biscuits de l'hôpital, demain.

Max fronça le nez.

— Je ne fais pas vraiment partie du personnel, tu sais.

— Si, pour l'instant, du moins. Ce serait amusant. Et tu pourrais même le remporter, tu sais !

Il soupira pour tenter d'effacer le sourire qui lui venait aux lèvres.

— Qu'est-ce qu'on gagne ?

— Un dîner pour deux dans un restaurant étoilé, répondit-elle avec un clin d'œil. Pour un gourmet comme toi, c'est le nirvana, non ?

En effet…

Elle garnit le dernier cookie et se lécha les doigts.

— Alors ? Qu'est-ce que tu en penses ?

Je pense que j'aimerais t'étaler cette gelée sur le corps et lécher chaque centimètre carré de ta peau…

Max s'éclaircit la gorge.

— Je pense que nous avons assez de pâtisseries pour le moment. Merci pour ton aide, dit-il en plongeant une plaque dans l'eau savonneuse pour la laver.

Ayanna appuya une hanche contre le comptoir à côté de lui et croisa les bras.

— Et merci pour aujourd'hui. Nous avons passé une bonne journée.

Il ferma le robinet et se passa une main dans les cheveux.

— Oui, c'était super.

— Tu as de la mousse sur le front.

Quand Ayanna effleura sa peau du doigt, il retint son souffle. Chaque cellule de son corps la réclamait. Il dut serrer les dents pour ne pas la soulever et la prendre là, sur le comptoir. Oui. Chaque homme avait ses limites, et il venait d'atteindre les siennes…

Fou de désir, il attira Ayanna contre lui et lui donna un baiser fougueux, tandis que leurs hanches se soudaient. Au lieu de le repousser, Ayanna lui cédait, glissant les doigts dans ses cheveux et le serrant plus fort encore contre elle. Quand, éperdue, elle enroula les jambes autour de sa taille, il la souleva et la porta jusqu'à sa chambre.

Ses vêtements, son jean et son boxer disparurent dans un enchevêtrement de baisers et de caresses et ils furent bientôt tous deux nus sur le grand lit. Elle était aussi merveilleuse qu'il l'avait imaginé, et Max prit le temps d'explorer son corps magnifique. Il caressa ses seins, puis descendit plus bas pour lui prodiguer la plus intime des caresses.

Très vite, Ayanna se mit à haleter, puis elle s'abandonna au plaisir entre ses bras.

Une fois qu'elle fut revenue sur terre, Max embrassa ses lèvres, puis posa le front contre le sien.

— Attends…

Il alla chercher un préservatif dans le tiroir de la table de nuit. Appuyée sur ses coudes, Ayanna le regardait. Savoir qu'elle le désirait autant qu'il la désirait l'excitait au plus haut point. Il n'y aurait pas de retour en arrière possible après ça, songea-t-il soudain.

— Tu es sûre ? demanda-t-il, allongé tout contre elle. J'ai besoin de savoir…

— Viens, Max. Maintenant…

Elle n'eut pas à le répéter. Il la pénétra d'un puissant coup de reins puis se mit à aller et venir en elle. Sa bouche. Ses joues. Sa gorge. Ses seins. Il ne pouvait pas s'arrêter de l'embrasser, de la goûter, et bientôt, ils furent tous deux au bord de l'extase. D'instinct, elle semblait savoir exactement ce qu'il voulait, ce qu'il aimait. Ayanna laissa échapper un cri et il glissa la main entre eux pour caresser son bouton sensible. Aussitôt, elle se cambra violemment, atteignant son deuxième orgasme tandis qu'il la suivait au paradis…

Lorsqu'ils eurent repris leur souffle, ils restèrent longtemps allongés dans les bras l'un de l'autre, Max la tête sur la poitrine d'Ayanna, bercé par les battements réguliers de son cœur.

11.

Réveillée tôt le lendemain matin, Ayanna parcourait du regard la chambre inconnue en se demandant où elle était quand, soudain, tout lui revint. Ils avaient fait l'amour. Plusieurs fois. Le poids du bras de Max autour de sa taille tandis qu'il la prenait par-derrière, son souffle dans son cou. Lentement, elle se tourna vers lui et observa ses traits détendus, son visage abandonné au sommeil.

La nuit dernière avait été merveilleuse. Magique. Et terrifiante à la fois. Le plus terrifiant, c'était qu'elle n'avait jamais ressenti ça pour quelqu'un. Elle aimait parler avec Max, passer du temps avec lui… Elle aimait tout chez lui. Incapable de résister, elle repoussa doucement une mèche de cheveux tombée sur son front.

Elle n'avait jamais eu l'intention de retomber amoureuse de quelqu'un, encore moins de Max Granger, et pourtant elle était bel et bien folle de lui. Elle avait l'impression que son cœur allait exploser dans sa poitrine, et tout ce qu'elle voulait, c'était rester là, dans ses bras, pour toujours…

Mais plus elle restait allongée, plus ses doutes se réveillaient, la mettant en garde contre la vitesse avec laquelle tout cela était arrivé. Se trompait-elle une fois de plus ? Pouvait-elle se fier à ses sentiments, cette fois-ci ? Et si son instinct l'égarait, comme jadis, l'aveuglant sur ce qui se passait vraiment ?

Prise d'une soudaine angoisse, elle se leva doucement. Elle avait besoin de bouger, de respirer, de prendre du temps seule pour réfléchir à tout ça. Ils étaient tous les deux libres, mais…

Ayanna rassembla ses vêtements et se rendit dans sa propre chambre. Après s'être douchée et changée, elle gagna la cuisine, ses chaussures à la main pour ne pas faire de bruit, et prépara du café. Elle en but une tasse, les yeux fixés sur les cookies qu'ils s'étaient tellement amusés à préparer, la veille.

Une fois son café avalé, elle prit son manteau, son sac et quelques biscuits pour le concours, puis griffonna un petit mot pour Max avant de se rendre au Seattle General.

Je suis à l'hôpital. On se voit plus tard. Et ne t'inquiète pas. Je t'inscris au concours de biscuits.

C'est la sonnerie du réveil qui tira Max du sommeil. Il voulut serrer Ayanna contre lui, mais ne rencontra qu'un matelas froid.

Déçu, il se retourna et fixa le plafond blanc, tendant l'oreille dans l'espoir de l'entendre dans la cuisine. Mais tout était calme : elle avait déjà quitté la suite. Avec un gémissement, il se leva, alla prendre une douche rapide et mit un sweat confortable au lieu de ses vêtements de travail habituels. La nuit dernière avait été… merveilleuse.

Ayanna était belle et sexy. Oui, ils ne se connaissaient que depuis peu, mais il avait l'impression que cela faisait une éternité. Ça avait été comme ça avec Laura, aussi. Ils ne s'étaient fréquentés que quelques mois avant qu'il lui demande de l'épouser.

Cette pensée s'insinua dans son esprit. Il avait des sentiments pour Ayanna, mais songeait-il vraiment à s'engager dans une relation avec elle ?

Plongé dans ses pensées, il alla se faire du thé. Il avait passé une journée merveilleuse chez ses parents, pour Thanksgiving. Cette ambiance familiale lui avait réchauffé le cœur, alors même qu'il ignorait avoir besoin de cela dans sa vie…

Alors qu'il mettait la bouilloire sur la cuisinière, Max aperçut le mot qu'Ayanna lui avait laissé.

Je suis à l'hôpital. On se voit plus tard. Et ne t'inquiète pas. Je t'inscris au concours de biscuits.

Il sourit et mit le papier de côté. Qui sait ? Elle avait peut-être raison. Peut-être qu'il gagnerait ce concours avec sa recette et qu'ils dîneraient en tête à tête dans un magnifique restaurant gastronomique en bord de mer avec vue sur Puget Sound avant qu'il retourne à Manhattan.

Le souvenir de sa vie à New York entama un peu sa bonne humeur. Il était bien, ici, avec Ayanna. Il ne voulait pas penser à partir. Il secoua la tête. La vraie raison de sa présence ici était l'opération du roi. Il avait un travail à faire et un patient à surveiller avant cette opération. C'est sur cette mission qu'il devait se concentrer. Tout le reste était sans importance, même s'il sentit son cœur se serrer à l'idée de dire au revoir à Ayanna.

Il but son thé et se fit une omelette avant de décider de se rendre à l'hôpital. Il n'avait pas envie de rester seul dans cette suite vide et de plus, il avait des papiers à remplir et des consultations pour l'occuper. Il faisait beau, et la promenade lui ferait du bien. Le Seattle General n'était qu'à quelques pâtés de maisons.

Une demi-heure plus tard, il arriva à l'hôpital et se dirigea tout droit vers le vestiaire du personnel. Il enfila une blouse, puis monta aux soins intensifs pour voir le roi Roberto. Le dernier SMS, datant de quelques heures, indiquait que l'état de son patient demeurait inchangé. Ce qui était une bonne chose, compte tenu de l'âge avancé du souverain et de ce qu'il avait traversé pendant l'accident.

Dans les couloirs, seuls les bips des moniteurs et le grincement des chaussures des infirmières sur le linoléum rompaient le silence. Les odeurs d'antiseptique l'aidèrent à se concentrer sur la tâche qu'il avait à accomplir alors qu'il gagnait le poste des infirmières.

— Comment va mon patient ? demanda-t-il à l'infirmière de service.

— Son état est toujours stationnaire, docteur, répondit-elle avec un sourire. Félicitations, au fait…

Max fronça les sourcils.

— Pour quoi ?

— Les cookies que vous avez préparés pour le concours étaient délicieux ! lança Laurel en s'approchant de lui. Vous pouvez nous donner la recette ?

— Euh…

Max posa un regard interrogateur sur les infirmières rassemblées autour de lui.

— Vous voulez dire que… j'ai gagné ?

— Oui, dit l'infirmière derrière le guichet. Félicitations !

Max haussa les sourcils.

— Je ne m'attendais pas à ça.

— Alors, Doc, c'est quoi, cette recette ? insista Laurel.

— Euh, bien sûr…

Il attrapa un morceau de papier et un stylo, et se concentra pour écrire.

— Voilà pour vous.

— Merci, Doc, dit Laurel, je vais la tester sur mes enfants et voir ce qu'ils en pensent !

Max se dirigea vers la chambre du roi.

— Merci à vous d'avoir voté pour moi, dit-il, le sourire aux lèvres.

Il se promit de s'arrêter au bureau d'Ayanna quand il aurait fini pour la remercier de l'avoir inscrit à ce concours. Elle avait raison : dîner dans un restaurant cinq étoiles, en tête à tête avec elle, était exactement son idée du nirvana.

12.

Très vite, le soir du gala arriva, et tout s'accéléra pour Ayanna. Elle courait d'un coin à l'autre de l'immense salle de réception, vérifiant la nourriture, les boissons, les musiciens, le décor…

Avec un soupir, elle s'arrêta près du bar et jeta un regard circulaire sur l'assistance. Les invités semblaient heureux. C'était le plus important. Des donateurs heureux se montreraient plus généreux et ce soir, il s'agissait de collecter des fonds pour créer un service de cancérologie pédiatrique au Seattle General. Elle lissa la soie de sa robe et scruta la foule autour d'elle à la recherche de Max.

« Arrête de t'inquiéter, avait-il dit en l'embrassant avant qu'ils se séparent, quelques heures auparavant. Tu es superbe et la soirée le sera aussi. Profites-en, tu as travaillé assez dur pour cela ! »

Hélas ! C'était plus facile à dire qu'à faire pour Ayanna. Max avait raison, une fois de plus. Elle était trop habituée à s'occuper des problèmes des autres pour se détendre ou s'amuser vraiment. Elle était venue tôt pour superviser son équipe et s'assurer que tout était parfait avant l'arrivée des invités. Maintenant, cependant, elle aurait aimé avoir Max auprès d'elle. Il la stabilisait, lui donnait de l'assurance. Et, surtout, il lui manquait, même si cela ne faisait que quelques heures qu'ils s'étaient quittés.

Ils étaient pratiquement inséparables depuis la nuit où ils avaient fait l'amour. Il l'avait même emmenée dîner, la veille, dans un restaurant dont la terrasse offrait une vue époustouflante sur la ville. Mais ce qui l'avait le plus émue, c'était la flamme qui brillait dans les yeux de Max et le contact de sa peau avec la sienne lorsqu'il avait pris sa main. Cette semaine, entre eux, tout avait été parfait.

Peut-être trop parfait.

Son cœur manqua un battement lorsqu'elle l'aperçut, dans l'entrée, sublime en smoking et chemise immaculée. Quand leurs regards se croisèrent, elle sut sans l'ombre d'un doute qu'elle aimait Max Granger.

Totalement. Complètement. Irrévocablement.

Oh ! mon Dieu !

Troublée à l'extrême, Ayanna détourna son attention de lui pour se concentrer sur les invités prestigieux qui se saluaient sous le magnifique dôme doré. Les vitraux Arts déco et les fresques étaient illuminés de rouge et vert pour l'occasion. Sur les tables se trouvaient des compositions florales de lis blancs et de roses rouges qu'elle avait choisies après avoir vu les chars de la parade de Noël avec Max. Tout ici respirait le luxe et l'opulence, jusqu'aux verres de cristal et à l'argenterie étincelante. Et elle espérait que cela inciterait les donateurs à se montrer très généreux.

Le Dr Domenico di Rossi et le Dr Emilia Featherstone, la chirurgienne orthopédiste qui avait opéré le roi, bavardaient non loin de là, et Ayanna se dirigea vers eux dans l'espoir qu'ils l'aideraient à ne plus penser à Max. En chemin, elle s'arrêta pour saluer les participants les plus en vue, qu'il s'agisse de célébrités, de politiciens ou de stars du sport, utilisant sa formidable mémoire pour mettre un nom sur chaque visage et faire en sorte que chacun se sente le bienvenu. Finalement, elle rejoignit les deux médecins. Le Dr di Rossi haussa un sourcil interrogateur en l'apercevant.

— Désolée… Je me demandais juste si vous aviez apprécié le buffet.

— Oui ! C'est délicieux.

— Avez-vous goûté le saumon fumé ? Ou les brochettes de poulet à la sauce saté ?

— Les brochettes étaient délicieuses, répondit le Dr Featherstone. Vous avez fait un boulot magnifique. Je suis très impressionnée.

— Moi aussi, acquiesça le Dr di Rossi, en tournant la tête pour regarder par-dessus l'épaule d'Ayanna.

Suivant son regard, elle aperçut de nouveau Max, qui se dirigeait vers eux. Oh ! mon Dieu ! La bouche sèche, elle détourna rapidement la tête. Si elle n'y prenait garde, tout le monde saurait à la fin de la soirée ce qu'elle ressentait pour lui, y compris Max lui-même, et elle n'était pas sûre d'être prête pour cela.

Ressaisis-toi ! Reste cool.

Ayanna lissa de la main le devant de sa robe vert émeraude. Elle l'avait achetée il y a des semaines, avant de rencontrer Max, et s'en félicitait car elle lui avait valu bon nombre de compliments.

Elle redressa les épaules et s'efforça d'avoir l'air décontracté.

— Salut, Max ! lança le Dr di Rossi. Nous étions en train de dire qu'Ayanna avait fait un travail incroyable pour préparer le gala de ce soir.

Max salua poliment son confrère. Ayanna dit à la hâte :

— Excusez-moi… Je vais voir comment ça se passe en cuisine…

Elle disparut parmi les convives.

Elle aurait voulu se blottir contre Max et ne plus le quitter, mais une pointe de doute persistait dans son esprit. Il ne lui avait jamais avoué ses sentiments. Oui, ils étaient heureux maintenant, mais que se passerait-il si tout cela disparaissait en un éclair ? C'est ce qui s'était passé avec Will et elle avait refusé de le voir. Et si la même chose se produisait maintenant ?

Elle aimait Max, mais si l'amour ne suffisait pas ? Prenant une profonde inspiration, elle entra dans la cuisine, où Todd et quelques autres membres de son équipe étaient déjà rassemblés. Elle contrôla les gâteaux livrés par la pâtisserie. Ils étaient tous parfaits. De l'art comestible, comme avait dit Max.

13.

Le lendemain, les résultats de l'IRM du roi n'étaient pas bons, hélas.

Les images montraient que son méningiome avait grossi pendant son coma et menaçait maintenant d'infiltrer le sinus sagittal. Max devait encore effectuer quelques tests avant l'opération prévue le 15 décembre. Heureusement, il avait tout planifié grâce à son modèle en 3D, et il était prêt. Ce n'était pas le cas du Dr di Rossi, que Max avait appelé un peu plus tôt pour lui annoncer la nouvelle.

Le jour de l'opération, le sentiment de culpabilité qu'il portait en lui depuis la mort de sa femme revint le hanter pour la première fois depuis des semaines. Avec Ayanna, il avait caressé l'espoir qu'il avait dépassé tout cela pour de bon, mais la situation du roi avait réveillé ses vieux démons…

Chassant ces pensées négatives pour se concentrer sur son patient, Max sortit de la salle de préparation pour se rendre au bloc. Le roi était déjà sur la table et prêt à être anesthésié. Pendant que les infirmières lui mettaient son masque, Max visualisa chaque étape de l'opération dans sa tête, puis il s'approcha de l'anesthésiste.

— Bonjour, docteur Chen. Le patient va bien ?

— Il est stable et ses signes vitaux semblent bons. Je suis prêt, répondit son confrère.

— Bien. Commençons.

Plus tard, après avoir exposé la zone où se trouvait la tumeur, Max était enfin prêt à entamer le délicat processus d'ablation, par aspiration ultrasonique.

— Les fornix sont protégés ? demanda-t-il au chirurgien qui l'assistait.

— Oui.

— Bien. Merci. Docteur Chen, comment sont les signes vitaux du patient ?

— Toujours dans les limites de la normale. La tension artérielle a légèrement baissé, mais le niveau de saturation en oxygène est bon.

— Je procède à l'ablation.

Max travaillait d'une main sûre, demandant occasionnellement une aspiration ou une irrigation. L'état du roi étant déjà compromis par la craniotomie d'urgence effectuée précédemment, il ne voulait pas prendre plus de temps que nécessaire. Finalement, une heure plus tard, la tumeur avait été retirée et l'ensemble du personnel du bloc opératoire poussa un long soupir de soulagement. Le pire était passé. Il ne restait plus qu'à refermer la boîte crânienne et…

Le moniteur cardiaque émit un bip strident et Max se tourna vers l'anesthésiste, comme des flashs du jour de la mort de Laura assaillaient son esprit.

— Que se passe-t-il, docteur Chen ?

— Le rythme cardiaque a chuté, mais la respiration est normale.

— Appelez les cardiologues, s'il vous plaît, au cas où.

Soudain, l'alarme s'arrêta et les bips réguliers du pouls reprirent.

— Suture zéro-cinq, s'il vous plaît, dit Max en tendant la main.

Une heure et demie plus tard, l'opération du roi était terminée et le patient retournait en radiologie pour une IRM destinée à s'assurer que toute la tumeur avait été réséquée.

Max se sentait à la fois surexcité et épuisé, comme souvent après une opération complexe. Aujourd'hui, cependant, il ne pouvait pas s'empêcher de penser à Ayanna. Normalement, il ne se laissait jamais envahir par ses émotions pendant ses opérations, mais maintenant, tout cela avait changé.

— Docteur Granger ?

Une des infirmières lui fit signe de se diriger vers un écran d'ordinateur posé contre le mur de la salle d'opération.

— Les résultats de l'IRM sont arrivés.

Il retira ses gants puis fit défiler les images, heureux de voir qu'ils avaient enlevé toute la tumeur.

— Cela me paraît très bien, dit-il après un long moment d'observation. Merci à tous. Le patient est hors de danger et devrait se rétablir complètement.

Max regagna la salle de préparation pour enlever sa blouse et son masque souillés, puis il se doucha avant de sortir dans le couloir. Il informa le Dr di Rossi des résultats et du bon pronostic de son père, puis regagna son bureau pour rédiger le compte rendu de l'opération.

Une fois de plus, Ayanna s'immisça dans ses pensées. Il était passé la voir, mais on lui avait dit qu'elle était en réunion. Maintenant que l'opération était terminée, leur relation pourrait-elle évoluer ? Il ne demandait que cela – si elle le voulait elle aussi, bien sûr. Il aurait aimé être là pour elle chaque jour, voir son sourire illuminer sa vie. Lui préparer un dîner chaque soir et le partager avec elle…

Mais son ancienne vie à New York se profilait toujours comme un spectre. Toutes ces conférences, ces exposés et ces voyages qu'il devait encore faire. Il n'avait jamais entretenu de relation à distance, mais il savait que cela se révélait souvent difficile. Peut-être même qu'Ayanna n'était pas intéressée ?

Ils avaient besoin de parler, c'était certain.

Tout en tapant son compte rendu, il conçut un plan. Ce soir, il lui préparerait un dîner et lui demanderait où en étaient les choses entre eux.

— Tu es bien silencieux, dit Ayanna ce soir-là, autour du délicieux risotto maison que Max avait mis une heure à concocter. Tout s'est bien passé pendant l'opération du roi ? Le pronostic est bon ?

Max fronça les sourcils, puis répondit brièvement :

— Oui, je suis satisfait de l'intervention. Et toi, comment s'est passée ta journée ?

— Bien.

Elle prit un peu de parmesan et en parsema son assiette. Décidément, cette soirée s'annonçait difficile, et il y avait de l'électricité dans l'air.

Ayanna se concentra sur son dîner. Elle devait à tout prix essayer de ne pas imaginer le pire, même si cette situation lui rappelait le jour maudit où Will lui avait parlé de sa liaison avec Rinna. Avait-elle manqué quelque chose ? Max partait-il plus tôt que prévu, finalement ? Certes, l'opération du roi était terminée, mais elle s'attendait à ce qu'il reste au moins jusqu'à ce que son patient soit autorisé à rentrer chez lui. Et si elle se trompait ?

Elle posa sa fourchette et leva les yeux vers Max.

— J'ai l'impression que quelque chose ne va pas. S'il te plaît, dis-moi ce qui te chagrine.

Comme s'il avait attendu qu'elle prononce ces paroles, Max planta les yeux dans les siens, puis lâcha :

— Ayanna, à ton avis, qu'est-ce qui se passe, entre nous ?

— Que veux-tu dire ?

Ayanna déglutit avec peine, puis ajouta :

— Je crois que nous aimons bien être ensemble.

— Et… C'est tout ?

— Ce n'est pas suffisant ?

Quand Max se leva pour aller déposer son assiette dans l'évier, Ayanna sentit son cœur sombrer. Elle avait apparemment dit quelque chose de mal, mais elle ne savait pas quoi. Elle se leva à son tour et alla le rejoindre dans la cuisine.

— Désolée, dit-elle, ce n'est peut-être pas le bon moment pour avoir une discussion.

Les lèvres serrées, il la regarda.

— Non, c'est moi qui suis désolé. Je n'arrive pas à trouver la bonne façon de…

Soudain, le téléphone d'Ayanna se mit à sonner dans le salon, et elle leva le doigt pour s'excuser.

— Je dois prendre cet appel.

Le visage de sa mère apparut sur l'écran. Avec un soupir, Ayanna décrocha, le regard toujours fixé sur Max.

— Salut, maman. Qu'est-ce qu'il y a ?

— Salut, chérie. Je voulais juste te demander ce que tu faisais pour Noël, dit sa mère. C'est dans moins de deux semaines et…

— Oui, je sais.

Ayanna leva les yeux au ciel puis se détourna de Max, qui la regardait d'un air interrogateur.

— N'oublie pas d'inviter Max aussi, dit sa mère. Vous formez un si beau couple, et il a l'air de bien s'entendre avec tout le monde !

— Nous ne sommes pas en couple, maman.

Ayanna jeta un coup d'œil par-dessus son épaule et vit une ombre se dessiner sur le beau visage de Max. Oui, quelque chose n'allait vraiment pas, et elle n'avait aucune idée de ce dont il s'agissait. Elle sentit son cœur se serrer, et le poison du doute s'insinua de nouveau en elle.

— Maman, je peux te rappeler ? Je te tiens au courant pour Noël, promis !

Elle raccrocha avant que sa mère puisse répondre, tandis que Max passait devant elle et s'affalait sur le canapé pour fixer l'écran de télévision noir, où se reflétait la lueur des guirlandes de Noël. Avec l'impression de marcher sur un champ de mines, Ayanna se dirigea vers lui, s'assit à l'autre bout du canapé et replia ses jambes sous elle. Puis elle prit une profonde inspiration et se jeta à l'eau.

— Max, j'ai l'impression que tu voulais me dire quelque chose d'important, tout à l'heure, pendant le dîner. De quoi s'agit-il ?

Max cligna des yeux plusieurs fois, et dit d'un ton morne :

— Je rentre à New York pour Noël, sauf complication imprévue de l'état de santé du roi.

— Oh…

Il partait plus tôt qu'elle ne le pensait. Cela était certes une bonne nouvelle, car cela signifiait qu'il avait accompli sa mission et retrouverait bientôt sa vie d'avant, à l'autre bout du pays. Mais, même si elle savait dès le départ que sa présence n'était que provisoire, ils avaient passé ensemble des moments si heureux ici, à Seattle, ces dernières semaines, qu'elle s'était autorisée à rêver d'un avenir avec lui…

Mais toutes les bulles de bonheur finissaient par éclater, n'est-ce pas ?

Comment avait-elle pu être aussi stupide ? Elle aurait dû le savoir, après ce qui s'était passé avec Will ! À l'époque aussi, sa vie lui paraissait heureuse et idyllique, jusqu'à ce qu'elle tourne au cauchemar. Impossible de se sentir surprise ou blessée maintenant. Max avait été tout à fait honnête avec elle depuis le début. Elle s'efforça de retenir les paroles amères qui lui montaient aux lèvres.

— Je comprends. Merci de me l'avoir dit.

Il hocha lentement la tête.

— J'ai pensé que tu devrais le savoir, même si nous ne nous devons aucune explication et que nous ne sommes pas vraiment en couple…

Soudain, un signal d'alarme retentit dans son esprit, et elle sentit une vague d'émotion la submerger.

— Tu… voudrais qu'on soit en couple ? bredouilla-t-elle.

Max la regarda de nouveau. Son expression était indéchiffrable.

— Et toi ? Tu le veux ?

Oui. Non. Je ne sais pas.

Elle n'arrivait pas à penser clairement, en cet instant. Elle l'aimait beaucoup, mais il y avait bon nombre d'autres facteurs dont ils devaient discuter et qu'ils n'avaient pas pris en compte jusqu'alors. Qu'en était-il de son travail ? Et le sien ? Voulaient-ils essayer de vivre ensemble ?

Finalement, elle dit la vérité :

— Je ne sais pas.

Alors qu'elle s'attendait à ce qu'il argumente, Max se leva, presque brusquement.

— Je vais me coucher. Je commence les visites tôt, demain matin.

— Bonne nuit, dit-elle machinalement, étonnée par cette réaction, avant de fixer à son tour l'écran noir de la télévision.

14.

Juste avant Noël, tout se précipita dans la vie d'Ayanna. Certes, le gala avait reçu un accueil plus que favorable, mais les médias lui demandaient encore de parler de l'accident du roi, comme s'ils la tenaient pour responsable… Depuis que le souverain avait été opéré, elle faisait de son mieux pour garder les médias à distance en attendant que le Dr di Rossi puisse faire une annonce officielle, mais cela devenait de plus en plus difficile.

Et puis, il y avait Max. Depuis qu'il lui avait annoncé qu'il partait pour Noël, l'ambiance entre eux était tendue – et c'était un euphémisme. En fait, elle n'avait pas vu Max du tout depuis qu'il avait reçu l'appel du Dr di Rossi lui annonçant que le roi avait repris connaissance, très tard dans la soirée. Il s'était aussitôt précipité au Seattle General pour surveiller l'état du patient. Elle supposait qu'il avait dormi là-bas, puisqu'elle était seule dans la suite quand elle s'était réveillée.

Peut-être que c'était pour le mieux, finalement ? Max allait partir, de toute façon, et il n'y avait aucune raison pour qu'ils se revoient. Elle savait ce qu'il en était dès le départ, et elle avait quand même choisi de vivre cette aventure avec lui. Hélas, elle était tombée amoureuse, contre toute attente. Si elle était malheureuse maintenant, elle ne pouvait s'en prendre qu'à elle-même.

Encore une fois, un scénario semblable à celui de sa rupture avec Will se répétait.

Elle avait refusé de voir la vérité, à l'époque, et cela l'avait menée au désastre. Avoir une fois le cœur brisé ne lui avait-il donc pas suffi ?

Le fait d'être seule dans la suite donnait à Ayanna son premier aperçu de ce que serait la vie sans Max, et ce n'était pas agréable. Le monde semblait un peu plus petit, sans lui.

Incapable de dormir, elle finit par se lever et se prépara. Autant aller travailler, aujourd'hui. Peut-être que l'agitation de son bureau la distrairait et lui ferait oublier un instant le départ imminent de Max. Une fois sa douche terminée, elle se rendit dans la chambre pour s'habiller, tout en regardant les informations locales à la télévision. Selon le présentateur météo, la température s'était refroidie et on annonçait des chutes de neige un peu plus tard dans la journée. Ayanna choisit son tailleur-pantalon en laine noire, le plus chaud de sa garde-robe.

— Et voici maintenant les toutes dernières nouvelles…, poursuivit le présentateur. Nous venons d'apprendre l'identité de l'homme qui a été aperçu à plusieurs reprises depuis fin novembre alors qu'il entrait et sortait du Seattle General. Il s'agit du Dr Maxwell Granger, un neurochirurgien de renommée mondiale dont la liste de patients comprend des célébrités et des dignitaires du monde entier. Nous n'avons pas encore confirmé la raison de l'apparition du Dr Granger à Seattle, mais nous pensons que cela pourrait avoir un rapport avec le roi Roberto d'Isola Verde et l'accident de voiture dont il a été victime le 20 novembre de cette année.

« Comme nous l'avons signalé le mois dernier, le Dr Granger s'est rendu au palais royal de la nation insulaire pour examiner le souverain. Notre correspondant a contacté le bureau des relations publiques du Seattle General Hospital, mais l'établissement n'a fait aucun commentaire officiel sur l'accident pour le moment. Ils ont également refusé de donner des détails sur la raison de la présence du Dr Granger dans leurs murs, et nos tentatives pour contacter le Dr Granger personnellement ont été infructueuses. Nous continuerons à vous apporter des mises à jour sur cette histoire de dernière minute dès qu'elles seront disponibles…

Ayanna baissa le volume puis se laissa tomber sur le bord du lit, hébétée. Dieu merci, le personnel de l'hôpital avait réussi à garder le contrôle de la situation, mais pour combien de temps ? Personne ne le savait, hélas ! Comme elle levait de nouveau les yeux sur l'écran, elle vit une photo de Max et d'une femme qu'elle supposa être son épouse, Laura.

Ayanna monta le volume et entendit le présentateur dire :

— Les compétences du Dr Granger en tant que neurochirurgien sont reconnues, pourtant il n'a pas pu sauver sa propre femme, également médecin, morte il y a deux ans d'un anévrisme cérébral non diagnostiqué…

Elle éteignit la télé d'un geste rageur, en proie à une indicible émotion. Le sang battait à ses tempes. Max protégeait farouchement sa vie privée et aurait été scandalisé par ce reportage. S'il apprenait qu'on avait parlé de lui sur une chaîne de grande écoute, il l'en rendrait directement responsable, et cela aggraverait les choses entre eux. Elle lui avait assuré qu'elle contrôlait la situation et s'était vantée devant lui de la qualité de son travail.

C'était mauvais. Très, très mauvais.

Elle devait aller à l'hôpital, et vite, à la fois pour parler au Dr di Rossi et pour s'assurer que Max allait bien. Ayanna finit de s'habiller à la hâte, sans se soucier, pour une fois, du fait qu'elle n'avait pas de maquillage, puis elle rassembla ses cheveux humides en une queue-de-cheval toute simple avant d'enfiler ses escarpins et de se précipiter vers la porte. Le temps qu'elle atteigne les ascenseurs, elle était déjà en train de composer le numéro de son bureau.

Son assistant décrocha à la deuxième sonnerie.

— Vous avez vu les nouvelles ?

— Oui.

Ayanna traversa le parking jusqu'à son véhicule, s'installa derrière le volant et démarra le moteur, basculant l'appel sur son kit mains libres alors qu'elle quittait sa place et se dirigeait vers la rue.

— Contactez le Dr di Rossi et dites-lui que je le retrouverai à son bureau dès que j'arriverai au Seattle General, s'il vous plaît.

— Merci. Gardez la monnaie, dit Max à la caissière de la cafétéria après avoir réglé son thé.

Il venait de terminer l'examen neurologique du roi. Après un mois de coma et deux interventions, les fonctions sensorielles et motrices de l'homme s'étaient toutes révélées normales, tout comme ses réflexes. Dans l'ensemble, Roberto avait eu beaucoup de chance, il s'était bien remis du traumatisme de l'accident de voiture et de l'ablation de sa tumeur cérébrale.

Il s'assit à une petite table isolée et tenta de se réjouir de ce succès. Avant de venir à Seattle, cela aurait été suffisant pour qu'il se sente reconnu et apprécié. Il aurait déjà été en train de planifier l'opération de son prochain patient, sa prochaine conférence, sa prochaine destination internationale…

Mais vu la façon dont sa dernière conversation avec Ayanna s'était terminée, il n'avait pas le cœur à la fête. Elle ne lui avait donné aucun signe indiquant qu'elle souhaitait qu'il reste à Seattle, et s'il était intelligent, il prendrait cela pour ce que c'était : un adieu. Hélas, pour une raison étrange, il n'y arrivait pas. Même en sachant qu'elle ne voulait pas d'une relation avec lui, même en sachant que ça ne marcherait jamais entre eux, il détestait l'idée de la quitter. Il aimait Ayanna, mais parfois l'amour n'était pas suffisant, comme l'avait montré son histoire avec Laura.

Il avala un peu de thé bien chaud, puis soupira en regardant sa blouse froissée. La meilleure chose à faire serait qu'il aille se changer avant d'examiner la situation à tête reposée, de façon logique et analytique, sans que son traître de cœur vienne tout gâcher. La prochaine visite au roi n'était pas prévue avant deux heures et il n'était plus de garde aux urgences en raison de son départ imminent. Il n'avait donc rien d'autre à faire que de tuer le temps.

Les gens allaient et venaient autour de lui, mais Max les remarquait à peine. Agité, il jeta un coup d'œil à la télévision installée au fond de la cafétéria. On diffusait le journal du matin, mais le son était coupé. Incrédule, il vit sa photographie apparaître à côté d'un portrait du roi, et se raidit. Ayanna et son équipe avaient travaillé jour et nuit pour que l'accident et l'opération du souverain ne soient pas médiatisés. Elle devait être furieuse, en ce moment même !

Puis une autre photo, de lui et de Laura, apparut à l'écran, et il sentit son inquiétude se muer en indignation. Chirurgien des stars, Max était souvent harcelé par les paparazzi, mais comment osaient-ils fouiller dans sa vie privée ? Ce qui lui fit le plus mal, cependant, ce furent les mots qu'il vit défiler en bas de l'écran : « … Il n'a pas pu sauver sa propre femme… »

Sa culpabilité, qui s'était atténuée pendant ces dernières semaines, revint le hanter, et il sentit un profond malaise envahir tout son corps. C'était exactement pour cette raison qu'il aurait préféré ne rien ressentir, plus jamais ; car une fois que l'on avait ouvert les vannes aux émotions et aux sentiments, la situation devenait incontrôlable. Le souffle court, il jeta le reste de son thé et regagna l'unité de soins intensifs, le seul endroit où il pourrait être un peu tranquille.

Alors qu'il arpentait les couloirs, puis empruntait les escaliers menant à l'étage des soins intensifs, il ne put s'empêcher de se reprocher de s'être montré aussi stupide. Il avait appris sa leçon dès l'enfance : les émotions n'apportaient que des ennuis. Il aurait dû venir ici, faire son travail, puis s'en aller.

« Nous ne sommes pas en couple, maman. »

Comme les mots qu'Ayanna avait dits à sa mère, au téléphone, le soir qui avait suivi l'opération du roi, revenaient une fois de plus le hanter, il laissa échapper un soupir résigné. Heureusement qu'il ne lui avait pas demandé d'entamer une relation au long cours avec lui, en lui avouant qu'il l'aimait ! Même s'il avait l'impression d'avoir reçu une balle en plein cœur, le mieux pour tous les deux était d'en finir maintenant, sans drame, et de retourner à leur vie d'avant.

En entrant dans le service des soins intensifs, il aperçut Ayanna, à l'autre bout du couloir, près de la chambre du roi. Le Dr di Rossi se tenait près d'elle, et aucun des deux ne remarqua sa présence, car ils étaient en pleine conversation. Max s'approcha, puis se racla la gorge pour attirer leur attention.

Le Dr di Rossi lui tendit la main.

— Merci, Max, pour tout ce que vous avez fait pour mon père. Nous vous sommes redevables à jamais, ma famille et moi. Vous m'excuserez, mais je ne peux pas m'attarder... Une urgence, vous comprenez ?

Une fois le Dr di Rossi parti, Ayanna conduisit Max dans une petite salle de conférences privée. Elle avait l'air aussi affligé que lui quand elle dit :

— Je suppose que tu as vu les infos ?

— Oui, répondit-il en tentant de garder son calme, malgré l'agitation qu'il ressentait.

Si seulement il avait pu refréner vraiment le torrent d'émotions qui déferlait en lui !

— Ce n'est pas bien du tout, déclara Ayanna. Il faut que cela cesse au plus vite et que les médias arrêtent d'évoquer ce sujet. Laisse-moi gérer la situation, et je te promets que tout va s'arranger, d'accord ?

Il eut un petit rire, puis secoua la tête.

— Je l'espère, mais je sais aussi que ce qui est arrivé n'est pas ta faute. Pour ce qui est de notre situation... personnelle, je pensais que...

Il secoua de nouveau la tête, et son expression s'assombrit davantage.

— Peu importe. Ce que je pensais n'a pas d'importance.

— Max, je suis désolée, mais...

— Et c'est bien là le problème, en résumé, la coupa-t-il. Tu as beau être désolée, rien de tout cela ne signifie vraiment quelque chose, n'est-ce pas ? Ce qui s'est passé entre nous n'était qu'une aventure, un flirt très temporaire, à tes yeux ? C'est ici que nos chemins se séparent, c'est cela ?

Elle le regarda d'un air surpris, avant de répondre :

— Nous savions tous les deux que ce ne serait qu'une aventure, non ? De plus, c'est toi qui as décidé de repartir dès demain pour New York. Pas moi.

Elle prit une grande inspiration dans l'espoir de calmer les battements effrénés de son cœur, mais elle ne put s'empêcher de taper nerveusement du pied sur le tapis beige.

— Écoute, Max, nous sommes tous les deux fatigués et soumis à beaucoup de stress. Si tu as quelque chose à ajouter sur cette histoire, alors dis-le. Je ne peux pas lire entre les lignes tout le temps et deviner ce que tu ressens. Tu comprends ? J'ai déjà vécu ce genre de situation, et je n'ai pas du tout envie de recommencer...

— Tu veux savoir ce que je ressens ? demanda-t-il.

Max luttait pour ne pas élever la voix, car il détestait perdre le contrôle de ses émotions, mais il fut incapable d'étouffer totalement sa frustration.

— Je me sens vraiment stupide, confia-t-il. Comme si toute cette histoire entre nous n'était qu'une erreur. Je t'ai laissée entrer dans ma vie, Ayanna, je me suis ouvert à toi, mais je n'aurais pas dû. Parce que la vérité est que je ne suis pas disponible. Mon travail ne me laisse ni le temps ni l'espace nécessaires pour d'autres personnes dans ma vie. Et si je suis seul, ce n'est pas par hasard...

Ayanna s'approcha de lui et planta les yeux dans les siens.

— Tu sais ce que je pense ? Je pense que ce que tu ressens est de la peur. Peur de tes émotions. Peur de tenter ta chance avec moi parce que la vérité est que l'amour te terrifie. Et je te comprends. L'amour est effrayant. C'est compliqué, exaspérant et merveilleux. Mais tu ne le connaîtras plus jamais parce que tu t'es déjà enfermé dans ta carapace.

À son tour, il se pencha vers elle, et lui glissa à l'oreille :

— Je ne suis pas sûr que tu sois bien placée pour me faire

la leçon, Ayanna. Car tu as peur, toi aussi. Peur de n'être pas parfaite. Peur de te faire confiance et de te tromper une nouvelle fois. Peur de ne plus jamais être aimée…

En la voyant pâlir et ouvrir la bouche sans pouvoir prononcer un seul mot, il regretta d'être allé aussi loin. Hélas, il était trop tard pour retirer ces paroles. Elles restaient suspendues dans l'air, empoisonnant l'atmosphère et rendant toute discussion stérile.

Finalement, Ayanna parvint à répondre :

— Arrêtons-nous là ! Bon retour à New York, docteur Granger. Je vais retourner à l'hôtel maintenant pour faire mes bagages et disparaître de votre vie pour toujours. Joyeux Noël !

15.

Après avoir quitté Max, Ayanna se précipita à l'hôtel. Elle fourra à la hâte ses affaires dans sa valise, puis retourna au Seattle General. Assise à son bureau, elle tentait d'achever quelques tâches de dernière minute et de ne pas penser à l'horrible dispute avec Max. C'était drôle, mais quand la rupture avec Will s'était produite, il n'y avait pas eu de cris ni de larmes. Sous le choc, elle n'avait pas réagi et Will, de son côté, n'avait pas eu envie de se quereller avec elle.

Quoi qu'il en soit, une chose était sûre : Max serait bientôt parti, sorti de sa vie pour toujours, et elle resterait ici et continuerait comme avant. Une fois de plus, elle avait eu tort d'obéir à son instinct. Quelle idiote !

Avec un soupir, elle ferma les yeux et ressassa leur dernière conversation. Ce qu'il avait dit à propos de son besoin de perfection, de ses problèmes de confiance, de sa peur de ne pas être aimée si elle ne prenait pas sans cesse soin des autres l'avait touchée au cœur, la forçant à affronter ses propres problèmes. Car le point de vue de Max était hélas tout à fait pertinent.

Elle détestait l'admettre, mais c'était ainsi. Max avait toujours été très perspicace, et il lisait en elle comme dans un livre ouvert. Il la connaissait aussi mieux que quiconque, même s'ils n'avaient passé que peu de temps ensemble. Et il la comprenait, plus que ses propres parents, plus que sa famille. Bien plus que Will, aussi.

Max était son âme sœur. Elle l'aimait.

Et il allait partir. Parce qu'elle l'avait repoussé.

En fin d'après-midi, un coup frappé à la porte la tira de ses sombres pensées et l'une de ses collaboratrices, une jeune stagiaire nommée Gretchen, passa la tête dans son bureau, une paire de bois de renne pailletés sur la tête.

— La fête du personnel se termine et je voulais vous souhaiter un joyeux Noël avant de partir.

Ayanna se força à sourire.

— Merci. Bonnes fêtes de fin d'année à vous aussi, Gretchen !

— Merci.

Gretchen leva le verre qu'elle tenait à la main.

— Vous êtes sûre que vous ne voulez pas faire une pause et vous joindre à nous ? Nous allons prendre un dernier verre au pub en bas de la rue.

— Je vous remercie pour l'invitation, mais non, répondit Ayanna en secouant la tête. Je suis assez fatiguée. Amusez-vous bien et soyez prudents. Pas d'alcool au volant, d'accord ?

— Oui, chef ! dit Gretchen en lui adressant un salut de la main. On se voit l'année prochaine, alors ?

— Oui, à bientôt !

Elle essaya à nouveau de se concentrer sur la pile de papiers qui n'avait pas bougé depuis qu'elle s'était assise dans son fauteuil. Mais c'était sans espoir.

Elle se prit le visage dans les mains. Mon Dieu, elle avait vraiment tout gâché avec Max ! Ils n'étaient pas séparés depuis une journée qu'il lui manquait déjà. D'un pas résolu, elle se dirigea vers son bureau situé au bout du couloir, mais il n'y était plus. Elle nota d'appeler ses parents pour leur demander de l'héberger la semaine prochaine, puisqu'elle ne pouvait plus rester dans la suite de l'hôtel et que les travaux dans son appartement n'étaient toujours pas terminés.

Elle finirait sans doute par retrouver son ancienne chambre. Elle y dormirait de toute façon le lendemain, puisqu'il n'y avait pas moyen d'échapper à ce réveillon familial – un réveillon qui, sans Max, lui apparaissait comme une corvée.

Avec un soupir, elle prit son téléphone et envoya un message à sa mère.

Puis-je venir plus tôt et passer la nuit à la maison ? Je resterai aussi la semaine prochaine, si c'est possible.

La réponse arriva plus vite que prévu.

Oh ! non ! Que s'est-il passé ?

Une neige légère tombait alors qu'Ayanna traversait la rue pour se rendre seule au parking, sa tristesse contrastant étrangement avec les décorations qui illuminaient la ville et l'ambiance de fête qui régnait autour d'elle. Son pouce tremblait légèrement lorsqu'elle répondit au texto.

Je t'expliquerai plus tard. À bientôt.

Tard ce soir-là, Max retourna à la cafétéria de l'hôpital. L'endroit était pratiquement désert. Il aurait dû retourner à l'hôtel pour dormir, mais il ne pouvait pas. Il se sentait incapable de se retrouver seul dans la suite, sans Ayanna. Et de se répéter qu'il avait gâché toutes les chances qu'il avait avec elle.

Une fois de plus, ses émotions lui avaient coûté cher. Il se frotta le visage, puis regarda par la fenêtre le paysage enneigé. C'était probablement une bonne chose qu'il parte demain. Après leur dispute, Ayanna ne voulait plus rien avoir à faire avec lui et maintenant que le roi était en voie de guérison, il n'avait aucune raison de rester à Seattle.

Pendant les quelques semaines qu'ils avaient partagées, Ayanna lui avait montré une autre façon d'être, heureuse, insouciante, amusante. Bien sûr, il avait toujours son travail et ses obligations envers ses patients, mais le poids de la culpabilité qu'il avait porté si longtemps au sujet de la mort de sa femme s'était envolé. C'était grâce à Ayanna et il lui en était reconnaissant. Elle l'avait poussé à en parler, et l'avait aidé à se libérer de cet obsédant sentiment de faute. Épuisé mais incapable de bouger, Max posa le menton dans ses mains et ferma les yeux.

Oui, il avait tout gâché de la pire des façons. Il n'aurait jamais dû se montrer aussi direct avec Ayanna, et la frapper là où ça faisait mal. Pourquoi s'était-il permis de lui parler de son ex, alors qu'il savait pertinemment que cela était très douloureux pour elle ? Pourquoi n'aurait-il pas pu simplement lui dire qu'il l'aimait et qu'il voulait passer le reste de sa vie avec elle ? S'il l'avait fait, elle serait encore près de lui, et son avenir ne lui paraîtrait pas aussi morne et solitaire.

16.

Le jour du réveillon de Noël, chez ses parents, Ayanna eut droit à la question qu'elle attendait de la part de sa famille.

— Raconte ! lança sa sœur LaTasha en sortant du four les superbes brioches à la cannelle de leur mère. Quelque chose ne va pas, cela se voit tout de suite.

— Comment ça ? protesta Ayanna, de l'autre côté du comptoir. Tout va bien !

Des regards incrédules se plantèrent dans le sien, et elle eut droit à quelques soupirs agacés.

Elle capitula. À quoi bon tenter de mentir à ses proches ?

— Bon. Puisque vous voulez tout savoir, Max et moi nous sommes disputés hier, au travail.

— Oh ! non ! dit son frère James, d'un air déçu. C'était à propos de ce reportage ? J'ai vu ça, ils ont eu des paroles très dures sur son passé. Sa vie conjugale ne nous regarde pas, après tout !

— Je suis tout à fait d'accord avec toi.

Ayanna prit une bouchée plus grosse que nécessaire de son petit pain, sans même se soucier des miettes qui tombaient sur son chemisier.

Tonya lui tendit une serviette, avant de demander :

— Tu as essayé de l'appeler ? Peut-être que tu peux encore arranger les choses. Max m'a semblé plutôt accommodant.

Parler de ses problèmes avec ses frères et sœurs n'était pas vraiment confortable pour Ayanna. En vérité, c'était même carrément embarrassant. Elle était l'aînée, celle qui était censée tout maîtriser, celle qui prenait soin de tous les autres. Mais plus maintenant. C'était cela qui avait fait fuir Max, et elle ne voulait plus jamais se comporter ainsi.

La nouvelle Ayanna était prête à faire table rase du passé et à se pardonner ses erreurs pour mieux aller de l'avant.

Les mots de Max continuaient néanmoins de tourner en boucle dans sa tête. Elle prit une gorgée de son thé à la menthe, tandis que ses frères et sœurs continuaient à la regarder comme si elle était un extraterrestre.

Tonya avait raison. Max était très accommodant. C'était même l'un des meilleurs hommes qu'elle ait jamais rencontrés. Et maintenant, il était parti loin, très loin ! Accablée par le sentiment soudain d'une immense solitude, elle serra plus fort sa tasse entre ses doigts, les larmes aux yeux. Il lui manquait, tellement que c'en était douloureux.

Elle n'avait pas fermé l'œil de la nuit et avait passé son temps à fixer le plafond de son ancienne chambre en se remémorant la visite de Max, à Thanksgiving.

Super, maintenant je peux ajouter les yeux gonflés et le nez rouge à mon look de Noël ! se dit-elle.

— Ma chérie…

Sa famille se rassembla autour d'elle pour un câlin collectif.

— Ne pleure pas, dit sa mère.

Ce qui était merveilleux, avec la famille, c'est qu'elle vous soutenait toujours, même quand on était totalement fautif.

Quelques minutes plus tard, Ayanna sécha ses larmes et fronça les sourcils devant son thé froid.

— J'ai repoussé Max parce que je ne pouvais pas avoir confiance en moi et en ce que je ressentais après ce qui s'était passé avec Will, et maintenant je l'ai perdu, déclara-t-elle d'un ton neutre.

Sa mère posa la main sur son épaule.

— N'abandonne pas aussi facilement, voyons ! Si je n'avais pas tenu bon avec ton père au début de notre relation, nous ne serions plus ensemble, aujourd'hui. Crois-moi, la vie de couple, ce n'est pas toujours facile…

— Arrête ! lança son père. Tu vas la décourager !

Puis il se tourna vers Ayanna et déclara :

— Écoute, ma fille. Will ne valait pas la peine, et j'ai toujours trouvé que tu étais trop bien pour lui. Mais Max ? Voilà un homme qui apprécie les choses et les gens à leur juste valeur. Le fait qu'il se sente toujours coupable pour sa défunte femme en est la preuve. Ce que tu dois faire maintenant, c'est lui montrer ce que pourrait être votre avenir à tous les deux. Les hommes sont des créatures assez pragmatiques. Il faut juste leur montrer le chemin…

Avec un sourire, sa mère repoussa les cheveux d'Ayanna derrière son oreille, puis elle déposa un baiser sur le sommet de sa tête.

— Quoi que tu décides de faire, chérie, fais-le vite, car le temps presse…

Ayanna jeta un coup d'œil à l'horloge, puis attrapa son téléphone. Le vol de Max devait décoller dans l'après-midi. Si elle se dépêchait, elle pourrait arriver à l'aéroport avant son départ. Elle savait ce qu'elle voulait : lui. Purement et simplement. Elle n'était pas sûre de savoir si cela marcherait, mais elle devait essayer, sous peine de s'en vouloir toute sa vie.

Déterminée, elle se redressa et déclara :

— Je vais le chercher !

Debout sous le porche de la maison des parents d'Ayanna, Max se demandait quand exactement il avait perdu la tête. Il n'avait pas dormi plus d'une heure la nuit précédente et se sentait encore plus fatigué qu'après une opération délicate. Il ne s'était jamais senti aussi vide auparavant. Pas même à la mort de ses parents, ni après avoir perdu Laura.

C'était comme si un énorme trou béant s'était creusé en lui, que seul un autre être pourrait combler. Et cet être se trouvait dans cette maison, à quelques mètres de lui. Parviendrait-il à reconquérir le cœur d'Ayanna ? C'était une autre affaire, mais chaque chose en son temps…

Expirant lentement, il saisit la poignée de la valise à

roulettes à côté de lui et jeta un coup d'œil par-dessus son épaule au taxi arrêté au bord du trottoir. Son vol ne partait pas avant quelques heures, mais il avait quand même quitté l'hôtel, pensant se rendre tôt à l'aéroport. Rien ne le retenait plus à Seattle, à présent. Rien à part les souvenirs, et les regrets qui se faisaient de plus en plus présents en lui. Pour la première fois depuis longtemps, il n'avait nulle part où aller. Il était à la dérive et il n'aimait pas ça.

Il fixa de nouveau la couronne en sucre, sur la porte d'entrée, et eut l'impression que le gros nœud rouge qui l'entourait avait été placé là pour lui indiquer qu'il devrait retourner à Manhattan, retrouver sa routine. Mais cette pensée ne lui procura aucun soulagement.

Rien ne l'attendait à New York, à part une chambre vide.

Jusqu'à ce qu'il vienne ici, il n'avait jamais eu de problème à être seul, mais maintenant tout avait changé. Grâce à Ayanna, la femme qu'il aimait et qu'il avait repoussée.

Ironie du sort, le chef du service de neurochirurgie l'avait arrêté quand il sortait de l'hôpital pour lui proposer un poste permanent au sein de l'équipe médicale. Il s'était même déclaré prêt à s'arranger avec l'agenda déjà chargé de Max, certain que sa réputation et son expertise apporteraient beaucoup de patients VIP au Seattle General. Max l'avait sérieusement envisagé l'espace d'un instant – il était las des voyages et conférences qui avaient occupé ses deux dernières années – mais rester à Seattle maintenant, étant donné l'état de ses relations avec Ayanna, lui avait paru trop douloureux.

Dans son esprit, des scènes de *It's a Wonderful Life* se mirent à défiler, comme un signe du ciel.

Oui, il pouvait vraiment avoir une vie merveilleuse. Quelle erreur ce serait de gâcher sa chance…

C'était en substance ce que l'ange Clarence disait à George Bailey dans le film, mais Max eut soudain l'impression que ce message lui était destiné. Ces dernières semaines avec Ayanna avaient été très agréables. En fait, par sa seule présence, elle avait égayé chacune de ses journées. Elle lui avait donné l'impression qu'il pouvait atteindre des sommets, être un homme meilleur.

Et si ce n'était pas un cadeau céleste, et le meilleur cadeau de Noël, alors qu'est-ce que c'était ?

Avant de pouvoir réfléchir, il avait sorti son téléphone portable et changé son vol, le repoussant après le nouvel an. Il y avait toutes les chances du monde qu'Ayanna lui dise d'aller au diable, mais c'était un risque qu'il était prêt à prendre. Il ouvrirait son cœur meurtri et se montrerait vulnérable, si cela pouvait lui permettre de reconquérir la femme qu'il aimait.

Se décidant enfin, il leva la main vers la sonnette en murmurant :

— Merci, Clarence. Souhaite-moi bonne chance.

17.

— Dépêche-toi de revenir, chérie, lança la mère d'Ayanna. Nous t'attendons pour dîner et pour la distribution des cadeaux !

— Je sais, maman, répondit Ayanna. Avec un peu de chance, j'arriverai à SeaTac avant le décollage de son avion !

Elle enfila son manteau par-dessus le jean et le sweat-shirt qu'elle avait mis après sa douche, ses cheveux humides attachés en queue-de-cheval, sans maquillage, puis se pencha pour embrasser sa mère.

— Je ne veux pas rater Max encore une fois.

— Bien. Mais quand tu l'auras retrouvé, ramène-le ici, d'accord ?

— C'est promis, maman.

— Tout se passera bien, ma chérie, ne t'inquiète pas !

À peine Ayanna avait-elle posé la main sur la poignée de la porte que la sonnette retentit. Persuadée qu'il s'agissait de David, le compagnon de James, Ayanna ouvrit la porte à la volée, le sourire aux lèvres… et se retrouva nez à nez avec Max. Debout sur le seuil, il avait l'air plus surpris encore qu'elle.

Il la regarda fixement, les joues roses à cause du froid, une étrange lueur dans ses yeux gris-vert.

— Euh… Salut, dit-il enfin. Joyeux Noël !

— Qui est-ce ? demanda LaTasha, en faisant irruption à côté d'Ayanna. Oh !

James s'approcha à son tour.

— C'est David ? J'espère qu'il a une bonne excuse, parce qu'il est très en…

Il leva les yeux et laissa sa phrase en suspens avant de donner un léger coup de coude à Ayanna.

— Eh bien, ne reste pas plantée là ! Fais-le entrer…

— Bonjour, James, dit Max avec un sourire. Je suis venu pour parler à Ayanna.

— Bien.

James passa devant Ayanna, toujours immobile, et fit entrer Max avant de les pousser doucement tous deux vers une petite bibliothèque, à côté du salon.

— Quoi qu'il se passe entre vous, je suis sûr que vous trouverez une solution.

Et il referma la porte, les laissant face à face.

Une fois seule avec Max, Ayanna se sentit totalement désemparée. Elle prit une profonde inspiration et se jeta à l'eau.

— Je… J'ai réfléchi, commença-t-elle, c'est maintenant ou jamais. Je suis désolée pour ce que je t'ai dit. J'ai eu tort et…

— Non, tu avais raison, la coupa Max. C'est moi qui te dois des excuses. Je me suis servi de mon travail comme d'un bouclier.

Il s'avança vers elle et prit sa main.

— Mais j'ai compris que si je ne te faisais pas une place dans ma vie, si je ne changeais pas, je serais seul pour toujours, et ce n'est pas ce que je veux.

Un petit sapin décoré d'une guirlande brillait dans un coin de la pièce, les nimbant d'une douce lueur de rouge, de vert et de bleu mêlés. Ayanna laissa échapper un long soupir de soulagement.

— Tu avais raison, toi aussi. J'avais tellement peur de faire des erreurs, peur d'avoir confiance en moi et en ce que je ressentais, que j'ai failli tout gâcher.

Elle leva vers lui ses yeux humides de larmes.

— Mais je n'ai plus peur, maintenant. Parce que je t'aime, Max.

— Je t'aime aussi, Ayanna, murmura Max en s'approchant encore d'elle, si près qu'elle sentit la chaleur de son corps.

Je veux commencer une nouvelle vie avec toi, ici à Seattle, si tu veux bien de moi.

Il l'embrassa tendrement et elle en eut les jambes coupées. C'était le cadeau le plus doux et le plus merveilleux qu'elle aurait pu espérer, néanmoins un petit doute subsistait dans son esprit.

— Mais… Qu'en est-il de ta vie à New York ? demanda-t-elle. Et ta carrière ?

— Ma carrière est partout où sont mes patients. Et ma vie est auprès de toi, Ayanna. Je peux voyager n'importe où, si nécessaire, mais le chef du service de neurochirurgie du Seattle General m'a offert un poste hier soir et je vais accepter sa proposition. Je me sens davantage chez moi ici que je ne l'ai jamais été à New York, et c'est grâce à toi.

Des voix se firent entendre de l'autre côté de la porte et Ayanna sourit.

— Je pense qu'ils sont en train de nous épier…

— Je pense que tu as raison, répondit Max avant de l'embrasser de nouveau, cette fois plus profondément, les bras enroulés autour de son cou. Peu importe où je vais, Ayanna, je reviendrai toujours vers toi.

— Moi aussi, mon amour…

Elle lui rendit son baiser jusqu'à ce que des cris et des hurlements provenant du salon les séparent.

— Nous pourrons partager mon appartement pendant un moment, et peut-être économiser pour acheter une maison ensemble.

— Cela me convient parfaitement, répondit-il en souriant.

Soudain, la porte s'ouvrit sur Mme Franklin, qui lança :

— Maintenant que vous êtes réconciliés, tous les deux, venez ici et aidez-moi à apporter tous les plats sur la table. Nous avons une fête de Noël à célébrer !

— Allez, les tourtereaux ! dit Tonya en leur faisant signe de sortir. Je veux ouvrir mes cadeaux, maintenant.

— Moi aussi ! ajouta LaTasha. J'espère que tu m'as acheté ce que je voulais, Ayanna !

James poussa tout le monde dans le couloir, jusqu'à la salle à manger où Brandon, Clarissa et leur père étaient occupés à mettre la table. Puis il consulta à nouveau son téléphone avant d'annoncer :

— David est en route ! Et il n'a jamais été aussi en retard. J'espère vraiment qu'il a une bonne excuse !

Des rires accueillirent cette déclaration, puis les parents firent un commentaire qui déclencha un tonnerre de protestations parmi leurs enfants.

Ayanna secoua la tête et jeta un regard à Max, sa main toujours dans la sienne.

— Tu es bien sûr de vouloir rejoindre cette famille de fous ?

— Tant que tu en fais partie, oui, cent fois oui ! lança Max en lui adressant son plus charmant sourire.

Vous avez aimé *Un prince aux urgences*
et *Le secret du Seattle Hospital* ?
Découvrez la suite de votre série « Noël royal à l'hôpital »
dès le mois prochain dans votre collection Blanche.
Deux romans signés Charlotte Hawkes et Louisa George.

BLANCHE

Retrouvez prochainement, dans votre collection

BLANCHE

Miraculeuse rencontre, de Charlotte Hawkes - N°1576

SÉRIE : NOËL ROYAL À L'HÔPITAL - 3/4

Infirmière urgentiste au Seattle General, Kat rêvait autrefois d'avoir une grande famille. Un rêve auquel elle a renoncé depuis. Toutefois, sa rencontre avec Logan Connors, un garde du corps aux yeux de braise, vient soudain raviver l'espoir en elle. Cet apollon est d'autant plus attirant qu'il est un père attentionné. Se pourrait-il qu'il soit celui qu'elle attendait ? En cette veille de Noël, Kat a envie de croire aux miracles…

Le docteur et la princesse, de Louisa George

SÉRIE : NOËL ROYAL À L'HÔPITAL - 4/4

La princesse Giada, favorite des journaux à scandale, n'a rien de commun avec le très sérieux Dr Lucas Beaufort. Et pourtant tous deux sont follement attirés l'un par l'autre. Au point qu'à la faveur d'un week-end en tête à tête ils succombent à la passion. Or cette liaison inoubliable pourrait bien les lier à jamais, car Giada se découvre enceinte…

Le Noël d'un médecin écossais, d'Annie O'Neil - N°1577

Un nouveau poste, une nouvelle maison, une nouvelle vie. Voilà le défi que s'apprête à relever Audrey, tandis qu'elle accoste sur une île perdue d'Écosse, en cette veille de Noël. Embauchée comme infirmière, elle rencontre bientôt Cooper MacAskill, le médecin avec lequel elle va devoir travailler… et cohabiter ! Une perspective qui trouble Audrey car, si elle ne doute pas des talents de Coop, elle redoute de passer ses jours et ses nuits avec cet homme envoûtant…

Un fils pour secret, de Rachel Dove

Le monde autour d'Annabel vacille, tandis qu'elle reconnaît Harry Carter qui intervient comme elle sur une urgence médicale. Huit ans plus tôt, cet homme la quittait, la laissant le cœur brisé – et enceinte ! Alors qu'elle a toujours pris soin seule de son petit Aidan, elle sait que le destin lui donne aujourd'hui la possibilité d'offrir à son fils ce qu'il lui réclame depuis toujours : le père qu'il n'a jamais connu…

HARLEQUIN

Leur mission : sauver des vies.
Leur destin : trouver l'amour.

BLANCHE

HARLEQUIN

Séduction à la maternité, de Kate Hardy - N°1578

Rebecca a deux passions : sa fille, Jasmine, et son métier d'obstétricienne – et guère de temps pour nouer une relation sentimentale. Alors, même si la solitude lui pèse parfois, elle garde les hommes à distance. Mais sa rencontre avec Nathaniel Jones fait vaciller son monde. Sage-femme à la maternité, Nathaniel est aussi professionnel que séduisant. Au point que Rebecca envisage bientôt de lui ouvrir son cœur…

Les fiancés de Noël, d'Allie Kincheloe

Se faire passer pour la fiancée du Dr Dexter Henry, le soir de Noël ? Lena accepte la folle proposition du chirurgien, à la condition qu'il lui rende la pareille en étant son cavalier du nouvel an. Après tout, il ne s'agira que d'une mise en scène innocente leur permettant d'échapper aux tentatives de leurs familles respectives de les marier. Du moins c'est ce que Lena croit car, quand la passion s'en mêle, la comédie devient soudain difficile à jouer…

Un patron si attirant, de Scarlet Wilson - N°1579

SÉRIE : UN HIVER À LA MATERNITÉ - 1/4

Après une première matinée de travail désastreuse, Bonnie est désemparée : pourquoi a-t-il fallu qu'elle remette à sa place son chef de service ? Il faut dire que jamais, au cours de sa carrière de sage-femme, elle ne s'était heurtée à un patron aussi arrogant que Jacob Layton ! Malgré tout, elle va désormais devoir s'excuser. Mais, alors qu'elle se tient face à lui, elle se sent soudain extrêmement désirable… et désirée.

La surprise d'une sage-femme, de Robin Gianna

SÉRIE : UN HIVER À LA MATERNITÉ - 2/4

Aaron Cartwright… Voilà trois ans que Hope s'efforce d'éviter, au sein de l'hôpital, le séduisant médecin à la réputation de play-boy. De nombreuses femmes rêvent peut-être de passer une nuit entre ses bras, mais pas elle ! Pourtant, lorsque, au cours du gala de charité de fin d'année, Aaron l'invite à danser un slow langoureux, Hope est bouleversée. Et elle ne souhaite plus qu'une chose… que cet instant ne finisse jamais.

.eur mission : sauver des vies.
.eur destin : trouver l'amour.

HARLEQUIN
www.harlequin.fr

BLANCHE

Sentiments interdits, de Susan Carlisle - N°1580

Tandis que le Dr Dalton Reynolds s'avance vers elle, Melanie reste pétrifiée. En allant chercher à l'aéroport l'un des chirurgiens orthopédistes les plus réputés des États-Unis, elle ne s'attendait pas à découvrir un sex-symbol ! Pourtant, elle se reprend : en tant que médecin de l'équipe de football des Niagara Falls, elle va devoir collaborer avec Dalton, venu examiner leur joueur star. Et leurs rapports resteront professionnels...

Une danse avec le Dr MacDowell, de Caro Carson

Lorsqu'elle reçoit une invitation pour le prestigieux gala de charité du West Central Hospital, Diana est folle de joie. Élégance, romantisme, passion... L'atmosphère raffinée et envoûtante du bal est le cadre idéal pour vivre les plus belles histoires d'amour ! Aussi, quand elle remarque que le ténébreux Dr Quinn MacDowell, assis seul près de la piste de danse, est l'unique personne qui ne semble pas profiter pleinement de la soirée, Diana décide-t-elle de l'aborder...

HARLEQUIN

Leur mission : sauver des vies.
Leur destin : trouver l'amour.

HARLEQUIN
www.harlequin.fr